DÉVIATION(S)

Julian Marion

DÉVIATION(S)

Roman

Une Heure en Été

ISBN : 978-2-490636-27-3

Une heure en été
5, rue de Charonne
75011 Paris
www.uhee.fr

Couverture : Robyn Redish

Pour une transmission bienveillante.
Pour mes enfants, Lou, Jules et Oscar.

Tu m'as, enflammant le désir, tellement par tes paroles disposé le cœur au venir, que j'ai repris mon premier dessein.

Va donc ; à tous deux est un seul vouloir : toi guide, toi seigneur, et toi maître. Ainsi lui dis-je, et lorsqu'il se mut,

j'entrai dans le chemin profond et sauvage.

DANTE ALIGHIERI
La Divine Comédie — L'Enfer — Chant II

PREMIÈRE PARTIE : UN PEU D'ORDINAIRE

CHAPITRE 1

Neuilly-sur-Seine, février 1993.

Je n'aimais pas le lundi à cause de l'école qui commençait et le reste de la semaine à cause de l'école qui continuait. Mais les samedis j'aimais bien.

Quand je rentrais après l'école, dès que papa m'ouvrait la porte, je sentais le poulet grillé avec les pommes de terre que maman nous préparait. J'avais aussi mon abonnement à *Pif Gadget* qui m'attendait sur le meuble de l'entrée, en dessous de la lampe orange toute moche que mamie nous avait offerte. Elle avait dit en nous l'offrant « c'est d'époque, vraiment magnifique ». Moi je trouvais que c'était faux. J'avais dû faire plein de « han » quand on l'avait ouverte à Noël, même maman avait fait des faux « han » et papa n'avait rien dit, tellement il était choqué. Et maintenant, elle était là, en plein milieu de mon *Pif*.

Tous les samedis, je prenais mon magazine et m'installais dans le salon avec mon chat que je mettais sur moi. Quand je n'avais pas de *Pif*, je relisais les BD de papa. Il les avait rapportées de notre maison de campagne où j'allais tous les ans pour les grandes vacances.

Je les lisais aussi dans les toilettes parce que là-bas on me fichait la paix. Je me pliais en deux et posais la BD sur le sol. Je pouvais rester comme ça des tas d'heures.

« Jean-François ? Mon bonhomme ? Tu peux mettre le disque de *La Planète Sauvage* s'il te plaît, il est resté sur la platine. Je suis occupé dans la cuisine avec maman ! »

J'étais en train de lire un *Gaston*, celui où il s'était fabriqué une chambre dans la bibliothèque de livres de son bureau. Je n'avais aucune envie de me lever et remettre ce disque. Papa aimait bien l'écouter le samedi matin. Moi pas. Je le trouvais barbant, ce disque, avec les gens bleus dessus qui n'étaient pas des Schtroumpfs. Même si j'avais aimé le dessin animé, ce n'était pas une raison pour me déranger.

« Mais papa, j'peux pas, j'ai *Gaston*. Et Fanion est sur mes genoux. C'est vraiment impossible, papa ! »

Il arriva de la cuisine en s'essuyant les mains et me regarda avec un air pas content. Je ne faisais rien de mal, j'étais tranquillement assis avec Fanion. Il y avait des priorités dans ma vie, je n'étais pas non plus un esclave.

« Vraiment, tu pourrais nous aider, et il me semble que maman t'a aussi demandé de mettre la table. Allez !

— Mais papa regarde, le chat dort et tout… »

Rien à faire, il ne voulait rien savoir, je vivais vraiment dans une famille de tortionnaires. J'étais toujours obligé de faire tout ce qu'ils voulaient et jamais ils ne faisaient ce que je voulais. Parfois, je me demandais si c'étaient vraiment mes parents, à toujours vouloir me commander. Ils avaient dû m'acheter sur les catalogues de maman qui énervaient papa parce qu'à la fin, il disait que tout ce qu'elle commandait ne servait à rien, sauf à faire un trou dans la banque. J'y étais allé, dans la banque. Je n'avais pas vu le trou.

L'après-midi, nous partions souvent faire une grande balade à vélo en tournant en bas dans la cour. Avant j'avais une patinette parce que j'étais un bébé. Maintenant j'avais six ans, j'étais grand, j'avais un vélo rouge qui allait hyper vite. Je l'avais eu à Noël en même temps que la lampe moche, mais là j'avais fait des vrais « oh ».

J'avais encore mes petites roulettes. Avec papa et maman cet après-midi, on allait les enlever et essayer sans. J'avais un peu peur, mais la cour en bas de la maison faisait un cercle et papa pouvait toujours voir où j'étais. Maman était un peu stressée aussi, elle disait tout le temps de « faire attention ». Elle oubliait que je n'étais plus un bébé.

Une fois prêt, je le dis à papa qui n'était pas prêt. Il discutait avec notre voisine du dessous qui énerve maman. J'attendais comme un guignol au milieu de la cour sans mes roulettes, je ne pouvais pas avancer.

« Chéri ! Jean-François t'attend pour démarrer, il est bloqué sur son vélo, viens !

— Mais maman, pas du tout, je ne suis pas bloqué ! »

Maman, elle disait ça super fort ! Je n'avais pas envie qu'Émilie du quatrième étage entende, elle allait me prendre pour un clown. Émilie, je l'aimais bien, mais c'était une fille alors en fait, je ne l'aimais pas trop. Elle m'énervait à toujours dire qu'elle savait tout faire mieux que moi, qu'elle était la chef de l'immeuble et tout ça.

Avec le coup du vélo, j'allais lui montrer une bonne fois pour toutes qui était le chef.

Papa arriva finalement à côté de moi en souriant. Pas maman.

« Écoute-moi bien bonhomme, je vais te pousser et rester à côté de toi, tu dois continuer de pédaler et tu verras, ça se passera très bien. »

Je dis « ah bon », et papa « c'est parti mon kiki », comme il disait tout le temps. Il me tenait par le dos et je commençai à pédaler comme un malade. Je devais aller au moins à mille ou deux mille kilomètres à l'heure. Maman devait vraiment regretter maintenant de m'avoir traité de bébé. Et puis le virage arriva. Je devais tourner et papa continuait de courir à côté de moi. Je baissai la tête pour aller plus vite et bien prendre le virage, comme à la télé.

« Papa, tu vois comme je fais bien ! Je suis fort, hein ? »

Mais papa n'était plus là.

À ce moment, je me suis retourné et l'ai vu derrière qui criait un truc. Je n'ai rien compris et j'ai tout lâché.

Le vélo, c'est bien en l'air, c'est moins bien par terre. J'avais mal aux coudes, partout. Papa est arrivé en courant avec maman derrière qui disait « et voilà, et voilà ». Et là j'ai pleuré. Tant pis pour Émilie, je serai chef plus tard me dis-je.

« Ce n'est rien, viens, ça ira », me dit papa.

Mais moi je n'avais pas envie d'aller bien. Alors maman m'a pris dans ses bras pour regarder ma blessure, elle a dit « ça va, ça va » et j'ai arrêté de pleurer. Papa m'a dit qu'il m'avait « peut-être » lâché trop tôt, là-dessus maman a répondu que ce n'était pas « peut-être », mais « sûrement », et papa a répondu qu'elle n'avait qu'à le faire elle-même si elle pensait être la plus forte en « apprenage de vélo » et maman a pleuré en disant que papa ne comprenait jamais rien et qu'elle n'en pouvait plus, et j'ai pleuré, et papa nous a pris dans ses bras.

En rentrant à la maison, maman était encore triste. Ça a énervé papa. Du coup, ils sont partis dans la chambre pour en discuter entre grands, sans moi et le chat.

J'entendais souvent papa crier dans la chambre et maman qui ne disait rien. Ça me faisait un peu peur. Je me demandais ce qui se passait là-dedans, alors je me bouchais les oreilles. Une fois même, maman s'est cogné la tête. Elle m'avait dit qu'elle s'était pris les pieds dans le tapis et « paf dans le mur ». Moi j'avais dit « c'est malin », elle m'a regardé et m'a serré fort dans ses bras. Ce jour-là, je crois, c'est moi qui ai dû faire le grand et consoler maman à cause de son nez rouge.

Le soir après l'accident de la route, j'ai eu le droit de lire mon *Gaston* avec Fanion sur les genoux et papa et maman m'ont apporté à manger sur la table du salon devant un film de Louis de Funès. Même pas eu besoin d'aller aux toilettes pour être tranquille et arrêter les cris.

C'était le plus beau jour de ma vie de la journée.

CHAPITRE 2

Paris, 26 ans plus tard, juillet 2019.

D'après mon père, il existait plusieurs façons de voir les choses ; l'une consistait justement à ne pas les voir. Certaines choses demandent un effort qui participe à la construction de l'être, d'autres au contraire nécessitent un enfouissement méthodique et définitif, une sorte de tri mental qui contribue au nettoyage de l'esprit encombré.

Cette pensée me traversa l'esprit en regardant Patricia attendre son café. Elle regardait le liquide couler avec attention. Concentrée. Vigilante. J'avais terriblement envie de la trier, la jeter dans la poubelle jaune. Je ne sais pas si elle s'en rendait compte. Cette machine était la même depuis trois ans, aucun risque que le liquide aille ailleurs que dans sa tasse. Elle continuait de le fixer tous les matins, comme si celui-ci risquait un jour de couler à l'horizontale et se répandre loin de sa tasse. C'est avec un sourire béat et satisfait, symbole de cette femme à l'esprit colossal, qu'elle agrippa sa tasse bien remplie, chaude, et entama une conversation sur la nécessité de ne pas trop consommer de café. Celui-ci pouvait apparemment tuer quand absorbé dans des quantités astronomiques. En même temps, je me demandai qui irait consommer douze litres par jour en s'imaginant que tout irait bien, comme pour tout autre aliment d'ailleurs : avaler trois sangliers par jour ne devait pas permettre de vivre plus de dix ans, ou alors atteint du scorbut et obèse.

C'étaient des pensées un peu excessives, mais tellement plus réjouissantes et drôles que sa dissertation médicale. Si seulement elle pouvait s'étouffer avec, me disais-je, qu'il lui ressorte par le nez, son café, et par tous ses organes pour se projeter horizontalement sur les murs de la cafétéria, et qu'elle arrête une bonne fois pour toutes de m'adresser la parole le matin.

Patricia était ma responsable depuis trois ans, trois longues années à supporter ce petit rituel matinal qui, d'après elle, permettait de reconnecter les êtres humains avec un peu de chaleur et d'humanité. Une transition tout en douceur vers une journée de travail productive et pleine de sens. Personnellement, j'aurais préféré un sens unique. Sans elle. Sans personne, d'ailleurs. Sans personne pour venir m'expliquer leurs activités de la veille ou que le café était un poison lent qui s'immisce dans le corps avec perfidie. C'était elle mon poison du matin, du midi et du soir. Un poison noir qui générait des pensées sombres.

Je sentais la conversation impérissable se profiler.

« Je vais peut-être passer au thé, me dit-elle, le regard perdu dans le vide de son esprit embué. »

La réponse à ce type d'assertion matinale ne souffrait aucune ambiguïté, deux solutions s'offraient à moi : la grande baffe avec tasse qui vole et hurlements de la populace alentour ; ou la réponse calme et posée qui permettait de relancer cette pépite de conversation pour accueillir cette belle nouvelle journée.

« Tu sais, Patricia, dans le thé, il y a de la théine. » Phrase à la dimension intellectuelle sans équivalent que j'avais, dans un effort ultime, portée à son attention, suivie d'un souffle pour ponctuer ma motivation à prolonger.

Peut-être qu'un éclair de lucidité traversa à cet instant l'esprit de Patricia. Elle décida par un simple hochement de tête de mettre fin à la conversation en se dirigeant vers notre bureau. Elle devait l'avoir mal prise, la remarque sur la théine. Cela indiquait que finalement, aucune solution n'était vraiment meilleure que l'autre et qu'au fond il eût mieux valu qu'elle ferme sa gueule dès le départ, ce qui n'était pour elle jamais une option. Elle trottina de ses petits pas chevalins vers la sortie de la cafétéria. Du haut de son mètre soixante et courte sur pattes, elle ressemblait vraiment à un petit poney en liberté. Je la suivis docilement jusqu'aux ascenseurs.

La cigarette qui attendait dans ma poche n'était en revanche pas une option. J'avais besoin de fumer, faire rentrer un peu de vice dans mon corps, en plus du café, délibérément, sans m'en plaindre ou l'expliquer à mes collègues, seul. À défaut, j'aurais dû fuir aux toilettes et m'isoler quelques minutes pour ne plus l'entendre.

« Je descends fumer. Je suis de retour dans dix minutes, ne m'attends pas, me hasardai-je à lui lancer en priant Dieu et tous ses saints qu'elle ne commenterait pas plus cette idée folle consistant à aller me tuer délibérément.

— Ok Jeff, à tout de suite. Si tu croises Vincent Férrié, cache bien ton haleine, tu sais qu'il déteste l'odeur du tabac », lança-t-elle avec un faux sourire en coin.

Cette remarque à l'humour douteux qui avait pour but de dissimuler sa réprobation à la pratique nicotinique et le fait que je perde mon temps en descendant dans la rue au lieu de travailler avec acharnement au bonheur de mon patron me poussèrent à accélérer l'allure. J'étais content, j'avais réussi à effectuer mon premier tri mental de la journée. Mon père aurait été fier de moi, mon petit papounet, un coup de maître qui avait tenu en une seule phrase me permettant enfin d'éloigner Patricia le plus loin possible de ma vue, surtout de mes oreilles. J'enviais par moments les sourds-muets et leur univers apaisé.

La descente ne fut pas vers les enfers, mais vers mon Éden du matin, cette bouffée de fumée salvatrice qui me permettait aussi de ne pas faire comme les autres. En 2019, fumer était devenu l'équivalent de la pratique de la divine drogue au tournant des XIXe et XXe siècles, un acte de rébellion sociale, le marqueur de l'appartenance à une élite intellectuelle ou inversement, à une classe populaire crasse et résignée.

D'après le livre de la Genèse, les cigarettes n'existaient pas. La femme en était cependant une composante essentielle. Une composante qui se nommait Kaya et qui m'attendait en bas dans la rue. Amateur de musique jamaïcaine, l'évocation de ce prénom n'avait pas manqué de me faire penser à Kaya, album de Bob Marley assez ennuyeux qui m'avait semblé assez proche de ses autres productions, aussi ennuyeuses, similaires elles-mêmes aux autres albums de reggae produits en Jamaïque, tout aussi insipides. À l'exception de Lee « Scratch » Perry. Génie peu connu du dub, qui justifiait à lui seul mon intérêt pour la musique de cette petite île, il fumait comme moi en bas de son studio pour se vider la tête. La seule différence notable était qu'après avoir marché pendant deux jours à reculons en frappant le sol à coups de marteau, il avait fini par incendier son studio dans un accès de démence. J'admirais cet homme qui ne se souciait pas de ce que pouvaient penser les autres, assumant pleinement qui il était et ce qu'il voulait rester : un créateur excentrique libre de ses choix, aux cheveux rouges et joints XXL. Du prénom exotique de Kaya, je me retrouvais en Jamaïque avec un dément, un voyage spirituel que je prenais tous les jours en première classe.

La zone fumeur non officielle donnait sur la rue Le Peletier du neuvième arrondissement de Paris. Kaya travaillait à l'institut de massage thaï d'en face, celui qui arborait avec insolence au milieu du gris parisien et de cette rue encombrée une plage, des cocotiers, des fleurs et une Asiatique allongée qui semblait se prélasser au soleil en attendant son divin massage. Elle fumait comme moi le matin, son genou replié sur le mur, ses yeux noirs perdus dans le vide, ses cheveux bruns mi-courts, deux anneaux à l'oreille gauche, en silence, sans fioritures matinales, sans évoquer la caféine qui tuait, la théine qui jaunissait les dents, la politique abjecte du gouvernement, la pollution qui allait tous nous anéantir ou ces pauvres animaux qui s'éteignaient et quittaient pour toujours cette planète vide de sens. Je n'avais bien sûr jamais adressé la parole à Kaya et très probablement elle n'avait aucune envie que je le fasse. Ainsi allaient les choses, dans tous les sens, rarement dans le mien.

J'avais quand même pu voir un jour, en passant près d'elle, le badge qui ornait sa petite poitrine que j'imaginais en forme de mangoustan, un fruit thaï assez sucré proche de la pêche. Elle portait une combinaison courte aux couleurs rose bonbon et fuchsia atroces. Son prénom en lettres d'or ressortait d'un badge sur fond bleu clair entouré de petites fleurs. J'avais du mal à comprendre la présence de ce badge. Il me semblait que son activité ne consistait pas à passer des articles au scanneur du supermarché mais plutôt dispenser au Français bourgeois des massages à options, la connaissance du prénom étant pour le moins superflue.

Le badge était un concept que je trouvais d'ailleurs insupportable et avilissant, assez proche dans l'esprit du code-barres. Je n'avais jamais pour ma part osé interpeller une caissière par son prénom. « Flora, ça fait combien s'il vous plaît ? », une fois scannés mes pâtes, mes carottes et mon jambon. Je n'aimerais pas non plus qu'en retour elle me dise, « Ça fait douze euros, Jean-François, merci », et plus tard « Jeff », car une forme de familiarité se serait installée entre nous. J'avais grandi à Neuilly-sur-Seine, au milieu d'aristocrates prétentieux et sûrs d'eux-mêmes, ce n'était pas pour finir par être sympathique et tutoyer tout le monde sous prétexte que le badge existait. J'avais gardé malgré moi quelques traces de cette éducation judéo-chrétienne ou un ersatz dégénéré. De toutes les manières, jamais aucune caissière ne me prêtait attention, même quand je faisais un effort dans le choix de mes produits. Je me disais parfois, « Tiens, elle va noter que j'ai pris du jambon bio et un sachet de salade. » Mais elle ne disait jamais rien, ne levait pas la tête et me communiquait le montant sans croiser mon regard. Malgré tous les badges du monde, nous restions des inconnus l'un pour l'autre.

Kaya fumait beaucoup, je la croisais deux à trois fois par jour. Je m'étais astreint à descendre à peu près dix fois sur une journée, à intervalles assez espacés pour que cela ne se voie pas trop, soit cinquante minutes ou l'équivalent d'un épisode d'une série. Cinquante minutes à ne plus voir ou entendre mes collègues de bureau.

Je voyais la fumée danser autour d'elle. J'aurais tant aimé pouvoir m'y fondre, m'enrouler autour de son corps, remontant sensuellement le long de ses courbes pour effleurer son visage et sentir sa peau couleur caramel. Je la regardais, elle ne me voyait pas. Elle fixait mon néant.

La Marlboro avait un sale goût, ce matin-là. D'une pichenette je l'envoyai s'écraser sur une portière de voiture et remontai au cinquième, le cœur de travers et le souffle court.

***

Travailler comportait quelques inconvénients notables, essentiellement humains, avec la nécessité de côtoyer dans un espace restreint des êtres aussi indésirables que Benoît. Il était né du croisement d'un fer à repasser et d'une endive au jambon, c'est avec son étonnante finesse qu'il interrompit mon travail du jour qui consistait à faire semblant de contacter mes clients en leur envoyant des e-mails pleins d'enthousiasme. Faire semblant constituait mon quotidien professionnel. J'excellais dans cette activité.

C'était l'été, il faisait chaud. Il dégoulinait et luisait comme une motte de beurre.

« Jeff, tu viens déjeuner avec nous, on va chez le petit Chinois d'à côté ? »

Même si Patricia était ma responsable et que je n'avais pas d'équipes à diriger, Benoît travaillait au support technique et par conséquent avait un grade supposé inférieur au mien. Je n'aimais pas cette familiarité avec laquelle il venait systématiquement me proposer de venir déjeuner avec lui et ses petits copains techniciens. J'avais un jour eu le malheur de lui rendre service, il s'imaginait depuis être mon meilleur ami pour la vie. Il pouvait enfin frimer en disant qu'il était copain avec un vendeur du cinquième. Quand bien même ce vendeur ne vendait rien. Il portait toujours fièrement une croix en or autour du cou, j'avais toujours eu du mal avec les étoiles de David, les croissants et autres symboles religieux, un peu comme les badges. J'avais moi-même été baptisé, mes parents ne m'avaient a priori pas demandé mon avis. Bien souvent, la religion est une transmission, comme une montre, mais en plus encombrant.

« Non.

— Allez viens Jeff, la petite Cindy du quatrième vient avec nous.

— Je ne peux pas, je suis sur un deal important. J'ai encore quelques e-mails à envoyer. Je vais m'installer au bureau et me prendre un sandwich. Le travail d'abord. »

Ma réponse avait eu pour effet d'allonger son visage telle une guimauve de fête foraine.

« Elle vient de rejoindre VFC, elle a besoin d'un guide… si tu vois ce que je veux dire !

— Je vois toujours ce que tu veux dire, Benoît. Encore une fois, je n'ai pas le temps.

— J'ai connu un mec dans ton genre, dit-il en commençant à s'asseoir sur mon bureau qui s'inclina dangereusement. Il pensait être indispensable à la boîte, il snobait tout le monde, il a fini par être viré par Férrié lui-même. On a même soupçonné qu'il avait dragué sa femme. Tu n'aurais pas dragué la femme de Vincent Férrié, par hasard ?… »

L'image de la femme allongée sur son transat en attente du massage sur la devanture du salon de l'autre côté de la rue me vint à l'esprit. J'imaginai cette pauvre femme dérangée dans son moment de plénitude par un gros moustique énervant qu'elle écrasa entre ses mains, son sang giclant de toute part.

« Je connais aussi une histoire sympa comme ça, lui dis-je. C'est un type qui venait toujours demander à son collègue de venir déjeuner avec lui. Il insistait toujours et toujours. Alors un jour, comme il en avait marre de se faire sans cesse déranger et pour qu'il comprenne bien le message, il lui a planté une hache en travers de la tête et l'a découpé en petits morceaux qu'il a congelés. Et comme il avait un esprit économe et pratique, il a ensuite mis ça sur des petits toasts qu'il a servis au cocktail de départ d'un autre de ses collègues, tout aussi pénible que le premier. Il se disait "comme ça, je contribue au recyclage de la planète".

— Haha, bon, tant pis pour toi, tu vas rater quelque chose de grandiose ! Je te raconterai, à plus. »

Il partit, visiblement content. J'aurais aimé développer un super pouvoir qui éloigne les nuisibles. J'aurais même pu mettre ça sous forme de bombe aérosol avec les photos de Benoît et Patricia, commercialisée à un prix raisonnable avec pour accroche : « En une pression, éloignez efficacement vos nuisibles du quotidien, collègues, faux amis et proches. Ne fonctionne pas sur les hommes politiques et chefs d'entreprise, cent pour cent d'origine française et bio. Existe également sous forme de gel à répandre sur le sol en cercles concentriques. »

L'été avait cela d'exaltant qu'il permettait enfin de voir les gens sous leur vrai jour, surtout la gent féminine. Une petite balade était donc la bienvenue, la quête du sandwich n'étant pas très compliquée vu que j'allais systématiquement à la même boulangerie depuis deux ans, rue de Provence. Elle était tenue par un jeune couple très agréable qui avait pour mission de nourrir les employés du quartier Drouot en sandwichs et salades maison. En arrivant devant la boulangerie, une fois bien aligné dans la queue, je vis mon reflet sur la vitre. J'avais pris un peu de poids ces derniers mois. Vivre seul n'arrangeait pas les choses, jamais personne ne me disait le matin que j'avais grossi ou que j'étais beau. Mes collègues de bureau m'avaient une fois signalé ma pâleur matinale, Patricia une autre fois que j'avais de grands pieds. Ce n'était pas allé plus loin.

Un petit mètre soixante-seize, brun, yeux marrons et l'air absent, surnommé « le porte-manteau » par ma professeure de français, Mme Lapuerta au lycée Pasteur de Neuilly-sur-Seine, cette synthèse de ma personne reflétait dans son esprit chagrin, mais juste, mon incapacité à susciter l'intérêt physique ou intellectuel. Ma compétence se limitait à porter mes vêtements et venir à l'école, un porte-manteau à roulettes, même pas capable de porter une conviction. J'avais maintenant trente et un ans, la situation n'avait pas tellement évolué, pas dans le bon sens dans tous les cas. Surtout au niveau du ventre.

J'arrivais devant ma petite boulangère qui terminait de s'occuper du client précédent, très lent de surcroît, ce qui avait une fâcheuse tendance à m'agacer. L'envie me prit de lui écraser sa religieuse en plein visage. Au moment où je m'apprêtais enfin à passer ma commande pour un sandwich thon-crudités en levant la main comme à l'école, ma petite boulangère se tourna vers la personne juste derrière moi pour lui demander ce qu'elle désirait. Sensation étrange de se retrouver au milieu de la boulangerie dans une dimension parallèle, celle des clients oubliés, des incapables qui n'arrivent même pas à se faire entendre pour commander un simple sandwich. La caissière, me croyant servi, me souhaita une « bonne journée Monsieur ». Je me retrouvai dans la rue, sans rien, sans oser pointer du doigt son oubli.

Le soleil me tapait en pleine figure. J'avais d'un coup très chaud, une furieuse envie de revenir, de leur hurler leur incompétence, que moi aussi j'avais le droit de me nourrir comme tous ces inutiles qui me passaient devant ou mettaient trois heures à choisir un dessert. Je me fantasmais alpha, leader implacable. J'exigeais un sandwich, ils sanglotaient leur repentir, me suppliaient de leur pardonner leur geste insensé.

Au lieu de cela, je remontai la rue et suivis la foule, la masse informe. Un simple oméga. J'avançais lentement, me posai la question de ma pertinence, de ce qui me bloquait et m'empêchait d'aller au-delà de la pensée, d'agir. Bien faire valait sûrement mieux que bien penser. La théorie m'était familière, la pratique une énigme.

Le retour au bureau fut long. Je n'avais plus envie de m'arrêter pour me restaurer et me repassai la scène en me disant que mon attitude était lamentable, que j'aurais dû faire ceci ou cela. Une fois devant l'ascenseur du bureau, je me rendis compte que je parlais à moi-même. Je n'étais malheureusement pas seul à attendre. Vincent Férrié me fixait.

« Vous vous sentez bien, Jean-Pierre ? »

Si seulement j'avais eu une pelle. J'aurais pu me creuser un trou et m'y enterrer. Éventuellement lui fracasser le crâne pour qu'il se taise.

« Bonjour M. Férrié. Oui ça va, merci. »

Je ne corrigeai même pas son erreur sur mon prénom. À quoi bon. Depuis trois ans que je travaillais dans cette boîte, j'avais eu le droit à toute la série des Jean : Jean-Paul, Jean-Michel, Jean-Marie... Seuls ma responsable et Benoît avaient fini par comprendre que c'était Jean-François, pour terminer par Jeff, raccourci facile d'une population qui avait systématiquement besoin de condenser les prénoms en milieu professionnel pour se donner un air détendu, surtout quand ils donnaient des ordres.

« Vous savez, Jean-Pierre, il m'arrive aussi de me parler à moi-même. En période de stress intense cela arrive souvent. Cela permet d'évacuer la tension, se construire une défense plus solide. Je vous ferai parvenir un livre très intéressant sur ce sujet. C'est ma femme qui me l'a offert l'année dernière. »

Je repensai à ce que m'avait dit Benoît sur sa femme, a priori très séduisante et qui aimait à l'occasion allumer les proches collaborateurs de son mari.

« Merci, je le lirai avec attention. »

Réponse navrante. Je n'en lirais pas deux pages ! Férrié était un homme assez étrange, secret et peu bavard. Il me regardait avec ses yeux bleu-gris profond. Je le sentais, il était grand, il était sur mon dos, il allait sûrement me démasquer et rire, je ne bougeai pas et regardai les étages s'afficher sans pouvoir accélérer cette ascension sans fin. Aux États-Unis, les ascenseurs vont vite, très vite. En France, ils se traînent, certainement pour laisser le temps et l'opportunité aux patrons de jauger leurs employés du service commercial, de bien leur faire ressentir le poids de la hiérarchie.

À l'arrivée au cinquième étage, je bondis à la limite du plongeon. Il continua vers son bureau panoramique du sixième étage. Je n'y étais encore jamais allé, on le disait agréable et bizarrement, peu de gens y avaient accès, quelques élus seulement. Mon déjeuner se limita à quelques gâteaux et trois cafés.

Dehors, le soleil brillait. Par la fenêtre j'aperçus la devanture du salon de massage ; un chien urinait sur le mur de l'immeuble.

CHAPITRE 3

J'habitais rue Collette, dans le dix-septième arrondissement de Paris, un petit deux-pièces que je louais au septième étage sans ascenseur d'un immeuble haussmannien qui donnait sur le square des Épinettes. Il faisait trente et un mètres carrés, comme mon âge, un mètre carré par année vécue, trente et un ans entre Neuilly-sur-Seine et Paris. J'avais toujours eu cette disposition à relever les détails insignifiants qui ne trouvent aucune explication logique.

Vers mes dix ans, j'avais noté cette voiture d'un modèle peu courant, une Saab 99 turbo marron, qui n'apparaissait qu'à des moments particuliers liés à ma relation complexe aux femmes. Comme avec Tatiana. Chaque fois que nos regards se croisaient, qu'elle m'adressait la parole ou manifestait un intérêt quelconque comme me demander une feuille ou dans les cas extrêmes, me touchait la main, la Saab 99 turbo marron apparaissait le soir quand je rentrais. Phénomène étrange que j'attribuais soit à un signe divin, soit à mon cerveau dérangé qui voyait des manifestations surnaturelles un peu partout. Je n'avais pas grandi à la campagne et n'avais jamais eu l'opportunité d'imaginer des petites fées dans les bois ou des elfes des marais. Je me contentais donc de la Saab 99 turbo marron. Cette voiture immonde me rassurait, devenait un marqueur de mon évolution et de mon rapport aux femmes. Elle disparut par la suite et fut remplacée par quantités d'autres objets loufoques beaucoup moins intéressants.

Le salon était plutôt bien aménagé. J'avais tapissé le mur du fond de vinyles que j'avais rangés sur une étagère Billy, aménagé une petite bibliothèque avec quelques bandes dessinées et des livres de science-fiction. Le reste était constitué de vieux meubles patinés, souvent proches du délabrement, comme ce vieux fauteuil club dans lequel j'aimais lire ou écouter un vieux disque de Lou Reed, surtout des albums moins connus comme *Coney Island Baby* et le morceau « Charley's Girl » pour lequel j'avais un attachement tout particulier, sans pouvoir ni vouloir l'expliquer.

À même les tomettes rouge foncé, j'avais posé mon cendrier fait maison qui consistait en un ancien casque de l'armée américaine trouvé aux puces de Saint-Ouen et sur lequel j'avais collé des pieds en bois. Une fois renversé, il constituait un parfait cendrier à forte contenance, capable de recevoir ma consommation hebdomadaire de cigarettes.

Un tableau trônait sur le mur principal, seul héritage de mon père. Le dessin en noir et blanc était un original de Moebius nommé *Pince Me*, inspiré du tableau de 1594 dont l'auteur reste encore inconnu, représentant la duchesse de Villars pinçant le téton de sa sœur, Gabrielle d'Estrées. J'avais aussi une photo encadrée d'une Saab 99 turbo marron-gris à quatre phares. Tout le monde la trouvait hideuse, c'était le but.

J'aimais mon deux-pièces. Il disposait d'un mini balcon, la vue sur le square m'apaisait toujours. Je m'imaginais souvent siroter un vieux rhum en compagnie de Kaya, l'air chaud de l'été soulevant délicatement sa robe blanche qui laissait deviner l'arrondi de sa poitrine, le galbe de ses cuisses.

Je garais ma bicyclette dans le local à vélos qui jouxtait l'entrée. Rempli de trottinettes, vieux vélos délabrés et meubles inutiles, la gardienne qui s'occupait aussi de l'entretien y déposait souvent ses sacs de vêtements qu'elle collectait et revendait à Saint-Ouen. Personne pour le moins détestable, que je détestais d'ailleurs profondément, je sentais qu'elle me jugeait et se prononçait pour mon extermination rapide et définitive, sentiment réciproque que je n'essayais pas de nuancer.

Après cette journée laborieuse, malheureusement assez habituelle, la perspective de retrouver mon deux-pièces et s'y enfermer jusqu'au lendemain matin me réjouissait. Les objets qui m'entouraient ne me questionnaient pas et me laissaient être moi-même. Ils étaient devenus ma famille proche, mes meilleurs amis. Plus besoin de tri, juste un plaisir sans contradiction, une direction unique et rassurante du temps qui s'écoule.

L'immeuble était constitué de voisins. J'aurais bien loué tous les étages pour ma seule personne, mais mon modeste salaire de commercial chez VFC m'obligeait à supporter leurs sons, leurs odeurs. Comme mes voisins du deuxième étage originaires d'Inde. Charmants au demeurant, ils cuisinaient je ne sais quoi toute la journée la porte ouverte, le sourire large et les enfants nombreux.

Heureusement, j'étais le seul dans cet immeuble à écouter de la musique. J'avais jusqu'à présent échappé au voisin fan de Sardou. Le pire avait été ma voisine du sixième qui écoutait de la musique grecque toute la journée pour assouvir sa passion pour le sirtaki, fausse danse traditionnelle inventée dans les années soixante qui avait engendré mon aversion définitive pour ce pays et sa gastronomie, yaourts et sandwichs inclus.

La seule avec qui j'avais envisagé un début de conversation et de relation, au sens le plus restreint du terme, était ma voisine de palier du septième étage, Mia.

Mia était décoratrice pour le cinéma, elle appelait ça « la fabrique de la vraisemblance ». Elle avait à son actif quelques films d'auteurs français et une dizaine de pièces de théâtre. Très impliquée dans son travail, elle était passionnée de cinéma et fan de musique comme moi. Sauf qu'elle n'écoutait pas ma musique, une sorte de bouillie pop indépendante un peu indigeste à mon goût. Situé une porte après le mien, son appartement faisait également trente et un mètres carrés, donnant aussi sur le square avec son petit balconnet qu'elle avait garni de plantes vertes aux noms imprononçables. Je n'y connaissais rien en verdure. À Neuilly-sur-Seine, mes parents m'avaient très jeune familiarisé avec les panneaux de signalisation routière et appris dès deux ans la couleur des feux. À la différence de Mia qui avait grandi à la campagne et qui savait faire la différence entre un prunier et un pommier, pourtant en l'absence de fruits, parfaitement semblables à mes yeux profanes.

D'un pas pesant, j'approchai du dernier étage, le bois grinça sur la dernière marche. Mia et une de ses copines, Caroline, tournèrent leur tête à l'unisson. Curieuse chorégraphie qui saluait mon arrivée pourtant peu gracieuse. Mia était en train de fermer sa porte, je la voyais s'énerver sur sa serrure, visiblement pressée de descendre.

« Jeff, tu viens avec nous, nous allons faire quelques courses ?

— Bonsoir, Mia. »

Une forme de lassitude me gagna. Les bras ballants et le regard éteint, je la regardai sachant par avance que ma résistance était vaine.

« Bouge-toi un peu, Jeff ! Si tu continues comme ça, tu deviendras vieux et con avant d'avoir fini de monter tes sept étages.

— Je n'ai aucune envie de redescendre pour te voir faire tes courses. Je n'ai pas envie de redescendre tout court, d'ailleurs.

— Eh bien, profites-en pour faire les tiennes. On ira boire un verre à l'Octo. Avec un peu de chance, ils passeront encore quelques bons disques. Tu achèteras du déodorant aussi, ton appart sent tellement fort la cigarette que même Méliès refuse d'y mettre les pattes. »

Méliès était son chat de gouttière. S'il ne venait pas chez moi, ce n'était sûrement pas à cause de l'odeur de tabac, il avait juste senti mon aversion pour sa nature poilue.

À mon grand désarroi, je parcourais maintenant l'avenue de Saint-Ouen en compagnie de Mia et de sa copine. Comme anticipé, je n'avais pas su lui dire non. J'étais comme un mouton qu'on emmenait à l'abattoir. Mia courait dans tous les sens, agitait ses bras. Je l'observais avec intérêt comme un ornithologue une espèce de cacatoès. C'était une petite brune aux cheveux mi-longs, yeux bleus, dynamique, chiante au possible. J'avais appris à l'apprécier malgré elle et ses copains insupportables constructeurs de décors. « La fabrique de la vraisemblance », je la faisais tous les jours dans ma tête, à fantasmer au milieu des images de Kaya, de mes collègues et de mes quelques amis qui se comptaient sur un seul doigt. Un univers en perpétuelle construction, le décor de mon théâtre intérieur, sombre et abîmé. C'était le mien, j'y étais bien.

Le Naturalia de l'avenue de Saint-Ouen était assez bien achalandé et agréable. Je n'y allais jamais. Les mêmes produits en label bio étaient disponibles au Monop' à vingt mètres, beaucoup moins chers et certes mal présentés, mais achetés par des gens normaux, avec des sacs en plastique. Mia savait exactement quoi acheter, je décidai d'aller l'attendre au café du coin. Caroline n'avait pas l'air de vouloir aller faire des courses non plus et proposa de m'accompagner. L'idée de me retrouver seul avec elle me donna des sueurs froides.

« Je vous rejoins dans vingt minutes, nous irons ensuite à l'Octo, je n'aime pas ce café. » Mia avait les idées assez arrêtées sur les bars où elle voulait aller et les autres qu'elle laissait aux alcoolos.

La foule était dense en cette soirée d'été et nous prîmes la table qui restait, coincée entre une mère de famille avec ses deux filles et un groupe de jeunes agités. Les petites filles faisaient un concours de bulles dans leur verre de grenadine et en mettaient partout.

À peine assise, je vis que Caroline voulait engager la conversation. Je cherchai du regard le serveur. Je n'allais pas y échapper, j'allais devoir m'y coller. Caroline était psy, profession insupportable en dehors d'un cabinet de consultation. J'avais toujours l'impression, quand je lui parlais, d'être jugé, qu'elle lisait à travers moi et me sondait à la moindre de mes remarques. Ma technique de tri mental était inefficace avec elle. En sa présence, j'étais un poisson rouge qui tournait en rond dans son bocal.

« C'est la première fois je pense que nous nous retrouvons tous les deux. Te connaissant un peu, tu dois être bien stressé », me dit-elle avec un petit sourire.

Ça commençait bien. Qu'est-ce qu'il faisait, le serveur, c'était dingue d'être aussi nul !

« Stressé ? Non pas du tout, pourquoi serais-je stressé ? Ça va très bien.

— Je ne sais pas, peut-être est-ce dû à ma profession ? »

Elle me regardait en souriant. Son air n'était pas moqueur.

« Ne t'inquiète pas, je plaisante. Même si je te trouve un peu étrange, je t'apprécie, Jeff. Sinon, cela ferait longtemps que j'aurais évité de sortir avec Mia et toi. »

Elle alluma une cigarette et m'en proposa une. Je m'empressai de l'allumer aussi.

« C'est bien, en fait, que nous soyons seuls. Je voulais te parler de Mia », dit-elle en me fixant du regard, cette fois-ci sans sourire.

J'étais pris au piège. Je voyais le serveur en train de discuter avec une petite blonde et faire le malin à l'autre bout de la terrasse. Si j'avais eu une carabine à lunette avec moi, je l'aurais abattu sur-le-champ.

« Je me fais un peu de souci pour elle. Depuis quelques mois, je la trouve un peu nerveuse, elle s'emporte vite, s'agace de tout et rien. Une vraie pile électrique.

— Tu sais, Caroline, je ne la connais que depuis deux ans. Elle m'a toujours semblé assez vive, pas du genre à garder sa langue dans sa poche.

— Mia aime les contrastes. Là, je la trouve beaucoup trop dans l'action. Elle s'occupe l'esprit, il y a quelque chose qui la travaille. J'ai essayé de lui parler, elle s'est agacée en m'expliquant que tout allait bien, que j'arrête de faire ma copine psy chiante. »

Je ne donnai pas tout à fait tort à Mia, sur ce point.

« Je ne sais pas quoi te dire », lui répondis-je, m'efforçant d'être le plus créatif possible.

Caroline me regarda en plissant ses petits yeux de psy. Elle devait se demander ce que je faisais là en face d'elle, assis sur ma petite chaise à attendre un serveur qui ne venait toujours pas.

« Jeff, tu es aussi un petit mystère pour moi, tu sais.

— C'est-à-dire ?

— J'ai l'impression que tout ce que je te raconte ne t'intéresse pas du tout. C'est ton amie aussi, non, même si tu ne la connais que depuis deux ans ? Ne le prends pas mal, me dit-elle en rigolant, mais tu me rappelles Bill Murray dans *Un jour sans fin*, toujours à râler après tout le monde et se moquer, à tourner en boucle et ne jamais savoir quoi faire. Toujours seul aussi…

— Sympa. Je ne pense pas qu'à moi et je ne suis pas seul. Je ne sais juste pas quoi te répondre ni quoi faire. Je suis toujours très mal à l'aise quand je dois mener ce type de conversation », dis-je en souriant vaguement.

Elle soupira, jeta sa cigarette par terre et l'écrasa de ses grosses bottes. Elle faisait tourner sa bague, un léopard en argent qui s'enroulait autour de son doigt, toutes griffes dehors, que je trouvais beaucoup trop menaçant. Surtout pour une personne censée personnifier l'écoute et la bienveillance.

« Excuse-moi, Jeff, si j'ai été un peu trop directe. Je me fais du souci pour Mia. Ce doit être une déformation professionnelle de vouloir toujours comprendre ce qui se passe chez les gens et dans le cas de Mia, essayer de l'aider.

— Je peux essayer de lui parler. Je ne te garantis rien. »

Il était clair que je ne garantissais rien, surtout après m'être fait insulter et traiter d'égocentrique qui ne savait pas quoi faire de sa vie. Ces psys, depuis mon enfance, n'étaient vraiment bons qu'à m'énerver. Elle avait mis le doigt sur un aspect de ma personnalité que je détestais, mon indécision perpétuelle. Je ne savais jamais que choisir, je craignais toujours qu'une fois engagé dans une voie, je me rende compte que ce n'était pas la bonne et regretterais mon choix. Je passais ma vie à être indécis. Ça allait de l'hésitation entre un pain au chocolat et une ficelle au fromage aux décisions les plus importantes qui se terminaient souvent en non-décisions. Je laissais les autres faire et n'avais plus qu'à me plaindre.

« Rien qu'essayer, déjà, ce serait bien, merci. »

Encore une phrase de thérapeute. Sûrement tirée d'un livre sur le bien-être et la compassion envers son prochain. Comme je l'avais anticipé, cette conversation n'aurait jamais dû se produire. Ce fut avec une joie non dissimulée que j'accueillis Mia qui revenait du Naturalia plus tôt que prévu.

« Ah, te voilà, nous n'avons même pas eu le temps de commander ! » lui dis-je, l'air agité. « Allons-y ! »

Mia me regarda l'air un peu étonné.

« Bon, je vais vous laisser », dit Caroline. « Je veux rentrer tôt, ce soir. »

Elle nous salua rapidement et partit vers le métro Guy Môquet.

Au moment de partir, le serveur arriva finalement et me demanda ce que nous voulions. Après un regard noir et deux « nous devons partir », nous nous dirigeâmes vers l'Octo en bas de chez nous. Je n'avais pas vraiment envie de parler. Caroline avait fini de me ruiner le moral. Je décidai de ne pas m'en ouvrir à Mia, j'avais juste besoin qu'on me laisse tranquille. Le silence était souvent mon meilleur remède à la mélancolie.

Nous arrivâmes assez vite à l'Octo et commandâmes une pinte de bière IPA. Le propriétaire avait eu en plus la bonne idée de passer de bons disques de rap, de Run The Jewels à Clipping. en passant par JPEGMafia. Puis vint un morceau du groupe Dave, *Streatham*. Un beat électro sombre et un flow grave, un rythme qui m'a emmené avec lui, là où j'ai pu enfin sortir de ce cerveau défectueux, me prendre pour quelqu'un que je n'étais pas, me fantasmer une personnalité de voyou des banlieues du Bronx, la capuche baissée, les poings serrés dans les poches, le regard noir, capable de dire « Dégage fils de pute » à n'importe qui. Pas un homme qui se faisait impressionner par une psy dans un bar, un patron autoritaire ou une boulangère aveugle. Un homme qui savait ce qu'il voulait et traçait sa route, droite comme une balle.

Mia comprit que je n'étais pas dans mon assiette et n'insista pas pour en parler. En cela je l'appréciais. Elle cernait assez vite et facilement mes humeurs, s'adaptait et tentait toujours malgré tout de créer un lien. Cette bulle dans laquelle je m'enfermais était devenue avec les années mon quotidien. Très jeune déjà, j'avais cette tendance à ne pas répondre à ma mère qui avait à répéter plusieurs fois la même question avant de capter mon attention. Je partais, je voyageais, j'étais dans mon univers que je modifiais à volonté. J'étais en contrôle, personne pour me contrarier. J'appelais ça la « pâte à modeler mentale », une matière que je façonnais à ma guise. J'y mélangeais les couleurs, tantôt carrée, tantôt ronde, plate ou en hauteur, elle était moi, elle était les autres. Ce soir, je l'avais façonnée en forme de main, le poing fermé, le majeur dressé.

Mes parents s'étaient souvent demandé si ce manque d'attention était dû à une quelconque déficience. Le temps et quelques psys avaient fini de les convaincre de ma bonne santé mentale. Je m'étais acheté la tranquillité en prenant la peine de répondre à leurs questions et pouvais me laisser aller à mon imagination. Je n'avais jamais eu l'envie de faire rentrer qui que ce soit dans mon univers. Manipuler de la pâte à modeler était une activité solitaire.

« Tu ne m'as pas l'air dans ton assiette », me dit Mia.

« Pas trop, non », lui répondis-je en faisant tourner mon verre.

Elle regardait les bouteilles du bar sans croiser mon regard.

« Hier, en travaillant au théâtre sur le décor de la nouvelle pièce, j'ai rencontré une personne assez originale. J'étais en train d'essayer différentes couleurs pour le mur du salon qui est la pièce principale, je n'arrivais pas à me décider. L'ambiance générale doit être très minimaliste et futuriste, un futur où les objets n'ont plus leur place. Tout est réduit à l'essentiel, une allégorie sur la fin de la société de consommation où l'esprit a pris le dessus sur le contemplatif, le tout baigné par une musique rap électro minimaliste. C'est le cartésien qui a vaincu l'irrationnel, si tu préfères. C'est difficile pour une décoratrice de réduire son travail au minimum, de l'imaginer uniquement avec une couleur, des éclairages simples, aucun objet. Je voulais partir sur des couleurs bleues, mais la salle étant majoritairement rouge, le monochrome bleu était compliqué et se mariait mal avec l'ensemble. Bref, j'avais le nez sur mon mur en haut de mon escabeau en train d'essayer des éclairages, sans arrêt dérangée par les acteurs, les accessoiristes, le metteur en scène et la costumière quand une petite vieille avec des lunettes rondes s'approche et regarde ce que je fais sans rien dire, plantée devant moi. Impossible d'être tranquille. Au bout de quelques secondes, elle engage la conversation. »

« Vous m'avez l'air bien ennuyée, jeune fille, en haut de votre escabeau, que faites-vous ? » me demande-t-elle.

« J'accroche les guirlandes de Noël. »

Elle ne répond rien et reste là. Visiblement, je ne l'avais pas découragée. Je tente du coup d'être un peu plus claire.

« J'essaye de trouver les bonnes couleurs pour cette scène, mais je suis sans cesse dérangée. »

Elle prend un peu de temps avant de me répondre. Elle avait des yeux qui attestaient encore d'une certaine vivacité d'esprit.

« Je vois. Vous devriez vous inspirer des Écossais », dit-elle.

« Des Écossais ? Comment ça ?

— Eh bien voyez-vous, je suis écossaise, mademoiselle. Je vais vous raconter une petite histoire, même si je vois que vous n'êtes pas dans de bonnes dispositions. Cela pourra peut-être vous servir ?

— C'est-à-dire que je suis un peu occupée, là. »

Elle se fout complètement de ce que je pouvais lui dire et continue sur sa lancée.

« Cette histoire remonte au XIIIe siècle. À cette époque, les guerriers nordiques, venant principalement de l'actuelle Norvège, avaient à plusieurs reprises tenté sans succès de s'emparer par la force des Highlands écossais. Ils décidèrent alors d'agir par la ruse. Par une nuit sans lune, ils accostèrent sur les côtes écossaises et s'approchèrent des citadelles dans un silence total. Ils retirèrent leurs bottes afin de ne pas se faire entendre tandis que d'autres rampèrent dans le noir. Quand ils furent à quelques mètres de réussir, leurs horribles cris alertèrent tous les gardes écossais. Les combattants nordiques furent exterminés. Plus jamais ils n'essayèrent de revenir conquérir l'Écosse. Savez-vous pourquoi ils avaient hurlé de la sorte ? » me demanda-t-elle avec un petit sourire.

« Non, je ne sais pas. Ils s'étaient rendu compte qu'ils dérangeaient, peut-être ?

— Eh bien, ils avaient marché sur des chardons placés par les Écossais. J'ai eu une fois la malchance de marcher sur un chardon, je peux vous assurer que c'est extrêmement douloureux. Depuis cette époque, le chardon est devenu d'abord l'emblème de l'ordre de la chevalerie du chardon puis de l'Écosse entière. Bien mieux, si vous voulez mon avis, que la rose anglaise ou le trèfle à trois feuilles irlandais. »

Je la regarde fixement, entre étonnement et désespoir. Elle sort finalement, sans ajouter un mot, et quitte la scène. Je continue sur mon escabeau à chercher une solution en étant toujours dérangée. Finalement, il me vient une idée. J'oriente les lumières non plus vers la scène, mais vers la salle. Ce faisant, les gens étaient aveuglés et ne s'approchaient plus de moi. J'ai pu terminer ma journée sans être interrompue. J'avais inventé mes propres chardons écossais ! J'ai trouvé assez vite la bonne couleur. Je suis partie sur de l'orange et du noir. »

Mia fit une petite pause et tourna ses yeux bleus vers moi.

« Je te raconte ça, j'ai pensé à toi après coup. J'ai l'impression que contrairement à moi, tu places des chardons partout autour de toi. En permanence. »

Elle rigolait, maintenant. Moi pas.

« Tu comprends ce que je te raconte, Jeff, ou tu finis de te noyer dans ton alcool ? Tu en penses quoi ?

— Je n'en pense rien », lui répondis-je en fixant mon verre vide.

Elle me regarda puis termina sa bière d'une traite. Elle avait son petit sourire moqueur, celui qui avait toujours l'air de dire « Je vois très bien à quoi tu penses ou ne penses pas. Ne fais pas semblant. » Elle était un éclair, la foudre ; j'étais le vent, une bise glacée qui se perdait dans son alcool.

Après une bonne demi-heure à l'écouter et surtout trois pintes de bière et deux tequilas, j'allais un peu mieux. Nous décidâmes, un peu chargés, de rentrer chez nous. J'avais finalement envie d'enlever quelques chardons. Nous fumâmes côte à côte une dernière cigarette, sans parler, devant le square des Épinettes.

Une fois arrivé en haut de cet escalier qui tournait et tournait sans fin, je fermai les yeux, pris une grande inspiration et me tournai vers la petite fenêtre qui donnait sur les toits de Paris. J'aperçus la lune au-dessus des nuages. Elle était éblouissante et froide.

« Jeff, repose-toi. »

Mia me fixa et me dit quelque chose d'assez inhabituel venant d'elle, en règle générale plutôt directe et claire dans ses intentions.

« Je ne sais pas ce que vous vous êtes dit avec Caro. Repense à ce qu'elle t'a dit. Il y a peut-être quelque chose de positif à en tirer. Ciao ! »

Et elle s'engouffra dans son appartement. Décidément, c'était la soirée des messages à double sens caché.

Je n'en avais trouvé aucun.

***

Le lendemain, le temps avait tourné. Il avait fait si lourd la veille qu'il avait plu dans la nuit et Paris ressemblait à un gigantesque hammam. Je pédalai en repensant à ce que m'avaient dit Caroline et Mia. Les femmes avaient souvent été un mystère pour moi et plus le temps passait, plus ce mystère s'épaississait. Mon père m'avait un jour dit, après s'être fortement disputé avec ma mère, en me regardant l'air furieux « Jeff, un jour tu comprendras ». À trente et un ans, je ne comprenais toujours rien. Contrairement aux affirmations de Caroline, je n'avais pas remarqué de changements chez Mia. En ma présence, elle semblait toujours la même, je ne savais donc pas comment l'aider. Quand bien même aurais-je noté un changement, j'aurais été bien incapable d'y faire quoi que ce soit.

J'arrivai au bureau le bas de pantalon trempé. Kaya n'était pas encore dehors, elle arrivait en règle générale vers neuf heures trente. Il y avait de fortes chances que je ne puisse descendre la voir ce jour-là. Nous avions une journée dite de « pipe-up », exercice qui consistait à appeler massivement nos clients pour créer de nouvelles opportunités business. C'était une pratique que Vincent Férrié avait rapportée et améliorée lors de ses précédentes expériences professionnelles chez de grands éditeurs de logiciels américains et adorait répéter à l'infini. VFC, pour Vincent Férrié Corporation, se positionnait sur un segment de marché assez encombré sur lequel notre offre de valeur avait une pertinence surtout pour le secteur public du fait de notre ADN français et de notre relation historique avec la Banque de France. Notre offre d'antivirus et de solutions de chiffrement était reconnue, notre chiffre d'affaires restait en constante croissance, pas assez visiblement pour Férrié.

Je n'avais pas particulièrement choisi cette filiale, c'est plutôt elle qui m'avait choisi. Ou plutôt Patricia que je connaissais d'une précédente expérience et qui me voyait bien en commercial dans ce secteur. Mes études s'étaient limitées à l'université, c'est avec une maîtrise en poche que j'avais commencé ma carrière professionnelle chez un petit éditeur de logiciels américain spécialisé dans le risque de crédit, sujet inintéressant au possible qui me permit néanmoins de payer mon loyer. J'y avais la dernière année connu Patricia, cette même Patricia qui ce matin regardait, encore et toujours, son café couler à la verticale avec beaucoup d'attention.

« Prêt pour une grande journée de pipe-up, Jeff ? »

Petit Poney avait l'air en forme, ce matin. Elle caressait avec excitation son pendentif, une louve grise dont elle m'avait parlé quelques jours auparavant. Un monologue soporifique qu'elle m'avait servi comme d'habitude dès le matin.

« Après un bon café, ça devrait aller. Je n'ai pas passé une très bonne nuit.

— Tu seras aujourd'hui avec Cindy, la nouvelle qui travaille au quatrième au support client, elle a besoin de se familiariser avec notre offre, tu pourras l'aider, Jeff. »

Je n'avais aucune envie d'aider, quelle idée aussi de s'appeler Cindy. Je l'imaginais en poufiasse aux ongles longs, un poster de Tom Cruise dans son salon et un air con du genre à rigoler à tout sans jamais rien comprendre. Encore une idée de Patricia pour créer de la cohésion d'équipe, de l'alignement, notion qui m'insupportait autant que d'acheter des bières en pack. La bière se servait à la pression, bien mousseuse, dans un pub et non alignée en pack de six au Super U.

« J'ai le temps de descendre ?

— Ne traîne pas s'il te plaît, tu sais que Vincent aime donner le départ de la session avec tout le monde présent. »

J'avais besoin d'un petit remontant. J'espérais croiser Kaya, mais elle n'était pas là, probablement déjà occupée à dispenser un massage dont j'aurais bien profité ce matin. Je me repassais encore la soirée de la veille quand une plaisante demoiselle passa juste devant moi et entra dans l'immeuble. Elle portait un petit chemiser blanc au col échancré et un jean hyper moulant. Je n'avais pas eu le temps de voir son visage, peu importait. Nous étions une centaine dans l'immeuble, je ne l'avais jamais vue chez VFC, probablement une intérimaire pour l'accueil. J'étais vraiment abject de penser qu'un petit cul comme le sien ne pouvait qu'aller à l'accueil, mais ça m'amusait beaucoup et la provocation mentale était encore autorisée.

En arrivant au cinquième, Vincent Férrié était déjà là, l'équipe commerciale au complet. Il discutait avec Patricia qui croisa mon regard d'un air sombre. Je m'assis à ma place et aperçus au fond du plateau Benoît qui discutait avec Petit Cul. Vincent s'avança vers nous et entama son discours qu'il nous resservait tous les six mois.

« Une société comme la nôtre est une grande famille (pas la mienne), nous partageons depuis des années les mêmes valeurs (l'argent ?) basées sur l'énergie et l'envie (de fuir), l'innovation et toujours le respect de nos clients. Cette année plus que toutes les autres est un tournant (à force de tournants tous les ans, je pense, nous avions fait trois tours sur place) et je compte sur vous pour le prendre ensemble et avec ambition. Aujourd'hui, je vous demande de la concentration et je suis persuadé (tant mieux pour toi) que nous arriverons à atteindre notre objectif de cinquante nouvelles opportunités pour un montant de cent cinquante mille euros. C'est ambitieux, mais faisable, je vous assure, Patricia et moi sommes à votre disposition, alors allez-y, foncez, vous êtes les meilleurs ! (fin du discours, érection)

Patricia ponctua cette dernière affirmation d'un ridicule *go guys*, un enthousiasme anglo-saxon que j'associais toujours à une limitation mentale assez prononcée et une ambition que je lui laissai bien volontiers. Benoît, le sourire large, s'approcha alors de moi, accompagné de Petit Cul qui avait un visage assez agréable, j'imagine, pour lui, une déesse. Il devait être dans tous ses états, le pauvre.

« Coucou Jeff, je te présente Cindy. Je t'en ai parlé hier, Patricia m'a dit qu'elle passait la journée avec toi pour mieux comprendre notre offre.

— Oui, effectivement, Patricia m'a parlé de vous ce matin.

— Je te laisse Jeff, sois gentil hein, je repasserai dans la journée. »

Cindy s'assit à côté de moi. Elle n'avait toujours pas dit un mot. Je me demandai s'il fallait que je la remonte pour qu'elle s'anime ou s'il fallait changer ses piles. J'avais eu plus jeune un G.I. Joe comme ça qui disait « Oui mon capitaine » quand on actionnait son bras gauche.

« Vous connaissez un peu les offres VFC ou vous partez de zéro ?

— Je ne sais pas, en fait. Il faut voir. »

Je ne comprenais même pas sa réponse.

« Vous êtes bien au support client ? Il va falloir bien connaître notre offre, les clients sont exigeants. » Je commençai à taper sur l'ordinateur sans vraiment prêter attention à ses réponses.

« Vincent m'a dit de demander à Jean-Claude, vous savez s'il vient aujourd'hui ? »

Je compris qu'elle parlait de moi. Férrié avait dû encore confondre les prénoms. Je la laissai continuer sans vraiment y prêter attention.

« Ne le dites pas à Jean-Claude, apparemment il ne serait pas très efficace et donc je pouvais le déranger avec mes questions aujourd'hui. Mais bon, si c'est avec vous c'est aussi très bien, Jeff. D'ailleurs, c'est américain, non, Jeff ? »

La journée allait être longue. La petite remarque sur mon efficacité aurait dû m'anéantir ; bizarrement, cela me laissa de marbre. Je devais être habitué.

« Non, c'est l'abréviation de Jean-François, un prénom bien français.

— Ah oui tiens, c'est drôle, c'est assez proche de Jean-Claude. Donc vous savez où il est ? Il va venir ?

— Il ne viendra pas. Il est mort.

— Ah... ?

— Je plaisante ! Il est devant vous.

— Ah oui, où ça ? »

Je fermai les yeux, me concentrai. Elle était apparemment pistonnée par Férrié, je ne pouvais pas me lever et la prendre gentiment par la main pour l'amener dehors. Je décidai une approche plus fine.

« Bon, je vais passer quelques coups de fil, vous prenez des notes et nous nous occuperons de Jean-Claude plus tard. Ça vous va comme ça ? »

Elle avait l'air d'avoir compris ; rien de moins sûr, finalement. Elle resta sagement assise, perdue dans sa platitude. Si Cindy avait été un paysage naturel, elle aurait été un désert de sel, tout plat. Et très chaud.

Le premier coup de fil fut un total échec. Le numéro n'était pas bon, j'étais tombé à l'accueil d'un hôpital de Grenoble spécialisé en neurologie. Pas très bon signe, me dis-je pour un début. En même temps, je m'en foutais complètement.

Le deuxième coup de fil fut légèrement plus intéressant, toujours inefficace. Je pus échanger avec l'assistante du directeur informatique qui m'expliqua que son patron était parti à La Baule et ne serait de retour que la semaine suivante, qu'il avait bien de la chance et qu'elle aussi serait bien partie à La Baule au lieu de me parler. Visiblement, elle s'ennuyait à mourir et se disait qu'elle allait me tenir la jambe pour meubler sa journée. Je m'en débarrassai après dix longues minutes. Cindy avait été très attentive à ma conversation et avait pris beaucoup de notes en hochant la tête à chacune de mes phrases. J'en vins à me poser la question de sa capacité à comprendre le français. Elle était peut-être finlandaise, avec ses cheveux blonds, qu'est-ce que j'en savais. Et ça aussi en fait, je m'en foutais.

Ce n'est qu'au sixième coup de fil que les choses devinrent intéressantes. J'avais en ligne une femme que j'identifiai dans la cinquantaine, calme, à la voix grave, avec un accent anglais assez prononcé.

« Écoutez Jean-Françoise, je vous remercie pour votre proposition, mais ce n'est pas vraiment le moment. »

Je ne corrigeai pas le « e » qui féminisait mon prénom, je compris qu'elle n'était pas française et se sentait mal. Étrangement, je ne m'en foutais plus.

« Vous voulez que je vous rappelle plus tard ? lui demandai-je.

— *Do you speak English, Jean-Françoise?* En Écosse, il y a un proverbe qui dit *You may as well keep your breath to cool your porridge.* »

Mon anglais était plutôt bon, je compris qu'elle me demandait gentiment de passer mon chemin.

« Très bien, je comprends, madame White. Désolé de vous avoir dérangée, je vous laisse.

— Je m'excuse si je suis un peu cassante. Je suis d'origine écossaise, voyez-vous, et aujourd'hui plus que jamais, mon pays me manque. »

Ce n'était pas le genre de conversation qui allait me rapporter beaucoup d'argent, mais son ton et sa voix m'étaient sympathiques. Je la laissai continuer.

« Vous devriez aller un jour en Écosse, me dit-elle. C'est un pays qui permet deux choses, découvrir et se retrouver. Ma fille habite encore là-bas, en banlieue de Glasgow. Nous avions il y a longtemps une maison, le manoir White, à une vingtaine de kilomètres, qui est maintenant une auberge. Si cela vous tente, je vous recommanderai au propriétaire qui est un bon ami. Ma fille vient de m'annoncer son mariage avec son patron. Si vous voulez mon avis, c'est un vieil Écossais traditionaliste et conservateur, elle va s'enfermer avec cet homme et perdre tout l'héritage culturel que je lui ai laissé. Après la perte de notre manoir, j'ai l'impression aujourd'hui de perdre une partie de ma fille. Je ne suis donc pas trop d'humeur à discuter antivirus, voyez-vous. »

Je voyais bien, oui. Moi-même, le sujet antivirus me déprimait et Cindy me souriait toujours, accentuant encore plus mon désarroi.

« Je comprends. Je ne vous dérangerai plus et vous souhaite beaucoup de courage pour la suite, vraiment. Au revoir, madame White. » Je lui communiquai quand même mon e-mail et raccrochai.

Je regardai mon téléphone. Ce type d'échange était une authentique source de satisfaction, bien plus qu'une nouvelle opportunité financière. Un bref morceau d'humanité qui, paradoxalement, malgré sa teneur triste, me redonnait envie d'appeler et échanger avec des êtres humains comme moi qui se foutaient des antivirus et partageaient un peu de leur vie avec un inconnu. Son malheur, je le comprenais. J'avais presque envie de la rappeler pour le lui dire.

La journée se termina telle qu'elle avait commencé, de manière inintéressante. Mon pipe-up n'avait donné qu'une petite opportunité à quatre mille euros. Cindy avait l'air satisfaite et trottina vers Patricia et Vincent pour conclure la journée. Le bilan était très bon, deux cent dix mille euros. Férrié était fier de nous, j'avais contribué à hauteur de 2 %. Je considérais ce score largement suffisant, les autres compensant mon désintérêt total pour la chose. Ils hurlaient en levant les bras, comme s'ils apprenaient avoir gagné au loto, les pauvres imbéciles lavés du cerveau qui ne comprenaient pas qu'ils ne toucheraient pas un euro de cet argent. Ils ne comprendraient d'ailleurs jamais, même le jour de leur licenciement, en venant pleurer devant leurs collègues qui les fuiraient pour ne pas se faire contaminer. Triste cirque dont j'étais le clown qui ne faisait pas rire.

Benoît me proposa de terminer la journée avec eux autour d'une bière chez l'Aveyronnais, un café rue Rossini. Vu le temps, la terrasse était tentante, engager la conversation avec Cindy m'aurait bien intéressé, mais j'avais rendez-vous le soir même en bas du bureau avec Jérôme. Cindy ne m'avait en plus pas manifesté le moindre intérêt. Je déclinai poliment et les vis partir. Benoît s'imaginait probablement une nuit torride.

La légende disait que Woody Allen était capable de mettre n'importe quelle femme dans son lit d'un simple trait d'humour bien placé. Cette même légende disait que Benoît, pas du tout.

Je restais optimiste pour l'avenir de l'espèce humaine.

CHAPITRE 4

Jérôme était né du croisement d'un manche à balai et de la ligne de RER D et n'avait aucune idée de ce que pouvait signifier « être à l'heure à un rendez-vous avec son meilleur ami pour éviter qu'il poireaute trente minutes en bas de son bureau ». Méthodique, obsessif, toujours en retard ; le triptyque de son existence que j'endurais au quotidien.

J'en profitai pour fumer une de mes premières cigarettes de la journée et aperçus Kaya qui sortait de son salon. Elle avait toujours cette tenue fuchsia ridicule, mais sa présence me donnait enfin une bouffée d'air frais dans la fournaise parisienne. J'avais envie d'aller lui parler. Après presque un an à l'observer je n'appelais pas vraiment ça du courage, mais sur le moment, rien que l'intention de le faire me parut digne des plus grandes légendes romantiques. Je me voyais la séduire, la faire rire, pour finalement l'inviter à une folle soirée parisienne, dans mon lit surtout, tous les deux en sueur, sa poitrine sur mon torse, son sexe brûlant, les fenêtres ouvertes et les lumières de la ville qui animaient les contours de son corps parfait.

Seul sur mon trottoir, je sentis la chaleur d'une érection naissante. Je remontai mon pantalon pour un nécessaire ajustement. Heureusement, j'étais en jeans.

« Jeff ?! »

Le visage de Jérôme à moins de cinquante centimètres du mien me fit reculer sous l'effet de la surprise. Maigre comme un clou et du haut de son mètre quatre-vingt-dix, ce grand métis aux yeux marrons, qui avait, à l'en croire, un père d'origine jamaïcaine et vivant à Londres, me regardait toujours de haut, l'air étonné. Je lui fis remarquer avec agacement son retard, sa capacité à m'énerver, et omis de lui parler du « coïtus interruptus psychique » que j'avais dû effectuer en voyant son visage collé au mien.

« Désolé, panne de ligne neuf du métro, j'ai dû terminer le trajet à pied », me répondit-il, l'air sincère et agaçant.

Nous décidâmes de rester dans le quartier, sans vraiment savoir vers où nous diriger, quand nous passâmes devant l'Aveyronnais où Benoît, Cindy et une personne de la comptabilité que je reconnus, Frédéric, étaient installés. Benoît, qui ne quittait pas des yeux Cindy, tout du moins son décolleté, ne nous vit pas. Elle me fit signe, le bras tendu avec un large sourire, sa poitrine s'animant sous l'effet conjoint de la pesanteur, du mouvement ample de son bras et de l'absence totale de soutien-gorge. Je consultai Jérôme du regard et compris que lui demander un quelconque avis était au-dessus de ses capacités du moment. Jérôme était un analytique, il ne comprenait le monde qu'à travers une suite logique d'équations qu'il créait. Dès qu'une nouvelle variable venait perturber son système de pensée, la panique se lisait sur son visage et son débit s'accélérait. Ainsi, cette femme qui levait le bras pour nous dire de les rejoindre risquait, si consultation, de provoquer chez lui un effet domino dangereux et reviendrait finalement à questionner l'entièreté de l'Univers et le rôle de l'humain, plus particulièrement de la femme au sein d'un système de pensée purement masculin. Je m'abstins donc de le consulter.

« Coucou Jean-Pierre, comment ça va depuis tout à l'heure ? »

Benoît n'avait pas l'air content de nous voir. Avec Jérôme qui, je le sentais derrière moi, voulait protester, ce n'était pas dans les meilleures conditions que cette soirée s'annonçait. Je décidai malgré tout de rester à la table. Après tout, ma vie sexuelle du moment ne me permettait pas de rater cette opportunité. Kaya ne me retournait pas mes regards et ma dernière relation datait d'un peu plus d'un an ; draguer Cindy ne devait pas être si compliqué avec à la table Benoît et Jérôme. Je ne ressemblais pas à Paul Newman, cependant je sentais qu'un subtil mélange de sauvagerie animale et d'humour ferait largement la différence et finirait de convaincre Cindy de terminer la soirée à mes côtés.

« Tu sais, Cindy, tu viens d'arriver et je ne veux pas te décourager dès ta première journée, mais ce type d'exercice est pour moi contre nature », lui expliquai-je en allumant une cigarette pour me donner cet air important qu'ont les fumeurs. « Je ne supporte pas l'idée de déranger les gens pour leur vendre un produit, l'inverse étant vrai, je ne supporte pas les appels pour me vendre une assurance ou un abonnement internet. Et quand quelqu'un me dit non, j'ai tendance à ne pas insister et je raccroche. Ce qui est contraire à l'esprit de l'exercice.

— Moi, j'ai trouvé ça rigolo. Vincent m'a souvent dit d'être attentive pour apprendre et rester ouverte, j'essaye au maximum. Vous pensez que ça allait ? »

J'avais envie de lui répondre que non, ça n'allait pas. Que ça n'irait probablement jamais. Je m'abstins malgré tout, aucun homme n'avait jamais réussi à séduire une femme en la traitant de connasse.

« Quand tu parles de Vincent, il s'agit bien de Vincent Férrié ?

— Oui bien sûr, il m'aide beaucoup et m'a proposé ce poste. J'ai travaillé longtemps à la Banque de France et tout ça est assez nouveau pour moi. J'ai peur de ne pas savoir comment faire.

— Ah oui ? La Banque de France est un de nos plus importants clients. Tu avais quoi, comme poste ?

— J'étais l'assistante du responsable de la sécurité intérieure, c'était très intéressant même si je ne comprenais pas grand-chose. Trop technique. »

À mon grand étonnement, Jérôme intervint dans la conversation. Étrangement, la tournure que prenait la conversation l'intéressait. Je voyais s'envoler par la même occasion mes rêves de sexe pour ce soir, sachant par avance que son intervention plomberait définitivement l'ambiance.

« Vous connaissez probablement tous l'existence de la Souterraine ?

— Non, on ne connaît pas. Je vous présente Jérôme, une relation lointaine. »

Mais rien ne pouvait l'arrêter.

« C'est le surnom du grand coffre-fort situé dans le sous-sol de l'hôtel de Toulouse, à la Banque de France, et qui abrite les réserves d'or de la Nation. L'accès à la Souterraine se fait en deux étapes. Il faut d'abord prendre un ascenseur qui s'arrête au quatrième sous-sol puis emprunter un second ascenseur qui permet de descendre au huitième sous-sol. L'accès à la salle est hautement sécurisé grâce à une porte blindée de huit tonnes et un bloc de ciment de dix-sept tonnes qui, en venant s'encastrer dans une tourelle pivotante, constituent une porte infranchissable. Sans compter les vingt-deux caméras de surveillance, et les gardes qui tournent toutes les trente minutes. »

Benoît se faisait voler la vedette, je voyais son visage virer au rouge. J'étais moi-même un peu dépité. Jérôme ne voyait rien et continuait sur sa lancée.

« Le coffre recèle les plus beaux trésors de la Nation dont cent vingt milliards d'euros en lingots d'or appartenant à la France, aux États-Unis et à l'Allemagne. Il paraît même qu'il s'y trouve des secrets d'État, des tableaux, des sculptures, tout un assortiment d'œuvres accumulées par l'État au fil des ans. Je m'étonne, Jeff, que tu ne connaisses pas cet endroit, toi qui aimes l'argent.

— Comment sais-tu tout ça ? », lui demandai-je. Et depuis quand étais-je fan d'argent ? Qu'est-ce qu'il pouvait m'agacer, quand il s'y mettait !

« *Le Quatrième Cercle*, mon cher Jeff, ce jeu vidéo est une mine d'informations sur le sujet. L'objectif était d'entrer et dérober les lingots après toute une série d'épreuves, mais je n'ai jamais pu terminer ce jeu bien trop compliqué.

— Vincent adore en parler avec moi », répondit Cindy. « D'ailleurs, il ne parle presque que de ça. Je n'ai jamais pu accéder au huitième sous-sol, mais je suis déjà allée au quatrième. J'aurais aimé visiter le huitième, mais mon ancien patron craignait que je me perde, comme la salle est très grande. Il disait que je n'avais pas le sens de l'orientation. »

Cette fille était assez intrigante. Était-elle involontairement bête ou suffisamment maligne pour jouer un rôle et mieux profiter de son physique pour obtenir ce qu'elle voulait ? L'idée d'une nuit avec elle ne me déplaisait pas et je tentai durant les minutes qui suivirent de voir si mes approches pouvaient donner quelque chose. Visiblement non. En revanche, à ma grande surprise, elle ne semblait pas indifférente aux avances appuyées de Benoît. Je n'arrivais pas à comprendre comment elle pouvait lever les yeux sur lui. Jérôme avait pour sa part plutôt l'air de s'amuser et continuait d'exposer l'étendue de ses connaissances. La vanité faisait partie de ses qualifications sociales, il ne manquait jamais une occasion de la montrer à son entourage. Il continua donc sur la Souterraine, encouragé par la relance de Cindy.

« Effectivement, c'est une très grande salle, sa superficie est de 11 000 m² et compte six cent cinquante-huit piliers, une sorte d'immense labyrinthe qui recèle dans une dernière pièce cachée : la réserve d'or de France. C'est le plus grand coffre-fort d'Europe et il est juste sous nos pieds, au niveau des égouts. Plutôt paradoxal, non ? »

Jérôme était fier de son exposé et mon agacement ne venait pas tellement de lui mais plutôt du fait que Cindy se rapprochait de Benoît. Il était finalement bien roi en ce monde sens dessus dessous, un univers à contresens du mien. Je les regardai et restai assis bien sagement. Encore une soirée en solitaire, me disais-je, et une énigme de plus sur la nature de la femme. Je n'avais jamais réussi qu'une face du Rubik's cube qui en comptait six. J'avais beau le tourner dans tous les sens, je n'y arrivais toujours pas.

Je décidai finalement d'abréger les échanges, proposant à Jérôme de rentrer dans notre quartier et voir si Mia était disponible pour un dernier verre à l'Octo. Jérôme habitait à quelques minutes dans le quartier des Batignolles et il n'était de toutes les manières pas du genre à traîner dans les rues avec de vulgaires inconnus.

L'Octo avait ceci d'agréable qu'il était tenu par deux jeunes d'une vingtaine d'années au goût sûr et accueillait principalement des trentenaires et quarantenaires, soit un bar qui nous permettait d'avoir encore l'illusion de sortir dans des endroits animés et branchés malgré nos âges, sans faire de compromis sur la musique. Mia descendit assez rapidement nous rejoindre ; je n'avais pas vraiment le moral et mon accueil fut assez froid.

J'avais connu Jérôme à la faculté de Nanterre une dizaine d'années auparavant. La passion pour les jeux vidéo nous avait initialement réunis, c'est avec le temps que j'avais appris à apprécier ce garçon atypique. C'était cette façon bien à lui de voir le monde qui au fil du temps m'avait attiré. Tout devait être bien rangé et logique, il laissait malgré tout quelques cases vides pour apprendre et se nourrir de ce que je pouvais parfois lui apporter.

Comprendre les émotions lui était difficile, j'essayais tant bien que mal de lui expliquer le non-rationnel. Jérôme n'avait pas compris par exemple pourquoi lors de notre deuxième année de fac, j'avais essayé d'approcher une de nos camarades d'études nommée Alexandra. Elle était antipathique, excessive, irrationnelle, physiquement très agréable. Mes efforts pour lui plaire furent vains, je ne réussis qu'à m'enfoncer un peu plus dans la frustration et l'isolement, d'où les interrogations de Jérôme sur l'intérêt final d'une telle démarche avec les femmes qui, dans la plupart des cas, n'aboutissait à rien.

De l'expérience nous devions apprendre et ajuster nos comportements de façon rationnelle. Jérôme me suggéra d'arrêter définitivement d'adresser la parole aux femmes, sauf à ma mère, puisque le résultat était systématiquement en ma défaveur, raisonnement logique que ma libido contestait. Lui-même d'ailleurs n'éprouvait aucun besoin de leur parler, tout du moins sur la base de mes motivations premières liées au sexe, et n'avait probablement jamais embrassé ni couché avec une femme, sujet qu'il me laissait bien volontiers. Ses préoccupations étaient liées à son environnement matériel, son confort et le rationnel nécessaire afin de le maintenir, voire de l'améliorer. La notion d'amour se limitait à la dernière version d'un jeu vidéo ou aux recherches liées à leur conception. Jérôme devint par la suite un brillant concepteur et développeur de jeux vidéo pour le compte de PlaySoft.

Sa relation avec ma voisine, qui devenait avec le temps une amie, fut compliquée au début mais avait atteint une forme de stabilité. Il la voyait comme une étrangeté imposée par la proximité de son appartement. Mia, de son côté, avec son caractère dynamique et direct, avait tout de suite vu chez Jérôme son potentiel comique et s'amusait souvent de ses comportements qu'elle qualifiait d'algorithmes émotifs. Une forme d'intelligence artificielle humaine qui la distrayait plus qu'elle ne l'agaçait.

« Salut les garçons, alors vous avez trouvé chaussures à vos pieds ? »

Je répondis, agacé, que nous étions partis pour un simple verre entre deux amis, que nous étions des hommes matures et suffisamment sûrs d'eux pour aller sur une terrasse de café en été pour discuter de l'avenir du monde ou du dernier jeu vidéo à la mode, sans être emparés par la tentation et la luxure. Pour qui nous prenait-elle, vraiment ?

Ce que Mia avait compris, et que visiblement j'avais toujours du mal à admettre, c'était mon incapacité quasi totale à engager une conversation de séduction avec une jolie femme. J'avais réussi par le passé à le faire, toujours avec des femmes dont le physique me laissait presque totalement indifférent. Des femmes dont personne ne voulait, les oubliées du fond du panier. Celles qui attendaient que je leur parle pour sourire béatement et s'imaginer vivre avec moi une belle vie bien rangée dans un pavillon délabré avec trois enfants hurleurs et moches, un minuscule chien, une Renault Espace, une petite levrette une fois par mois, des voisins qui nous cuisineraient des tartes de bienvenue ; une existence où nous ferions nos courses au marché du coin en saluant presque tout le monde d'un air béat, tondant notre pelouse avec passion pour terminer la journée à coups de pastis autour d'un barbecue des voisins en expliquant à qui voudrait l'entendre que le temps changeait et que notre chien avait des problèmes de digestion, produisant des crottes vertes un peu partout dans le quartier. Une vie potentielle trépidante et méritée, avec la dernière des mochetés. Voilà ce à quoi j'avais droit.

Les belles femmes passionnées et passionnantes, je les voyais défiler sur les séries, au bureau par moments, sur les terrasses de cafés à Paris. Surtout, elles défilaient dans ma tête, se noyaient dans ma solitude et, avec le temps, dans ma frustration.

Mia n'en rajouta pas et se commanda une bière fraîche ; il faisait toujours aussi chaud et lourd.

« Rien à voir avec le monochrome dont je t'ai parlé, je suis en train de travailler sur un nouveau décor pour une pièce tirée d'un roman de science-fiction, je pensais que cela pourrait vous intéresser. J'aurais besoin que vous m'aidiez, ce n'est pas évident d'imaginer un vaisseau spatial en l'an 3200, je sèche un peu. »

Ma jambe droite s'agitait, mon souffle était court. J'étais énervé, frustré et engager une conversation sur le sujet des décors était en dehors de mes capacités du moment.

« Demande à Jérôme, il a sûrement dû jouer à un de ses stupides jeux vidéo futuristes. De toutes les manières, en l'an 3200, nous serons probablement tous morts si j'en crois ma boss qui m'explique du matin au soir que le café nous tuera tous.

— C'est sympa de ta part, j'apprécie ton retour positif et constructif, Jeff, tu devrais peut-être te poser la question de pourquoi tu termines toutes tes soirées dans ce bar à boire des bières avec ta voisine et ton meilleur copain, qui d'ailleurs n'écoute rien et consulte son téléphone. »

Jérôme intervint dans la conversation avec toute la pertinence et l'empathie qui le caractérisaient.

« Notre petite conversation de tout à l'heure sur la Souterraine de la Banque de France m'a donné envie de rejouer au *Quatrième Cercle*, j'en ai trouvé une version pour PC sur eBay », dit-il sans prêter la moindre attention à ce qui se passait autour de lui.

« Vous êtes pénibles tous les deux, je me demande vraiment quelquefois ce que je fais avec vous. »

Et elle partit, sans même régler sa bière. Les femmes ont ce côté émotif qui me dépasse. Visiblement, cela ne perturbait pas du tout Jérôme qui souriait devant son téléphone en sirotant son jus de fruits. Je me commandai un petit verre de rhum et décidai de rentrer. Je repensai à ce que m'avait dit son amie Caroline sur le fait qu'elle s'emportait vite en ce moment. Peut-être n'avait-elle pas tout à fait tort. En cela, elle m'agaçait encore plus.

Jérôme repartit chez lui l'air satisfait. En arrivant en haut de mon immeuble, j'hésitai à passer une petite tête chez Mia pour lui souhaiter une bonne nuit. Même si je ne comprenais pas ce genre d'attitude, je n'aimais pas les conflits. Je tendis l'oreille et n'entendis rien, pas de musique, pas de télé, elle était probablement déjà couchée. Je décidai de reporter au lendemain cette démarche humaniste. C'était d'ailleurs un samedi, j'avais tout mon temps.

Je m'installai devant mon vieux Mac pour surfer sur des sites pornos sans intérêt. La fenêtre grande ouverte sur le square des Épinettes n'apportait aucune fraîcheur, juste un souffle de mélancolie. Lassé des scénarios répétitifs, je laissai tomber mon ordinateur et me passai un disque. En scrutant par le balcon les abords du square, je surpris un couple d'ados en train de s'embrasser. J'avais vu quelques semaines plus tôt un reportage sur Stephen Hawking et les trous noirs. Le journaliste expliquait que ces objets célestes n'émettaient aucune lumière et étaient donc invisibles, perdus au milieu de l'Univers. Toute matière qui s'en approchait tombait dans ce piège sans fond et définitif. Je n'avais pu m'empêcher en l'écoutant, non pas de voyager à travers les étoiles pour rejoindre en le traversant un nouveau monde, mais d'associer ce phénomène à mon adolescence, soit une énergie prodigieuse déployée pour ne pas briller, une capacité gigantesque à attirer les femmes dans un abysse de doute et d'ennui sans fond. La situation n'avait pas tellement évolué.

Je me rendais compte de mon état de fatigue, qu'il était peut-être temps de prendre des congés, me reposer et voyager un peu par la même occasion. Je n'avais pas quitté Paris depuis six mois, j'éprouvais le besoin de voir un paysage désert, sans immeubles et sans lumières, sans personne pour me dire quoi faire ou me demander un avis, une liberté de me mouvoir et de penser indispensable à mon équilibre toujours précaire. Je me rappelai que le comité d'entreprise du bureau proposait des trajets et séjours à l'étranger à prix négociés ; je notai mentalement d'aller les voir lundi et boucler un aller-retour pour le mois d'août.

***

Le lendemain matin, un petit vent frais soufflait dans mon salon. C'est avec plaisir et détendu que je pus déguster mon café et ma première cigarette sur mon balcon. Je passai un titre des Upsetters, tiré du grand classique de 1976, l'album *Super Ape*, acheté aux puces de Londres avec Jérôme. Le disque craquait, la pochette était usée, mais j'aimais son odeur de vieux carton, ce son chaleureux et ces basses profondes et lentes pour commencer la journée. Une petite note au feutre était inscrite au dos, probablement par l'ancien propriétaire, « Pour toi Judy, Joyeux Anniversaire, Gene ». J'aimais les notes sur les disques, contrairement aux collectionneurs maniaques qui les préféraient immaculés et finalement plus tristes à mes yeux que ces petits témoignages d'amour qui donnaient plus de goût à la musique. Ce disque était l'exemple parfait de ce qu'étaient les cycles en musique. Vingt ans après, les représentants du trip-hop de Bristol ou plus tard le duo berlinois Rhythm & Sound, reprenaient exactement cette rythmique lente faite de boucles hypnotiques et de voix aériennes pour alimenter les élites en manque de spiritualité musicale.

Les jambes étendues sur la rambarde, encore en pyjama à rayures bleues et lunettes de soleil, je savourais le doux soleil du matin. Ce devait être ça, la vie en Jamaïque, une longue et tranquille existence où le temps est plus lent et les efforts superflus. Une forme de jouissance au ralenti.

Je n'entendis pas Mia qui s'assit à son tour sur son balcon fleuri. Elle ne m'adressa pas tout de suite la parole ; ce fut finalement son chat Méliès qui en grattant un bac à fleurs, rompit le silence et nous permit d'échanger quelques mots.

« Désolé pour hier Mia, j'étais un peu énervé.

— La prochaine fois, quand tu es énervé, évite de m'appeler pour boire une bière ! Je ne vois pas bien l'intérêt de ma présence. Et pareil pour Jérôme qui n'accorde de l'attention qu'à lui-même et ses stupides jeux vidéo.

— Je te l'accorde, il n'est pas toujours facile, mais il est très sympa. Quand on le connaît bien. C'est surtout mon seul ami… »

Mia n'avait pas l'air de se calmer.

« Tu pourrais te faire d'autres amis si tu étais moins difficile, Jeff, un peu plus ouvert aux autres et comme ton ami Jérôme, un peu moins centré sur ta petite personne.

— Je te trouve un peu dure quand même. D'accord, je n'ai pas beaucoup d'amis, mais je ne suis quand même pas complètement fermé aux autres. Regarde, hier j'ai fait la connaissance d'une nouvelle collègue de bureau complètement ahurie, c'est dire. »

J'étais un peu vexé. J'avais envie d'ajouter que, par exemple, je n'étais pas fermé à elle, mais cela était au-delà de mes forces, et m'aurait mis fortement mal à l'aise, créant du coup une intimité que je n'aurais pas su gérer.

Pourtant, je sentais avec Mia une amitié naissante, même si je n'étais pas sûr que j'aurais pu être ami avec elle si elle n'avait pas été ma voisine de palier. Elle était quand même assez pénible dans son genre, toujours à gesticuler, positive, jamais déprimée comme tout le monde. Elle voyait toujours les choses du bon côté. Je trouvais ça agaçant, je comparais ce type de personnalité à celle d'un animateur télé, toujours à sourire même quand on lui disait qu'il était un imbécile fini, ce rire de courtoisie épuisant et hypocrite. Mia n'était pas dans cette catégorie, pas encore. Elle s'en rapprochait dangereusement, la pente était bien là, chaque jour plus forte, comme une fatalité.

« Et puis je sors d'une relation amoureuse compliquée, j'ai un peu les nerfs à vif en ce moment », finis-je de dire sans grande conviction.

« Une relation amoureuse, tu plaisantes, Jeff ? Marie et toi n'aviez pas de relation du tout, c'était plutôt un passe-temps, comme un doudou ou une balle antistress ! Tu n'étais pas amoureux et elle non plus ! Si elle est partie, c'est que tu ne t'occupais jamais d'elle. Sans compter Jérôme qui passait son temps à lui dire qu'elle était stupide. »

C'est vrai que Marie était stupide. Elle m'avait un jour expliqué que son rêve était de rencontrer Amma, une gourou indienne qui vous faisait poireauter cinq heures au milieu d'une horde d'hystériques habillés en blanc pour finalement vous faire un petit câlin de cinq secondes. Je n'arrivais pas à comprendre l'idée d'avoir envie de ça, ni cette Amma et ce qu'elle voulait donner ou recevoir avec ses étreintes.

En fait, j'avais surtout été attiré par la poitrine opulente de Marie, à défaut d'un visage agréable, ce qui s'avérait assez limité pour assurer une relation sur le long terme. L'intensité de nos ébats amoureux n'avait jamais été à la hauteur de son bonnet D plein de promesses. Notre histoire avait quand même duré près d'une année, et c'est un peu grâce à l'insulte finale de Jérôme qui l'avait traitée un soir à l'Octo de « grosse truie » que je pus terminer cette mascarade. J'avais en fin de compte laissé filer cette relation dans une indifférence totale, son départ de ma vie se fit sans émotion et sans regret.

J'essayai d'apaiser un peu notre conversation.

« Tu veux venir avec moi courir au parc Monceau ? Il ne fait pas encore trop chaud, ça nous fera du bien…

— Tu t'en sors bien, toujours à esquiver les discussions ! Finalement pourquoi pas, je n'ai pas envie de trop parler non plus, ce matin. Laisse-moi vingt minutes et je te rejoins en bas. »

Je m'étais astreint à courir dix kilomètres par semaine. J'arrivais tant bien que mal à m'y tenir et invitais parfois Mia qui, si elle n'était pas une athlète professionnelle, s'entretenait assez souvent. Elle n'avait pas un gramme de graisse, même si c'était toujours difficile à remarquer sous ses vêtements amples et ses gesticulations perpétuelles.

Elle arriva comme annoncé vingt minutes plus tard en bas de notre immeuble, avec un petit short rouge très années soixante-dix, ses cheveux bruns attachés en couettes, le sourire aux lèvres et remontée comme une pendule, prête à enchaîner trois marathons. Nous descendîmes la rue Legendre qui était encore peu fréquentée à cette heure. La température était assez agréable, j'avais un plaisir sincère à courir à son côté. Nous arrivâmes au bout de deux kilomètres au parc Monceau ; le tour faisait très exactement un kilomètre et j'avais donc six tours à effectuer pour ensuite rentrer par le même chemin et boucler mes dix kilomètres.

Le parc Monceau étant fréquenté par des gens du quartier, pour la plupart très aisés financièrement, le public était assez agréable à regarder. L'argent amenait une conscience de son corps bien particulière, l'apparence chez les riches et pour les femmes passait par l'absence de rides, de graisse, des dents très blanches et une tenue seyante, étudiée fonction du temps et de la mode du moment. Ce même parc en plein milieu d'une banlieue de Rodez serait synonyme de joggings larges, capuches et casquettes, claquettes chaussettes, paquets de chips et gosses qui hurlent en se jetant du sable à la figure.

Là, les enfants étaient propres, bien alignés dans le bac à sable et les mamans, quand elles se penchaient vers leurs petits chérubins pour leur apprendre à faire des pâtés, exhibaient un cul de compétition et une poitrine faussement cachée par un petit chemisier moulant de chez Chanel. Un véritable piège, organisé pour attiser la convoitise des chefs d'entreprise et faire souffrir les employés commerciaux comme moi qui venaient juste courir.

Les hommes, en revanche, faisaient preuve d'une retenue très chic. Montrer ses muscles était réservé aux beaufs. Ils arboraient des tenues sobres et unies, AirPods Apple, montre Audemars Piguet Royal Oak au poignet, short blanc, polo blanc, baskets blanches et lunettes de soleil style Cary Grant dans *La mort aux trousses*. Les hommes du quartier adoraient les marques sobres et coûteuses. Ils couraient par petites foulées, souffle discret plus proche de la jeune gazelle que du rhinocéros gris. Surtout, pas une trace de transpiration. Je ne comprenais pas comment ils faisaient pour ne pas suer avec cette chaleur. Peut-être un tee-shirt éponge contrôlé par Bluetooth ou un suppositoire anti-transpirant ? Ils portaient l'arrogance comme une fierté, une revendication de leur supériorité financière et morale. Moi en revanche, je transpirais, j'avais des lunettes Decathlon et un short Monoprix usé. Et je m'en foutais. Nous courions l'un à côté de l'autre sans trop forcer le rythme, entre neuf et dix kilomètres à l'heure.

En passant sous l'arcade de l'hôtel de ville, une ancienne ruine rapportée dans le parc suite à la commune de Paris en 1871, un homme d'une cinquantaine d'années manqua de peu me faire tomber. Il s'était rabattu sur moi trop tôt après m'avoir doublé, je dus carrément arrêter de courir pour ne pas lui rentrer dedans ; un sans-gêne incroyable. Je regardai à ce moment Mia pour voir si elle partageait mon étonnement quand je me pris les pieds dans je ne sais quoi et me retrouvai par terre. C'est en me retournant pour voir sur quoi j'avais buté que je me rendis compte que l'homme était à terre, inanimé. Il avait dû chuter violemment, il saignait des bras et de la tête. Étendu sur le sol, il ne bougeait plus.

Mia, assez réactive, s'était rapidement penchée sur lui.

« Il a l'air d'avoir fait un malaise, peut-être un arrêt cardiaque, pas étonnant vu la chaleur ! J'appelle les pompiers, fais-lui un massage, Jeff, tu as été formé à ton bureau, non ? Allez vas-y, RÉVEILLE-TOI ! »

Une petite foule commençait à s'agglutiner autour de nous. J'étais un peu sonné, malgré tout je m'approchai et mis mes mains sur sa poitrine. Je commençai à pomper. Je me rappelai qu'il fallait pomper trente fois et ensuite pratiquer le bouche-à-bouche deux fois. Mais en voyant le visage dégoulinant de transpiration et rouge, m'imaginer en train de l'embrasser me dégoûta. Arrivé à trente, je demandai si un médecin était là, mais non, juste un ramassis d'inutiles. Je me décidai finalement et après deux insufflations, je continuai les compressions. Mia criait au téléphone. Le soleil me tapait sur la tête, j'avais soif et peur. Mes mains tremblaient et j'avais envie de m'enfuir très loin.

Après cinq longues minutes, les pompiers arrivèrent et prirent rapidement les choses en main. Je me relevai, les regardai faire avec assurance, sûrs d'eux. Mia restait à côté de moi sans rien dire, choquée. La foule commençait à se disperser et les pompiers n'avaient pas l'air très optimistes. Au bout de quinze minutes, ils arrêtèrent. L'homme était mort.

Les papiers qu'il avait sur lui nous apprirent qu'il s'appelait Claude. Il avait cinquante-quatre ans, de très nombreuses cartes de crédit dans un portefeuille en cuir de crocodile et portait autour de son cou un magnifique collier en or, orné d'un lion blanc en ivoire.

CHAPITRE 5

Je n'avais jamais vu un homme mourir.

À la télévision, j'avais dû, à mon âge, en voir pas loin d'un million. En vrai, c'était une première. Je me sentais en plus inutile et honteux de n'avoir pas osé plus vite lui faire un bouche-à-bouche. Le pompier m'expliqua après que c'était un arrêt cardiaque assez radical et que nous n'aurions rien pu faire de toutes les manières. Je rentrai chez moi, frigorifié malgré la chaleur, et après avoir échangé quelques banalités avec Mia, je m'allongeai sur mon lit en fixant le plafond. Je n'avais même pas fait attention à elle, comment elle allait. Mon esprit était juste bloqué sur cet homme mort.

Je craignais la mort, j'imagine comme la plupart des gens. Elle prenait des tournures assez particulières chez moi, souvent en rapport avec le contrôle. Car encore plus que la mort elle-même, c'était la perte de contrôle qui la précédait qui m'angoissait, l'agonie, la descente vers l'inconnu. Mourir aussi rapidement au milieu d'un parc était assez rassurant, n'ayant pas à subir la longue attente vers l'inévitable. De cette introspection, je tirais souvent quelques scénarios de mise à mort. J'hésitais entre le bâton de dynamite, très efficace, difficile à se procurer, et pouvant entraîner quelques dégâts collatéraux, et le suicide collectif au milieu d'une secte pour ne pas me sentir seul, scénario encore moins probable puisque je détestais les sectes et tous leurs adeptes. Réflexion faite, j'enverrai le bâton de dynamite au milieu de la secte pour soulager le monde du superflu et me ferai entuber à l'hôpital comme tout le monde. La banalité comme châtiment final.

Le dimanche passa assez lentement. Je n'osai pas demander à Mia comment elle allait, de peur de ressasser ce moment difficile ; elle essaya par deux fois de m'appeler. Je terminai ce week-end misérable à regarder une série, un truc sans intérêt avec des vampires ados qui me permit de me relaxer un peu. J'avais hésité entre ça et ma bouteille de rhum. J'aurais peut-être dû opter pour la bouteille.

Le lundi au bureau était habituellement un supplice pour les employés. Pour ce qui me concerne, c'était une petite tranche de bonheur. Patricia arrivait souvent déprimée et je n'avais pas à subir ses discours matinaux sans fin autour de la caféine et catastrophes du week-end. Je m'étais d'ailleurs levé plutôt en forme et tout en pédalant, je me fixai un objectif ambitieux, mais nécessaire : aller parler à Kaya au salon de massage. La seule personne avec qui j'avais eu un semblant d'intimité était un cadavre, je devais réagir. Si j'avais retenu une chose de l'incident au parc Monceau, c'était que le temps était compté. Le mien surtout, une longue ligne droite monotone et infinie.

En arrivant à mon bureau, quelqu'un avait déposé un livre juste devant mon clavier. Je lus le titre : *L'anxiété, le cancer de l'âme* de Louise Reid, et le petit mot qui l'accompagnait : « Le livre dont je vous ai parlé. Ma porte vous est ouverte si vous souhaitez en discuter, très bonne journée, Vincent Férrié ». J'étais assez surpris. Je ne pensais pas Férrié capable d'honorer sa parole et sa proposition lors de notre rapide discussion dans l'ascenseur. Il essayait très probablement de continuer de me motiver pour alimenter son chiffre d'affaires, une attitude typiquement hypocrite liée à sa fonction de chef d'entreprise. Si effectivement, je frappais à sa porte pour discuter du livre, il serait bien ennuyé, et me percevrait comme un raté qui n'était pas capable de surmonter son vide existentiel.

À ce moment de mes pensées et en sortant des toilettes, je vis Benoît, assis sur mon bureau le sourire béat. Je connaissais ce sourire. C'était celui du sexe accompli. J'étais horrifié. Je n'imaginais pas Benoît capable de coucher avec une fille comme Cindy, avec une fille tout court, d'ailleurs. Je m'approchai de lui avec appréhension.

« Sept minutes vingt, dis donc. Tu prends ton temps, Jeff.

— Pardon, de... de quoi parles-tu ?

— De la durée que tu as passé aux toilettes. Je viens de te chronométrer. Je fais une étude statistique sur la productivité des employés, je pense que tu es parmi les plus nuls de l'entreprise ! »

Je regrettai d'un coup Patricia. Il est tout à fait juste que j'aimais rester aux toilettes, seul endroit au monde où personne n'osait venir me déranger.

« Tu es en forme, Benoît, ce matin. J'imagine que tu as passé un bon week-end.

— Tu n'as pas idée. Surtout vendredi soir, après votre départ avec ton copain bizarre qui nous a plombé l'ambiance avec ses histoires de coffre-fort. J'ai eu un mal fou derrière à essayer de mettre un peu d'ambiance et quand Frédéric de la compta est parti, j'ai pu rester avec Cindy. Je ne te raconte pas la suite, mon vieux.

— Non s'il te plaît, ne me raconte pas. »

Je ne supportais pas les gens qui m'appelaient « mon vieux », « mec » ou « l'ami ». Et je ne supportais plus Benoît.

À mon grand soulagement, Patricia interrompit notre échange ; elle arrivait en trottinant, l'air très occupé et dédié à son travail avant même d'avoir posé ses affaires.

« Les garçons, toujours à discuter, à ce que je vois. Je vais me chercher un café et on attaque.

— Je vous laisse, je te raconterai la suite plus tard, Jeff. »

Il partit de sa démarche éléphantesque en basculant de gauche à droite, l'air heureux. Comment était-il possible qu'une personne comme Benoît puisse avoir ne serait-ce qu'une toute petite chance avec une fille comme Cindy ? Je ne comprenais pas. J'étais énervé, cela renforçait encore mon objectif de la journée d'aller parler avec Kaya à la pause déjeuner.

La lecture des mails du matin fut l'occasion d'une agréable surprise. Je vis avec plaisir que Mme White avec qui j'avais échangé lors de la journée de pipe-up de vendredi m'avait gentiment répondu et m'indiquait l'adresse du manoir familial qui s'était transformé en maison d'hôtes en Écosse, près de Glasgow. Cela me rappela que je devais boucler mes vacances du mois d'août et en profitai pour descendre au CE.

Des formules de groupe avec visites organisées et pension complète aux séjours en club, les propositions à prix réduit étaient toutes plus déprimantes les unes que les autres. Ces propositions devaient certainement symboliser le Graal du bien-être sur Terre pour un couple comme celui de Cindy et Benoît, à faire du shopping en claquettes dans un centre commercial géant, à passer leur temps dans leur chambre, la clim à fond à se gaver de tacos, Benoît affalé comme une grosse baleine sur son lit king size en attendant de sauter sur Cindy. Cette vision me glaçait le sang autant qu'elle me questionnait.

L'option la plus intéressante, finalement, était l'offre de réduction d'un billet d'avion aller-retour pour la destination de mon choix.

Assez rapidement, je me décidai pour Glasgow en Écosse. J'avais toujours voulu y aller et j'étais sûr de ne pas y croiser des hordes de touristes hollandais rouges et beuglants. Et le petit mot gentil de Mme White avait fini de me convaincre. Je réserverais quelques jours dans la chambre d'hôte du manoir White qui avait été leur demeure familiale, le budget était raisonnable et je pourrais explorer le pays comme je l'entendais, à mon rythme et en fonction de mon envie, sans avoir à m'encombrer d'une fille comme Cindy, à faire des compromis pour aller faire du shopping ou dîner dans un restaurant huppé. En rentrant à mon bureau, je retins une chambre au manoir pour trois jours et bouclai une semaine pour une Volkswagen Polo de base. Je verrais par la suite où aller et quand, je voulais me laisser cette liberté de pouvoir improviser ma semaine de congés. J'étais impatient.

La pause déjeuner arriva assez vite, j'avais eu le temps d'imaginer comment aborder ma rencontre avec Kaya. J'allais me présenter sous mon meilleur jour. J'avais enfilé le matin mon plus beau slip que j'avais parfumé, j'avais un chewing-gum pour l'haleine et un stick déodorant dans mon sac. Après une approche parfaitement détendue et en la faisant rire avec quelques blagues que j'avais préparées, je l'inviterais à un déjeuner, le dîner étant trop présomptueux, je trouvais, à cette étape de notre relation. Il faisait toujours aussi chaud ; heureusement, j'avais tout prévu. En arrivant devant l'entrée du salon, je me sentis d'un coup assez angoissé. Je ne connaissais pas bien le fonctionnement de ces établissements et n'avais pas en plus vu Kaya ce matin pendant la pause cigarette. Si elle n'était pas là, je devrais très probablement inventer une excuse crédible ou feindre un malaise et fuir.

Je repensai à l'homme mort du parc Monceau et appuyai sur la sonnette. La porte s'ouvrit après quelques secondes, sans que je puisse voir qui l'ouvrait et je fus pour la première fois à l'intérieur du salon. Il était décoré de quelques bibelots chinois, des tableaux de dragons et des lumières tamisées rouges qui donnaient plus l'impression d'entrer dans un bordel de Hong Kong des années quarante que dans un salon de massage.

Je constatai aussi que la personne qui m'avait ouvert n'était pas Kaya mais une petite dame d'origine asiatique d'une quarantaine d'années, très moche de surcroît, qui ressemblait à Yoda, y compris la couleur. J'imaginai un instant un massage avec cet horrible gnome sur le dos et eus une nouvelle fois envie de fuir. Habillée assez légèrement, elle me tendit un prospectus avec les différents massages proposés. La liste était impressionnante : détente, chinois, thaï, tantrique, pierres chaudes, tête et pieds, douceur de rose, petite libellule, nénuphar espiègle, quatre mains et finalement naturiste, le plus cher, à cent euros l'heure. Je ne savais vraiment pas quoi dire ni choisir. L'ambiance était assez étrange, une odeur de détergent flottait dans l'air. J'avais surtout envie d'oublier tout ça et aller chercher mon sandwich au thon à la boulangerie rue de Provence. Enfin, si cette connasse de boulangère ne m'oubliait pas. Une goutte d'eau roula le long de mon front, je devenais nerveux. Il fallait que je me ressaisisse.

« Vous êtes déjà venu dans le salon ? Vous connaissez les formules ?

— Non, pas vraiment. Un massage normal avec les mains ? »

Gnome me regarda bizarrement et me dit qu'elle s'appelait Sophie, ce qu'indiquait d'ailleurs son badge. Drôle de choix quand on entendait son accent. J'avais envie de lui répondre que je m'appelais Mao. Ce n'était peut-être pas le moment de faire des blagues racistes et de mauvais goût.

« Je vous propose le massage thaï classique body-body, trente minutes, il relaxe bien les hommes comme vous. Très bon contre le stress.

— Parfait, je vais prendre ça, alors. Sinon, est-ce que Kaya est là ?

— Kaya ? Oui, bien sûr. »

Elle se mit à hurler en je ne sais quelle langue à travers le salon comme si elle proposait des harengs frais à la halle aux poissons de Trouville, et c'est sur le son feutré de ses petits chaussons roses que Kaya apparut.

Elle portait des dessous assez sexy et une robe transparente rose fuchsia, ses cheveux courts en bataille, ses deux anneaux à l'oreille gauche et un petit sourire qui m'était destiné. Elle se pencha en avant les mains jointes.

« Bonjour. Comment allez-vous ? Vous m'avez demandé, nous nous connaissons ? »

Je n'avais pas anticipé cette question.

« Oui ! Enfin non, pas vraiment, c'est un ami qui m'a transmis votre C.V., je veux dire vos coordonnées, enfin, celles du salon. C'est un bon salon apparemment, il est joli, et je me suis dit, “Tiens aujourd’hui j’ai mal au dos, pourquoi pas un massage ?”, et me voilà donc ici. Pour le dos, en fait. Comme j’ai mal. »

Navrant. Il fallait vraiment que je me ressaisisse. Ce n’était pas du tout l’approche que j’avais travaillée.

« Oui, je vois. Venez avec moi, s’il vous plaît. »

Finalement, toute ma série de blagues pour introduire la conversation et la détendre était tombée à l’eau. Je suivis Kaya au fond du salon, elle ouvrit la porte et entra avec moi dans une pièce minuscule où un matelas était simplement posé au sol, des miroirs sur tous les murs. La lumière tamisée était ici bleue et une petite musique asiatique flottait dans l’air.

« Vous pouvez vous déshabiller, s’il vous plaît ? Je reviens dans cinq minutes.

— Excusez-moi… je garde mon slip ?

— Non, nu s’il vous plaît. Vous vous allongez là, sur le ventre. À tout de suite. »

Elle me sourit de nouveau et quitta la pièce. À ce moment-là, je me sentis un peu seul. J’avais en même temps un poil d’excitation et de curiosité qui me poussa à me déshabiller entièrement. En me regardant dans le miroir, je commençai à avoir une érection. Je m’allongeai finalement sur le ventre, aussi pour me calmer. L’ambiance était calme et elle rentra doucement derrière moi. Je la vis dans le miroir enlever sa robe pour ne garder que ses dessous.

Elle commença le massage à l’huile chaude par les jambes, de façon très sensuelle, sans trop appuyer. J’avais le cœur qui battait à toute allure. Ses mains remontaient le long de ma jambe, tournaient autour de mes muscles et s’attardaient toujours un peu vers mon sexe qu’elle ne faisait qu'effleurer en glissant quelques doigts par dessous. L'effet n'en était que plus troublant. Je n'avais pas eu l'intention en entrant de coucher avec elle, peut-être mon charme avait-il agi à mon insu et elle aussi avait besoin de se détendre en faisant l'amour dans son salon comme parfois j'avais eu envie de le faire au bureau.

Elle finit par s'asseoir sur mes jambes et me massa le dos, c'étaient d'ailleurs plus des caresses sensuelles qu'un véritable massage. J'étais très tendu et sentais ses mains aller et venir sur mon corps. Elle passait aussi sous mon bassin pour me caresser, sa petite poitrine ferme et huilée enserrée dans son soutien-gorge frottait mon dos, je sentais son souffle chaud et ses petits gémissements dans mon oreille droite. Je la voyais dans la glace onduler, ce n'était plus un massage, mais une dance érotique. Je ne savais plus où donner de la tête.

Elle brisa finalement ce silence.

« Si vous le désirez, je peux vous masturber pour cinquante euros. »

La phrase fut comme une gifle. Brutale et révélatrice. Mais au lieu de ne plus savoir quoi dire et fuir de honte, j'avais envie de suivre cette petite mélodie qui me disait de rester, de griffer, de mordre.

« OK », répondis-je.

« Très bien, mettez-vous sur le dos, maintenant. »

En me retournant, elle me fixa de ses yeux noirs, dégrafa son soutien-gorge et libéra sa poitrine. Elle était fière et haute. Elle caressait mes jambes et frottait son visage sur moi, sa bouche frôlait toujours mon sexe sans le toucher, j'avais envie de l'embrasser, de la serrer et de la prendre. Elle finit par se saisir de mon sexe, assise à côté de moi, et me masturba doucement avec de l'huile chaude. Je n'osai pas la toucher et me laissai aller. Au bout d'une trentaine de secondes, le massage prit fin dans un dernier soupir de plaisir béat.

Après un bref instant de flottement, elle me nettoya avec une lingette et m'embrassa sur la joue en me remerciant, se rhabilla et quitta silencieusement la pièce. Le tout n'avait peut-être duré que trois minutes, j'avais le sentiment qu'elle aussi en avait tiré du plaisir. En me rhabillant, je pensai à mon slip neuf parfumé et à ma préparation avant d'entrer dans le salon. Je souris de ma naïveté. Quand elle revint, j'avais envie de la serrer dans mes bras.

« Cinquante euros, s'il vous plaît. »

Je remis l'étreinte à plus tard et sortis mon porte-monnaie. Elle était froide, je ne compris pas cette attitude et n'osai plus l'inviter à déjeuner. Elle me remercia et me dit qu'il était temps de partir, les trente minutes étaient écoulées sauf si je voulais rester plus longtemps et payer en plus. Je me lançai quand même.

« Est-ce que vous voulez déjeuner avec moi ? »

Elle me regarda avec étonnement.

« Je ne vois pas les clients en dehors du salon, désolée. À bientôt peut-être. »

Devant la sortie, j'eus un pincement au cœur. J'avais envie de lui dire que ce n'était pas possible de terminer notre première rencontre sur cette fausse note, que je voulais moi aussi lui donner du plaisir, l'inviter à partager un sandwich au thon ce midi, par exemple. Elle ouvrit la porte, me remercia encore de ma venue et me poussa gentiment dehors.

Contrairement à la boulangerie, j'avais pu avoir mon sandwich. J'étais en progrès.

À peine avais-je eu le temps de lever la tête que je croisai le regard de Vincent Férrié. Après la scène de l'ascenseur, il me surprenait pour la deuxième fois dans une situation inconfortable.

Il était avec Patricia et une partie de l'équipe, de retour d'un déjeuner que j'avais complètement oublié. Je vis dans leur regard de l'étonnement et quelques sourires. Je ne sus trop quoi dire et déguerpis de l'autre côté de la rue, comme un lapin pris dans les phares d'une voiture. Cette phrase de Jérôme me revint en tête, il l'avait prononcée avec sérieux et conviction : « Jeff, tu n'arriveras jamais à rien avec une femme. Je te conseille la castration chimique, les ordres franciscains ou les hommes. »

Il est vrai que je n'étais pas très malin. Aller dans un salon de ce genre juste en face du bureau était risqué.

Je passai le reste de la semaine discrètement, sans trop me faire remarquer et à éviter les regards, ce qui ne changeait pas vraiment des autres jours. Personne ne fit de commentaires, et je pus réfléchir à ma première rencontre avec Kaya. Je mis du temps à l'admettre, mais ce fut une déception, même si j'en avais tiré un certain plaisir. Je me demandai si je n'étais pas devenu un homme ultra sexuel, sans aucune capacité à aimer, uniquement concentré sur son sexe et son petit plaisir charnel. Je la revis plusieurs fois en bas du bureau en train de fumer. Elle ne me répondait jamais du regard, comme si je l'observais toujours à travers un miroir sans tain.

La désincarnation des relations, le consumérisme à outrance, j'étais un code-barres, un produit de consommation de masse. Elle m'avait zappé avec son pouce, sans même me mettre un like.

Nous étions fin juillet et mon départ pour l'Écosse approchait, mon vol était le samedi matin. Je quittai le bureau avec plaisir pour aller, comme chaque vendredi soir, retrouver Jérôme autour d'une bière.

« L'Écosse est un pays dangereux, tu prends beaucoup de risques à y aller seul. J'ai fait des recherches sur internet. Le taux de criminalité à Glasgow monte en flèche, encore hier une personne âgée a été sauvagement agressée et on lui a dérobé son sac. Son chien s'est enfui et la police n'a pas pu rattraper les délinquants.

— Jérôme, même si j'allais en Suisse, tu trouverais ça dangereux. Dès que nous sortons de notre quartier qui se limite à quelques rues, tu trouves ça dangereux. Tu as même trouvé dangereux que je me lève de mon fauteuil pour aller sur le balcon, un soir d'orage.

— Beaucoup d'hommes meurent carbonisés par un éclair. Ils doivent moins faire les malins, maintenant. Tu devrais faire attention à ne pas attirer la foudre avec un parapluie, surtout en Écosse où il pleut tout le temps. Quelle inconscience d'aller là-bas ! Tu vas sûrement mourir, tu sais. Et tu ne pourras pas dire que je ne t'aurai pas prévenu. Je marquerais toutes tes affaires au cas où tu te les ferais voler, si j'étais toi…

Je le laissai continuer sur sa lancée ; ce séjour allait me faire le plus grand bien. Car si ma vie avait été jusqu'à présent aussi plate que l'électroencéphalogramme de Patricia, tous les événements de ces dernières semaines m'avaient chamboulé. La mort de cet homme au parc Monceau et ma première rencontre avec Kaya, ces épisodes difficiles me touchaient plus que d'habitude et je n'arrivais pas à refouler ce sentiment d'insécurité. Aucun objet ne pouvait m'aider et me rassurer, il était temps de changer d'air.

« Ne t'inquiète pas Jérôme, tout ira bien et je ne pars que quinze jours. Nous nous reverrons pile-poil mi-août pour la sortie de ton nouveau jeu. Ce sera l'occasion aussi de fêter ça avec Mia. »

Il avait l'air rassuré. La perspective de se voir autour de sa passion première le rendait heureux, comme un enfant à la veille de Noël.

Je les quittai tous sans regret. J'avais hâte de découvrir ce pays qui m'avait toujours semblé être un parfait équilibre entre le folklore et l'histoire, l'étrange et le bon sens paysan. J'espérais aussi y croiser quelques Écossaises en quête d'aventures qui verraient en moi l'appel à la folie qu'elles avaient toujours rêvé de vivre.

Ce n'était pas tous les jours qu'on pouvait être un héros. Même imaginaire.

DEUXIÈME PARTIE : UNE TOUCHE D'EXTRAORDINAIRE

CHAPITRE 6

L'arrivée à l'aéroport de Glasgow était prévue pour quatorze heures quarante. J'avais réservé au Manoir White le lendemain dimanche, ce qui me laissait un peu de temps pour me promener et découvrir la ville. Je m'étais un peu renseigné sur internet et avais décidé de louer une chambre dans le West End, dans une petite rue appelée Ashton Lane. Le quartier était apparemment assez chaleureux et typique de la ville, avec ses pubs anciens et ses briques rouges, sûrement rempli de bobos genre Paris 11ᵉ. Je préférais largement ça au quartier du centre hyper touristique et bruyant. La location consistait en une petite chambre avec une douche, rien d'extraordinaire. La propriétaire m'avait certifié qu'elle était à deux pas des restaurants et pubs, tout allait donc pour le mieux.

L'aéroport était d'une tristesse insondable. Une fois ma valise récupérée, je me mis en chasse d'un taxi. Je ne devais récupérer ma Polo de location que le lendemain dans le centre de Glasgow. J'hésitai à appeler un taxi classique, je n'avais pas envie de me retrouver avec un chauffeur alcoolique qui allait me faire trois fois le tour de la ville et me demander la moitié d'un salaire mensuel écossais pour m'amener dans le West End. J'avais toujours considéré les chauffeurs de taxi comme une mafia légale qui n'avait aucun sens de l'hospitalité. Entre les odeurs de chien mouillé et de cigarettes roulées, leurs sièges à billes et les Jésus pendus aux rétros, l'arrivée d'Uber m'avait réconcilié avec le métier. Le contraste avait été saisissant et j'appréciais d'autant plus les petites bouteilles d'eau mises à disposition, les magazines, les chargeurs USB et l'odeur de propre qui se dégageait des voitures noires du grand méchant loup américain.

Mais à nouvelle ville, nouvelles expériences et je me dirigeai vers l'arrêt de taxis. Mia avait en plus eu la bonne idée de m'offrir une coque de téléphone couleur kilt, la sortir reviendrait immanquablement à me faire repérer à peine le premier quart d'heure passé sur le sol écossais et me faire lyncher par une horde de fans des Glasgow Rangers, club de foot et fierté de la ville dont je me foutais complètement. À ma grande surprise, les taxis étaient les mêmes qu'à Londres. Je me serais attendu à ce que l'Écossais, dans un esprit purement antibritannique, décide d'adopter le blanc, voire des taxis couleur kilt, mais non, c'étaient des bons vieux « black cabs ». La couronne d'Angleterre usait décidément de tous les moyens pour maintenir la cohésion de son empire.

Le chauffeur était même sympa. Quand je lui donnai l'adresse, il exprima sa joie par un « allons-y, mon ami » assez communicatif. Je regardais défiler la ville, la banlieue n'avait rien de réjouissant. En m'approchant des quartiers huppés du West End je commençai à me détendre.

« Vous restez longtemps à Glasgow ? Si cela vous intéresse, je peux vous indiquer quelques adresses de pubs dans votre quartier.

— Je ne reste qu'une journée, mais oui bien sûr pour ce soir, que me conseillez-vous ? »

Je ne supportais pas les guides touristiques et aimais beaucoup les conseils des locaux, même venant d'un taxi.

« Allez au Wee Pub sur Ashton Lane, il est en dehors de la rue principale. L'adresse est bonne, pas un attrape-touristes.

Vous y boirez une bonne Tennent typiquement écossaise, pas un de ces cocktails trop sucrés de toutes les couleurs de l'arc-en-ciel. En revanche, si vous cherchez de la compagnie, le Gardener est parfait ! Il est rempli de petites touristes japonaises qui adorent ces merdes à la cerise, si vous voyez ce que je veux dire. »

Je ne voyais pas, non, mais je notai bien les noms et les adresses. Un chauffeur de taxi en dehors des pubs n'avait probablement pas d'autres conseils ; je me risquai quand même sur un endroit à visiter et lui posai la question.

« Vous pouvez aller à la nécropole de la cathédrale de Glasgow, nous y allons avec ma femme pour profiter du calme. Le lieu est magique, comme beaucoup d'endroits en Écosse. Celui-ci est un peu spécial, si vous voyez ce que je veux dire. »

Non, toujours pas, je ne voyais pas.

« Qu'est-ce qu'il a de spécial, ce cimetière ?

— Vous savez, en Écosse, nous croyons aux fantômes et le cimetière en est rempli. Quand vous vous promenez, vous pouvez croiser William Miller, le poète qui vous fera oublier vos tracas du quotidien ou Sir Thomas Dunlop, un homme d'affaires qui vous indiquera les meilleurs placements du moment. » Il ponctua cette dernière phrase d'un rire épais.

Finalement, il était comme tous les autres chauffeurs de taxi, pénible. Ce petit échange le rendait malgré tout sympathique et en descendant du taxi devant ma location, je m'acquittai de mon rôle de touriste reconnaissant en lâchant un joli pourboire.

La chambre était au premier étage d'un immeuble qui en comptait deux. En tapant à la porte d'entrée, une belle Black branchée avec des dreadlocks m'ouvrit, le sourire aux lèvres. Je ne m'attendais pas du tout à ça, plutôt à une vieille rousse avec des pulls trop grands, des mitaines et des gros chaussons fourrés en laine de mouton. En même temps, nous étions début août. C'était donc un petit short bleu paillette et un tee-shirt blanc moulant qui m'accueillaient.

« Bienvenue, je suis Amy, comme Amy Winehouse, vous êtes Jean-François, n'est-ce pas ?

— Oui, Jeff c'est plus simple » lui répondis-je.

Je voulus ajouter « comme Jeff Mills » mais m'abstins. Je devais déjà être suffisamment ridicule avec mon accent, mon bermuda trop large et ma tête de Français moyen. Après les formules de politesse habituelles et les explications sur le fonctionnement de la porte, elle me précéda dans l'escalier qui menait au premier étage, ce qui me permit d'observer de plus près ce petit short bleu. J'aurais aussi probablement besoin d'une bonne douche glacée si je voulais passer une soirée tranquille.

« Je vous laisse les clés, si vous avez besoin de quoi que ce soit faites-moi signe, je tiens une galerie d'art au rez-de-chaussée ouverte jusqu'à vingt heures. »

Un petit massage aurait aussi été le bienvenu, un vrai cette fois-ci, pas comme celui de Kaya qui avait fini par me laisser perplexe quant à ma réelle motivation pour une relation avec elle. Je n'étais peut-être au fond qu'un pervers narcissique qui avait juste besoin de s'envoyer en l'air quand ça lui chantait, sans sentiment, sans passion et sans pantalon.

« Je pense que je vais aller dîner un fish & chips dans un pub et aller me coucher tôt. J'ai envie de manger local et de profiter de mon premier jour de vacances en écoutant de la bonne musique.

— Bonne chance alors ! » Et elle partit en rigolant.

La chambre était assez sommaire, bien installée, avec un lit deux places et des meubles anciens en bon état ; un joli papier peint type chasse à courre et un plafond en bois brun. Il y avait aussi ces fenêtres à ouverture par le haut, dites à guillotine. Un système improbable et absolument pas logique qui menaçait de vous trancher la tête ou la main quand vous aviez la chance qu'elle marche. La plupart du temps, elles étaient bloquées et ne s'ouvraient que de quelques centimètres, ce qui fut le cas encore une fois. Je décidai finalement d'arrêter d'essayer de l'ouvrir, ne disposant pas d'un pied-de-biche ou d'un cric hydraulique.

Vers dix-neuf heures, je me rendis au pub indiqué par le chauffeur de taxi, le Wee Pub, qui se trouvait un peu plus loin sur Ashton Lane, ce qui me donna le temps de traverser cette petite rue pavée constituée principalement de bâtiments aux murs de briques rouge et blanc. Des guirlandes lumineuses étaient installées au-dessus de la rue et reliaient les immeubles qui se faisaient face, donnant l'impression d'entrer dans un tunnel de lumière ocre ; elle ressemblait à la rue des Cannettes à Paris, en moins sale. Le quartier n'était pas trop bondé, la clientèle était plutôt jeune et mixte. Elle restait assez bruyante ; je me demandai s'il allait être possible de m'endormir avec ce bruit alentour. Les filles étaient plutôt mignonnes, pas le genre Parisiennes sophistiquées qui ne boivent que du vin blanc et picorent quelques olives, des buveuses de bière en jean et basket, mangeuses de chips au vinaigre, ce qui m'allait très bien vu mon style vestimentaire et ma culture culinaire.

Contrairement aux pubs de la rue principale, le Wee ne disposait pas d'une terrasse. En entrant, je compris ce que le chauffeur de taxi avait voulu dire par « traditionnel ». Une odeur de houblon flottait dans l'air et l'éclairage était doux. Sur le fond trônait un magnifique bar orné de pierres vertes et rouges. Tout était en bois dans ce minuscule pub : les chaises, les tables, un escalier en colimaçon en vieux chêne, même le propriétaire qui ne bougea pas une oreille à mon arrivée. Et comme souvent avec les Britanniques, la musique était de qualité, en décalage complet avec le cadre, sans compromis. Je reconnus instantanément *Careering*, un vieux titre de Public Image Ltd qui se mariait très bien avec l'ambiance alternative et tranquille du lieu. La dernière fois que j'étais allé dans un pub sur les grands boulevards à Paris, le propriétaire français originaire de Limoges passait du Phil Collins et servait pour la « pause goûter bio » des infusions de feuilles de pâquerettes, voulant attirer une clientèle plus féminine et huppée. Je n'étais décidément pas né du bon côté de la Manche.

« Vous désirez ? » me demanda le propriétaire d'un air bougon.

« Une pinte de Tennent, s'il vous plaît. Est-il possible de dîner ?

— Nous n'avons qu'un plat le soir, généralement c'est du haggis. J'ai aussi un fish and chips, aujourd'hui. »

Je ne connaissais pas le haggis, mais pour ne pas avoir l'air d'un touriste et me fondre dans l'ambiance, j'en commandai un. Il repartit l'air étonné.

Une rapide recherche sur internet m'apprit que le haggis était une panse de brebis farcie d'abats de mouton et d'avoine… J'allais probablement crever en Écosse, me dis-je, voire passer le reste de mon séjour à vomir cette bouillie écossaise. Je n'avais pas remarqué à la table à côté la proprio de ma location, Amy, qui dînait apparemment avec une amie et rigolait en voyant ma tête.

« Vous aimez vivre dangereusement ! » me dit-elle d'un air moqueur.

Elle me rappelait mon ex, Marie, je pense surtout en raison de ses formes généreuses. Je répondis en essayant d'avoir l'air décontracté et naturel.

« Oui, je me disais que j'aimerais bien visiter les urgences de l'hôpital de Glasgow.

— Je pense cela fera plaisir à mon petit ami, il est le propriétaire du bar.

— Ah oui ? Mais je ne pense pas, non, enfin… »

Et voilà comment mon premier échange avec la gent féminine écossaise se termina. Elle repartit sur sa conversation avec son amie, je voyais son copain, qui devait m'avoir entendu, me lancer des regards noirs de son bar en essuyant ses verres. Il allait probablement cracher dans mon haggis, ce qui ne changerait probablement rien à ce plat déjà immonde. J'allais effectivement terminer à l'hôpital du coin après avoir été tabassé par lui et ses copains à la sortie du pub. C'était un peu dommage, elle était vraiment mignonne, cette petite Amy, et je ne comprenais pas comment elle faisait pour sortir avec cet homme des cavernes, là où elle aurait pu passer une nuit inoubliable avec un Français sophistiqué. Comme Cindy et Benoît, encore un couple improbable qui défiait la logique, ma logique surtout. Je devrais peut-être changer de méthode et essayer d'être plus attentif à mon entourage, ouvrir mes yeux plutôt que ma grande bouche arrogante, ce que me faisait remarquer Mia qui regardait mes échecs successifs avec amusement.

« Voilà » fut le seul mot que le barbare prononça en me donnant le plat cinq minutes après.

Il se marra en lançant quelque chose d'incompréhensible à ses potes de comptoir, qui fit aussi beaucoup rire Amy et sa copine. J'avais envie de prendre le plat et le lui écraser dans la figure, mais ma maigre musculature et mon courage, qui se limitait à passer une commande d'un plat inconnu, me retinrent à ma table. C'est avec grande peine que j'entamai mon plat qui sentait le cadavre. Heureusement, la bière me permit d'en avaler quelques bouchées, j'aurais mieux fait d'aller dans un restaurant pour touristes et me commander un hamburger, au lieu de rester planté seul au milieu d'un pub à faire rigoler le propriétaire et sa copine. Arrivé au tiers du plat et après en avoir caché une grande partie sous une feuille de salade, je considérai ma mission de touriste compatissant accomplie et demandai l'addition. Les basses de la musique continuaient de rouler et rebondir partout sur les murs du pub.

« J'ai l'impression que vous n'êtes pas très fan de notre haggis ? » me fit remarquer Amy.

« C'est intéressant, mais je n'ai pas très faim, ce soir. Ce doit être le voyage qui m'a épuisé.

— Personne ne mange de haggis ici, enfin les jeunes surtout. Nous ne servons ce plat que pour les touristes qui veulent de l'authentique et les anciens ! Un peu comme chez vous les tripes à la mode de Caen, ce que m'avait expliqué un touriste français. En revanche, si vous avez du temps, vous pourrez assister à un jeu que nous appelons le lancer de haggis et qui se pratique durant l'été.

— Le lancer de haggis ? Encore une blague pour les touristes ?

— Non, pas du tout, c'est une vieille tradition du nord de l'Écosse, les Highlands. » Elle commençait à se rapprocher de moi pour m'expliquer son histoire parfaitement inintéressante.

« Chaque haggis, avant le lancer, doit être cuisiné avec une recette spécifique, les panses de brebis farcies étant obligatoirement de la région, et doit peser cinq cents grammes. Vous montez ensuite sur un tonneau et devez respecter des figures imposées pour le lancer. À la fin, le haggis ne doit pas s'être déchiré et vous devez l'avoir lancé le plus loin possible. Le record est de soixante-six mètres, si cela vous intéresse de le battre », rigola-t-elle.

Je pensai à Jérôme et aux réponses qu'il aurait pu faire, du genre « cela n'a aucun sens » et surtout « peut s'avérer dangereux, debout sur un tonneau après avoir ingurgité douze pintes de Tennent, sans parler du gâchis et du nombre de brebis abattues ». J'y voyais me concernant un seul intérêt : me rapprocher d'Amy. Je relançai son exposé avec emphase.

« Soixante-six mètres, c'est vraiment incroyable… »

J'aurais juré à ce moment-là qu'elle faisait exprès de se pencher encore plus vers moi, un jeu auquel je me prêtais avec joie, plein d'espoir. Je commençai à être pris de tremblements.

« Cette tradition évoque nos anciens bergers qui attrapaient avec leur kilt les haggis lancés par leurs femmes de l'autre côté de la rivière. Ils allaient ensuite à Édimbourg vendre leurs productions. C'est pour nous un acte de fraternité, d'amour et surtout l'occasion de tous nous réunir pour nous amuser.

— Incroyable. Je reste toute la semaine en Écosse, peut-être aurai-je l'occasion de participer à une de ces fêtes ?

Bien que je ne pense pas être capable de le lancer à plus de cinquante centimètres et risque même de me l'envoyer en pleine figure ! »

Amy se mit à rigoler, son petit copain du nom de Scott me regarda, l'air encore plus noir. Si nous avions été au Moyen Âge, il m'aurait sûrement ouvert la panse avec un grand couteau et m'aurait pendu devant son pub en guise d'avertissement pour les autres Français qui oseraient adresser la parole à sa femme.

Depuis Marie, un an auparavant, ma vie de couple et sexuelle était proche du néant, ce n'était pas encore ce soir que cela allait changer. J'aurais voulu essayer sur Scott ma méthode de tri mental pour mieux approcher Amy, mais la barrière de la langue et son quotient intellectuel frisant le zéro, associés à des bras larges comme mes deux jambes, m'en avaient dissuadé. Je n'allais pas ruiner mes vacances pour une petite Écossaise à l'air mutin, raisonnement plein de bon sens que mon cerveau animal réfutait à grands coups de testostérone.

Je m'acquittai de l'addition et sortis pour fumer une cigarette, fidèle compagne qui, à la différence d'une femme, était toujours d'accord avec moi et me procurait du plaisir sans discontinuité. En arrivant dans la chambre, j'étais déjà bien fatigué et passai un peu de temps à surfer sur internet, allongé sur mon lit à regarder quelques sites porno. J'avais découvert le porno au milieu des années deux mille avec des anciennes actrices comme Traci Lords sur des vieilles cassettes VHS de mon père et avais depuis été déçu par les productions plus récentes.

À ce moment, perdu dans mes pensées et surtout dans une vidéo au scénario palpitant où un couple de lesbiennes en robe de chambre accueillait un plombier sénégalais en bleu de travail moulant, une des fenêtres à guillotine qui fonctionnait se ferma violemment sous l'effet d'un fort vent qui venait de se lever.

Il faisait chaud, ce soir. Mes mains étaient moites, une goutte de transpiration roulait le long de mon épine dorsale. Je me levai pour la rouvrir et profiter de cette vague de fraîcheur inattendue. En essayant avec peine de remonter la fenêtre à guillotine, je sentis la force du vent dehors, plus proche de la tempête que de la petite bise. Mon appartement était au premier étage et donnait directement sur la chambre d'Amy qui se situait au rez-de-chaussée du bâtiment en L. La force du vent avait soulevé le rideau de sa chambre, j'aperçus Amy qui sortait apparemment de sa douche et séchait ses dreadlocks. Elle ne portait qu'une culotte et m'avait vu. Elle me fixait du regard. Son corps était encore plus beau que ce que j'imaginais. Il devait s'en s'échapper un doux parfum caramel. Je voulais embrasser ses méandres, me perdre dans ses yeux célestes. Son regard était intense, je ne respirais plus, je ne bougeais plus. Ce n'est qu'après quelques secondes qu'elle se retourna pour parler à quelqu'un. Sûrement son crétin de copain. Elle me fixa une dernière fois, me sourit, et tira les rideaux.

Je mesurai encore plus en cet instant ma solitude et ma frustration. Dehors, le vent s'était calmé et laissait place aux bruits de la ville.

***

Le lendemain, je déposai la clé comme indiqué par Amy dans une boîte aux lettres et me rendis à l'agence de location de voitures Sixt ouverte le dimanche matin et qui se trouvait au centre-ville de Glasgow, sur Waterloo Street. J'en profitai pour marcher un peu dans les rues de la ville avec ma petite valise à roulettes, m'imprégnai de son ambiance matinale, regardai les devantures des magasins, des enseignes que je ne connaissais pas et traversai le superbe Kelvingrove Park. J'aimais beaucoup ces moments d'intimité avec une nouvelle ville, cela me permettait de mieux la connaître, la ressentir. Cette petite promenade d'une heure me permit d'apprécier la ville. Elle dégageait quelque chose d'authentique et moderne à la fois, empreinte d'une histoire sociale difficile, fière de ce qu'elle était et de son héritage.

Quand j'arrivai à l'agence, le jeune qui m'accueillit était planté devant son téléphone. Avec un accablement non feint, il dut me faire signer les papiers. Il traîna ensuite ses grosses baskets jusqu'au garage et me tendit mollement les clés. La Volkswagen Polo était quasi neuve, couleur bleu acier. Cela m'allait très bien, je m'assis avec plaisir à son volant pour programmer ma prochaine destination, le manoir White, qui se trouvait à côté du village de Dumbarton, à une demi-heure en voiture.

J'allais traverser une partie de la campagne écossaise et avais hâte de conduire en écoutant un peu de musique. Je commençai mon voyage avec *Cut Dead* de The Jesus and Mary Chain, un titre simple d'un groupe assez bruyant de la fin des années quatre-vingt originaire de Glasgow. Je mis le son à fond et allumai ma première cigarette de la journée, le coude à la vitre. Le jeune mou m'avait pourtant bien dit qu'il était interdit de fumer dans la voiture ; le plaisir n'en était que décuplé. Il m'avait énervé, avec sa tête de hareng et son stupide téléphone. Encore un qui ne reviendrait jamais de son addiction numérique.

La musique avait toujours eu une place importante dans ma vie, il était logique de commencer ce voyage avec un groupe écossais. Je m'étais ouvert de cette initiative intellectuelle à Jérôme avant mon départ, il avait approuvé en ajoutant que je devrais « acheter un kilt pour me fondre dans la population locale ». Je ne savais jamais s'il plaisantait ou était sérieux, c'était « l'énigme Jérôme » que personne n'avait jamais réussi à résoudre. Personne n'avait jamais vraiment essayé non plus.

Je décidai de prendre le chemin le plus long par le nord. La campagne écossaise était assez verdoyante, elle se déployait entre de douces collines, au milieu de vallées sillonnées de ruisseaux, apaisante. Je m'étais attendu à de longues routes désertes traversant les Highlands, remplies de moutons et bordées de grands lacs. J'aurais peut-être dû me renseigner un peu avant sur les sites à visiter, je pensai faire ça le soir au manoir. En sortant de la route principale A82, je me retrouvai sur une petite route de campagne bordée d'anciennes demeures du XIXe siècle. Le vent et l'odeur de la forêt humide que je traversai me faisaient du bien, j'inspirai et expirai pour sentir le chêne et les résineux qui bordaient la route, les fleurs, un tas de bois qui brûlait. Je coupai la musique et écoutai la nature et ses oiseaux, la musique d'une rivière, le bruissement des feuilles.

La lumière du début d'après-midi était intense et me réchauffa le visage. Je n'étais plus agressé par la circulation, les gyrophares, les cris et la saleté ; je profitai de ce court instant de liberté, sans aucune contrainte, si ce n'est celle de se faire plaisir. La plus belle des contraintes.

Après plusieurs minutes, la route se terminait sur le manoir White. Il était ensuite possible de continuer à pied jusqu'à un ancien pont au-dessus franchissant la Clyde et poursuivre vers une petite forêt de pins. Je garai la Polo sur le parking visiteurs. Le nez en l'air, j'admirai le bâtiment. Le manoir était bien plus grand que je ne l'imaginais, plus proche d'un château en miniature, avec une grande tour carrée sur la droite, de petites tourelles réparties de façon aléatoire, des créneaux et une autre tour, plus grande et ronde sur la gauche. La pierre grise en bon état donnait une impression de majesté étrange par ce jour ensoleillé.

Une fois devant l'entrée, je remarquai, sur la gauche de l'énorme porte en bois et acier, une reproduction en granit blanc du *Penseur* de Rodin. Sur le coup, je ne fis pas trop attention à ce détail, c'est une fois dans le hall d'accueil que je me mis à sa place. L'espace d'un instant, je me vis réfléchir à qui j'étais et ce vers quoi je voulais aller, exercice d'introspection dont j'étais au fond parfaitement incapable, non pas par paresse intellectuelle, mais par conviction, estimant que trop penser à soi-même était une perte de temps et le temps, je préférais l'utiliser à me divertir l'esprit.

Je m'étais arrêté en plein milieu du hall sur cette pensée quand une petite femme âgée vint m'accueillir avec un grand sourire. Le hall était imposant et haut, les pièces devaient avoir facilement cinq mètres de hauteur sous plafond, les odeurs de vernis à bois et de vieux papier étaient agréables. J'avais l'impression d'être accueilli dans un château d'une super production de la Hammer.

« Bienvenue dans le manoir White, vous avez fait bon voyage ? » me demanda-t-elle en me présentant sa main.

« Agréable, mais un peu court, je viens de Glasgow. J'ai fait une réservation par internet pour deux nuits, chambre avec vue sur la rivière, wifi et petit déjeuner compris.

— Oui bien sûr, j'ai bien votre réservation. Vous désirez peut-être rejoindre votre chambre tout de suite ou voulez-vous prendre un rafraîchissement dans le salon ?

— Je vais monter dans ma chambre directement, merci, j'ai juste une petite question, si cela ne vous dérange pas.

— Je vous écoute.

— J'ai remarqué cette reproduction assez imposante du *Penseur* à l'entrée du manoir, a-t-elle une signification particulière ? »

La vieille femme me regarda en souriant et ne répondit pas tout de suite.

« On nous pose souvent la question. Elle symbolise la tranquillité qu'inspire notre manoir et nous l'espérons, l'invitation à la méditation. Vous savez, en Écosse, nous avons toutes sortes de fantômes et d'anciennes croyances. Le folklore local est encore très présent, cela ne doit pas nous détourner de ce que nous sommes et voulons être. »

J'avais maintenant droit à un petit cours d'humanisme.

« Notre manoir est connu dans la région pour offrir à ses hôtes ce moment de tranquillité dont ils ont besoin. Nous avons eu comme visiteurs pas mal d'écrivains, de philosophes, de religieux et même quelques hommes politiques dont Winston Churchill. Vous pourrez lire les noms et mots sur le livre d'or à l'entrée, c'est une tradition du manoir d'y laisser un petit message.

— Je ne suis pas très bon dans ce genre d'exercice, je ferai éventuellement un petit dessin. Sinon, que me recommandez-vous pour dîner, ce soir ? »

Elle me regarda bizarrement, cette vieille chouette. Que s'attendait-elle à avoir de ma part sur son cahier ? Un poème en alexandrins pour louer la beauté de ses vieux murs décrépis ?

« Nous servons le soir dans la grande salle à partir de dix-huit heures trente ou dans votre chambre. Sinon, le restaurant le plus proche est à Dumbarton, à dix minutes en voiture », me répondit-elle d'un ton hautain et très anglais.

Après les explications d'usage sur le fonctionnement du manoir, notamment la possibilité de fast check-out, soit partir sans dire au revoir, elle me conduisit dans ma chambre. Elle était très vaste, aussi haute de plafond et magnifiquement décorée. Je me serais cru dans une de ces chambres reconstituées lors des visites de châteaux ; tout était d'époque victorienne, très bien entretenu. Le lit à deux places à baldaquin me rappelait que je serais malheureusement seul à en profiter. Une étrange reproduction d'un tableau signé Sydney Curnow Vosper intitulé *Salem* était accrochée dans un coin. J'admirai par la fenêtre la vue sur le parc et le vieux pont. Je décidai d'aller m'y promener le lendemain matin et d'explorer plus loin la forêt et ses villages avoisinants.

Je m'allongeai pour écouter un peu d'électro et lançai *Wrong Decisions* de Suicide. Je profitai du calme de cette chambre et de son atmosphère apaisante pour surfer un peu sur des sites touristiques, une cigarette à la bouche que je n'osai allumer, et préparer dans les meilleures conditions ma journée du lendemain. Mon abonnement Spotify était rempli de compilations en tout genre. Le but était chaque fois de trouver des morceaux originaux qui me faisaient voyager, la musique devenait un accélérateur de particules (imaginatives), principal vecteur de ma douce folie.

Ce morceau aux rythmes minimalistes et répétitifs, que Mia qualifiait de « bouillie underground pour petits Blancs drogués », m'emmenait loin d'Écosse, dans un club de New York. Je portais des lunettes de soleil, une femme avec une longue robe blanche transparente dansait sur une estrade, un homme en costume et aux cheveux blancs était debout au milieu de la piste. Il tournait sur lui-même, admirait les lignes de lumière monter et descendre autour de lui, un guépard sortait de sa cage en forme de code-barres, une longue barbe blanche flottait dans le noir, les stroboscopes décomposaient nos mouvements, la fumée épaisse et chaude s'enroulait autour de nos corps. Je regardais, je souriais, je dansais, nous nous retrouvions tous, une bouteille à la main, un joint dans l'autre, à regarder les buildings orange s'enflammer au soleil du matin. Je m'étais longtemps rêvé une vie plus sauvage, où je touchais les extrêmes sans jamais les dépasser. Dans mon esprit, tout était permis.

J'avais aussi envie de faire monter dans ma chambre un aliment normal comme un club sandwich. Il était hors de question de déguster une autre spécialité culinaire écossaise et finir à l'hôpital ou être rapatrié pour intoxication alimentaire, voire mort. À force de fréquenter Jérôme, je devenais comme lui, ce n'était peut-être pas au fond mon seul et meilleur ami pour rien. Mia aussi, en y réfléchissant, occupait mes pensées depuis mon départ, dans mes moments de solitude. Je n'arrivais pas encore à qualifier avec précision notre relation et si je voulais aller plus loin dans cette amitié naissante. Je dansais bêtement sur mon lit, en caleçon et chaussettes. Voyager seul a ceci d'agréable que je pouvais rester moi-même en toutes circonstances, me laisser aller quand j'en avais envie, envoyer à mon esprit troublé des messages de liberté. J'écrivais d'un pays imaginaire où je n'étais plus en guerre.

Le lendemain matin, je me sentis frais et reposé, j'avais envie de partir découvrir le pays et me préparai assez rapidement. Je pris un café dans la salle principale et en profitai pour consulter mes messages. Rien du tout, à part Mia qui m'avait écrit dans la nuit : « Salut Jeff, je suis sûre que tu adores ton petit kilt, tu vas enfin pouvoir t'épanouir et rencontrer quelqu'un, je suis très heureuse pour toi et ton futur mari. »

Je n'avais pas pu m'empêcher de sourire à sa petite provocation, mais avais décidé de laisser ce message sans réponse, histoire de l'énerver et la laisser se demander ce que je pouvais bien faire seul en vacances, concept qui pour elle dépassait l'entendement. Elle avait même pensé à un moment m'accompagner pour me sortir de ma solitude, sans comprendre que c'est justement ça que je recherchais avant tout, être seul au monde. Pour commencer en Écosse, sans avoir de réponses à faire à qui que ce soit, mettre mon cerveau dans un bocal de formol pour une semaine, laisser tous les humains là où ils étaient le mieux : loin de moi.

Il faisait frais et le vent soufflait fort ce matin-là quand je me dirigeai vers le pont. Je croisai ce que j'identifiai être un jardinier. Rien de moins sûr en fait, je n'y connaissais rien, le vieil homme assez sale taillait une haie et portait une grande moustache qu'il cachait en partie sous un grand chapeau de paille qui lui tombait sur le visage. J'en conclus qu'il était jardinier. Je n'étais pas très sûr non plus si l'odeur de fumier venait des sols ou de lui.

« Bonjour jeune homme », me dit-il l'air jovial. « Vous allez vers le pont d'Overtoun, je suppose ?

« Non, je m'apprêtais à faire un bowling », avais-je envie de lui répondre. Je me retins et formulai une réponse plus adaptée aux circonstances et à son grand âge : « Oui effectivement, je me prépare à une petite promenade.

— Je suis Charon, le gardien et jardinier du manoir et de la forêt environnante.

— Enchanté, Jeff, je viens d'arriver. Je loge justement au manoir White. »

Il posa son grand sécateur et me regarda en se grattant la tête.

« Eh bien, heureusement que vous n'avez pas de chien.

— De chien ? Pourquoi devrais-je être heureux de ne pas avoir de chien ?

— Oh, les habitants de la région n'osent plus promener leurs chiens sur ce pont et craignent les lieux. Depuis des années, de nombreux chiens se sont arrêtés sur le bord gauche du pont. » Il me désigna de son long bras l'emplacement à deux cents mètres de nous. « Ils s'arrêtent, reniflent l'air et subitement, hop, ils se jettent dans le vide. Beaucoup de chiens craignent ces lieux et refusent même de suivre leur maître.

— Comment ça, ils se jettent dans le vide ? Ils se suicident, comme ça, sans aucune raison ?

— Nous n'avons jamais compris pourquoi ils sautaient, mais ils sont tous morts, ça, c'est sûr. Déjà près d'une cinquantaine. Le pont en plus est assez haut, plus de quinze mètres. Une bonne chose que vous n'ayez pas de chien, comme je vous le disais. » Il ricanait sous son grand chapeau, laissant apparaître une série de dents jaunes et noires.

« Très bien, merci pour l'information, mais cela ne risque pas d'arriver. Je déteste les chiens et tous les animaux de manière générale, à part les animaux empaillés ou ceux qui terminent dans mon assiette ou en soupe, dans le meilleur des cas.

— Je vois jeune homme, je vois. Bon, eh bien bonne promenade, alors ! » Et il continua de couper sa haie.

Le pont était vraiment à côté du manoir. C'était un vieux pont en granit du XIXe siècle. En approchant de l'entrée, je me demandai si tout ce folklore écossais ne finissait pas par me fatiguer ; je ne pensais pas pouvoir tenir toute une semaine à coup de chiens fantômes et d'esprits frappeurs. Sans parler de leur nourriture infecte à base de brebis éventrées.

J'étais maintenant au milieu du pont, il était agréable. Je passai ma main en marchant sur la pierre et un rayon de soleil matinal vint réchauffer mon visage. En me penchant du côté gauche comme indiqué par Moustaches, je m'attendis à voir en bas un tas de chiens empilés, mais fus déçu de constater qu'il n'y avait que la rivière qui coulait.

Je levai la tête pour humer le bon air de la campagne écossaise. Je sentis à la place une odeur fétide.

Un vent froid d'un coup me fouetta le visage, la terre trembla et je basculai dans le noir en m'écroulant sur la pierre glacée.

Mon corps ne répondait plus, mon esprit disparut.

Les astres vides,
Le ciel était rouge,
La rivière était noire,
Mes cheveux étaient en feu,
Et je regardais mes mains fondre,
Le vent gelé soufflait en silence,
Il emportait loin tous mes vêtements,
Mes jambes, mes bras, mon corps étaient liquides,
Ils se fondaient dans le noir de l'abysse,
La peine, les hurlements, le sang,
Et la terre qui m'aspirait,
Je n'étais plus que deux yeux,
Perdus dans le grand vide,
Dans ce trou sans fin,
Seul, je tombais.

CHAPITRE 7

Le bruit de pas d'un couple qui passait à côté de moi me réveilla.

Ils riaient en se promenant avec leur petit chien qui venait de me lécher la main. Mon visage était plaqué sur le sol, je sentais encore l'odeur du sable humide, j'avais mal un peu partout et ressentais une grande fatigue. Difficilement, je m'assis et regardai le couple traverser le pont comme si de rien n'était. Ils pensaient visiblement qu'une personne allongée et inconsciente, c'était parfaitement normal ?

Décidément, quel pays de dégénérés ! Je n'avais jamais auparavant fait de malaise, et réfléchissais à ce qui s'était passé juste avant de tomber. Rien en particulier, juste une sensation de se faire tirer par le bas comme si tout mon corps avait été aspiré par une bouche géante, puis recraché sur le sol.

Une fois debout, je me rendis compte que la journée avait bien avancé, ma montre indiquait six heures du soir. Comment avais-je pu rester autant de temps allongé sans que personne ne me vienne en aide ? Le couple était maintenant loin. Mon intention initiale de leur dire ce que je pensais de leur attitude retomba, j'avais juste envie de rentrer dans ma chambre et rapidement demander à consulter un médecin. Je me traînai lamentablement, encore engourdi, jusqu'à l'entrée du manoir White. La soirée était fraîche et le vent était retombé, je ne croisai personne sur le court chemin du retour. Ce n'est qu'une fois dans le hall d'entrée qu'une chose étrange se produisit. Le hall comportait un escalier qui menait aux étages du manoir et à sa base se trouvait un grand miroir Napoléon III assez massif, avec un magnifique encadrement en bois et stuc doré. Toute la pièce s'y reflétait, les meubles et les éclairages y apparaissaient en double, tout paraissait du coup plus grand et majestueux. Il avait cependant un défaut majeur : je ne voyais pas mon reflet. Rien. Juste la pièce.

Sur le coup, je pensai ne pas être bien en face et commençai à aller de droite à gauche pour modifier l'angle, mais cela ne changeait rien. Je m'approchai à quelques centimètres puis à quelques millimètres, mais ne vis toujours rien. Juste un petit cercle de buée. Je passai un doigt dessus et vis distinctement la trace sur le miroir. J'étais donc bien en face. Il n'y avait toujours personne dans le manoir et je ne pouvais donc poser la question de quoi était fait ce miroir. Je poursuivis mon chemin en allant dans ma chambre.

Le soleil d'été était encore assez haut et la lumière éclairait la pièce comme un projecteur braqué sur moi. Je pensai être encore sonné par mon évanouissement et avant d'appeler la propriétaire pour qu'elle organise la visite d'un médecin, j'allai me rafraîchir dans la salle de bains et me changer. Je compris instantanément en ouvrant la porte. Je n'étais toujours pas là. Le miroir au-dessus du lavabo ne reflétait que la porte ouverte et mon pyjama accroché. Je fis de grands signes avec mes bras puis mes jambes, me penchai en avant, en arrière, fis des grimaces, fermai puis ouvris les yeux sans que cela ne change quoi que ce soit. Je me mis même à parler au miroir pour voir si le son de ma voix se refléterait… étrange sensation de perdre pied et ne plus savoir quoi dire ni faire tant mes repères tombaient.

Quand j'attrapais un rhume, je savais quoi faire, un peu de sérum physiologique dans le nez, une tisane, du repos et c'était réglé. Ne plus se voir dans un miroir ne faisait pas partie des maladies que je savais traiter. Je n'étais pas médecin, je n'étais à vrai dire pas grand-chose. Ne plus se voir n'était a priori pas une maladie connue.

Je regardai ma main qui était pourtant bien là, ma montre, mes pieds et me déshabillai sans que cela ne change quoi que ce soit, sauf un détail que je mis du temps à apercevoir tant j'étais focalisé sur ma petite personne. Mes habits une fois sur le sol se reflétaient dans le miroir, je voyais mon slip, celui que j'avais acheté pour ma rencontre avec Kaya, et tous mes habits étaient bien là, entassés devant moi. Je fis alors une expérience et attrapai mon tee-shirt. Au moment où je le pris dans mes mains, il disparut. Quand je le lâchai, il réapparut. Je le lançai en l'air et pareil, dès que je ne le touchais plus, il se reflétait bien. Ma conclusion à cette petite expérience fut sans appel : je devenais fou.

Plus jeune, j'avais été très impressionné par un personnage de Tintin dans l'album *Les cigares du pharaon*, le professeur Siclone. Il sombrait au fur et à mesure de l'aventure dans la folie la plus totale pour finir par se prendre pour Ramsès II. J'étais donc maintenant comme lui et terminerais dans un asile d'aliénés à me prendre pour un vampire ou le cheval blanc d'Henri IV, ou très probablement pour un dodo, volatile sans ailes ridicule qui avait fini par disparaître de la surface de la Terre. Un être banal et inutile que Dieu avait dû créer un jour de déprime.

Je décidai finalement de prendre une douche froide pour voir si cela permettrait d'évacuer cet excès de n'importe quoi, mais rien ne changea. J'étais nu, trempé, gelé et ne me voyais toujours pas. Je me rendis d'ailleurs compte qu'il était difficile de se peigner sans se voir. J'improvisai donc une coiffure et m'habillai rapidement pour aller discuter avec la propriétaire et lui demander si son mobilier était normal ou si c'était moi qui étais définitivement tombé de l'autre côté du miroir.

Et d'un coup, je réalisai. Une autre expérience serait bien plus concluante. Car si les miroirs avaient été trafiqués, mon téléphone, lui, me dirait la vérité. Je tremblais un peu et sentis comme une angoisse monter. Je pointai le téléphone vers moi, touchai le bouton pour renverser la caméra et le résultat fut très clair : je n'étais plus là.

Le téléphone ne me voyait plus, juste un grand vide.

Et je me posai la question pour la première fois depuis l'incident du pont : étais-je devenu invisible ?

Cela valait la peine d'y réfléchir, à égalité avec la folie, et si c'était bien le cas, il me fallait tenter une nouvelle expérience. Je descendis donc de ma chambre et cherchai à croiser la vieille chouette qui m'avait accueilli la veille et m'avait ennuyé avec son livre d'or. Je la vis en train de parler à une cliente qui visiblement venait d'arriver. Je m'approchai doucement en faisant attention à ne pas faire craquer le vieux parquet et ne pas me prendre les pieds dans le tapis géant de l'entrée.

La cliente était très probablement anglaise vu son accent et la taille de ses dents. Elle avait la soixantaine et s'agaçait du temps que prenait son enregistrement. Je repérai un vase avec un bouquet de chardons. Symbole de l'Écosse, je trouvais ironique et un peu provocateur de tenter cette première expérience en renversant la symbolique de ce pays qui m'avait depuis le début servi ses histoires autour de fantômes et d'esprits. Un bras d'honneur invisible. J'étais très excité, en même temps mort de peur.

J'étais à moins d'un mètre, elles n'avaient pas l'air de noter ma présence, je moulinai des bras, mais elles ne réagirent pas, tirai la langue, passai ma main devant leurs visages, pas de réactions. Pour terminer, je poussai le vase. Il éclata sur le passeport de Grandes Dents et éclaboussa le visage de la vieille. Je jubilais devant ce spectacle cruel. Elles se mirent à hurler, pauvres esprits égarés, en levant les bras et lançant des *Oh my God* et *So sorry*.

J'étais moi-même dans un état second, entre la joie intense et l'angoisse la plus totale. Mon premier réflexe aurait été en temps normal de les aider à éponger en m'excusant platement de ma maladresse. Là, j'avais juste envie de danser, rire et continuer à faire n'importe quoi, renverser tous les vases du hall, éteindre les lumières et hurler comme un mort revenu des limbes. Je remontai finalement dans ma chambre pour réfléchir à tout ça à tête reposée. Je sentais que la situation pouvait très vite déraper. Un petit moment de réflexion me donnerait plus de certitudes et de confiance sur la suite à donner.

Une fois dans la chambre, je décidai d'appeler Jérôme. Je n'avais pas eu de nouvelles depuis mon départ et j'avais besoin rapidement de savoir si je n'étais pas mort. Après tout, ce n'était peut-être pas un malaise que j'avais fait sur le pont, mais une crise cardiaque, j'étais en fait en ce moment à la morgue dans un sac en plastique et c'était mon fantôme qui continuait de se balader dans le manoir écossais. Jérôme, comme à son habitude, décrocha immédiatement, à mon grand soulagement.

« Jérôme à l'appareil.

— Salut Jérôme. Je...

— Tu m'appelles de prison, c'est ça ? Tu ne m'appelles jamais... et tu voudrais que je vienne te chercher ? Jamais ! Je t'avais prévenu ! Partir à l'étranger est extrêmement dangereux. Mais non, tu n'écoutes jamais, tu n'en fais qu'à ta tête, tu veux faire ton gros et voyager seul dans un pays de sauvages !

— Allo ? ...

— Si c'est une maladie, c'est encore pire. Il est hors de question que je vienne ! Fais-toi rapatrier par ton assurance ou reste là-bas, ça nous évitera une contamination. Je t'en veux tu sais, j'étais en bonne santé avant de te rencontrer. Maintenant, je risque d'attraper une maladie grave et de mourir sans même avoir eu le temps de sortir le dernier jeu sur lequel nous travaillons. Tu es un égoïste Jeff, je suis très déçu par ton attitude. Choqué.

— Allo ? ...

— Ne fais pas l'innocent, s'il te plaît ! Arrête de me mentir ! J'en parlerai ce soir à Mia qui me demandait comment tu allais. Nous allons... »

Je raccrochai sans prendre la peine de répondre. La conversation avait été concluante : je n'étais pas mort. Et Jérôme restait Jérôme. J'avais créé une nouvelle réalité dont j'en étais le pantin ; dans tous les cas, il fallait que je comprenne ce qui était possible ou non avant de me lancer à l'extérieur de ma chambre. Commencer aussi à réfléchir sur le comment et le pourquoi, voire à un remède. Un médecin ne serait a priori pas très utile, un fakir peut-être ? J'avais aperçu un homme d'origine indienne enturbanné dans le hall du manoir.

Sur ces pensées un brin stéréotypées, je commençai toute une série de petites expériences dans ma chambre. Je passai en même temps un peu de musique en lançant *Paprika Pony* de Kim Gordon, un morceau étrange qui allait très bien avec mon état d'esprit du moment : cubique. Oui, je me sentais cubique. Comme une déconstruction du réel.

Les premières règles liées à mon état furent assez faciles et rapides à établir, je les appelai les cinq lois fondamentales de l'invisibilité physique :

1. Je ne pouvais être vu de personne, mais je pouvais me voir. Pas de reflets en revanche ni d'ombre. Je l'avais aussi testé avec la grande lampe de ma chambre. Le fait de pouvoir me voir était problématique et il fallait que je sois vigilant sur ce point car si j'étais de nouveau visible, je ne pourrais m'en rendre compte.

2. Tout ce que je portais ou transportais devenait aussi invisible. Je devais encore travailler ce sujet, comprendre si tous les objets, quels que soit leurs dimensions, poids, natures, disparaissaient, voire avec des animaux. J'essayerais de porter un chat ou un petit chien, j'en avais vu un ridicule hier traîner dans le jardin.

3. La troisième loi était l'exact inverse de la deuxième et fut plus longue à déterminer : est-ce que tout ce qui sortait de moi était aussi invisible ? Un petit tour aux toilettes et une petite photo plus tard confirmèrent que tout ce qui sortait de moi était bien visible. J'essayai aussi en crachant et en m'arrachant quelques poils. Résultat identique.

4. Être invisible ne signifiait pas que je ne pouvais être repéré. Je voyais le lit s'enfoncer quand je m'asseyais dessus

et faisais un selfie, j'avais aussi testé en vidéo et ma voix était bien présente. Bref, les lois habituelles de la physique s'appliquaient.

5. La cinquième loi était d'ordre moral : je ne suis pas Dieu. Les limites et les lois sont toujours les mêmes. Je m'imposai cette dernière pour être sûr de ne pas aller trop loin. Je m'étais toujours mis tellement de barrières, tout faire sauter d'un seul coup me faisait beaucoup trop peur. En même temps, c'était tellement tentant.

Il ne devait pas être pas loin de deux heures du matin quand je me couchai, complètement épuisé. Je savais que j'allais me réveiller le lendemain avec ça, je ne savais pas encore comment l'appeler : superpouvoir, maladie, capacité, handicap. Quel que soit le nom que je lui donnerais, j'allais devoir apprendre à vivre avec pour une durée encore indéterminée.

Heureusement, je n'étais pas devenu Spider-Man. J'avais toujours détesté les insectes et autres bestioles rampantes, les araignées en particulier.

Le lendemain matin, ce fut un beau soleil et des gazouillis d'oiseaux qui accueillirent mon réveil.

J'avais rêvé de Kaya et Amy, nous étions tous les trois dans mon appartement du dix-septième et après quelques verres, elles s'étaient embrassées. Nous avions terminé la soirée à faire l'amour ensemble et c'est au beau milieu de nos ébats que Jérôme était entré d'un seul coup avec à la place de son sexe, une seringue géante. Il hurla que la sexualité à trois était dangereuse, surtout avec deux femmes étrangères, et qu'il allait me vacciner.

Je m'étais réveillé plus du tout excité.

Ayant sauté le dîner de la veille avec mes expériences, je commençai à avoir faim. Je commandai le petit déjeuner directement dans ma chambre, prétextant une souffrance passagère. Quand le serveur frappa à ma porte, je me cachai dans la salle de bains en lui disant d'entrer et de déposer le plateau sur le lit. Il fallait que j'apprenne à gérer mon interaction avec les autres et réfléchir à comment me restaurer et me déplacer. Je n'allais quand même pas prendre la voiture et tranquillement conduire à travers toute l'Écosse pendant une semaine ; une voiture sans conducteur attirerait forcément l'attention. Les Écossais avaient beau croire aux fantômes, leur crédulité devait quand même avoir des limites.

Je décidai de partir le soir même au milieu de la nuit et rejoindre Glasgow qui ne se trouvait qu'à une trentaine de minutes en voiture. En pleine nuit, une voiture sans conducteur se verrait beaucoup moins. Je trouverais bien le moyen de me loger et profiter des avantages d'une grande ville, une fois sur place. Là où j'étais il n'y avait rien, à part ce pont de malheur. Je voulais d'ailleurs y retourner pour voir si quelque chose pouvait m'aider à comprendre ce qui s'était passé.

Le petit déjeuner fut copieux et satisfaisant. En regardant par la fenêtre la campagne écossaise, je pensai à ce que m'avait dit Mia avant de partir, mon incapacité à m'intéresser aux autres, à m'ouvrir. Mon invisibilité n'allait pas vraiment arranger quoi que ce soit et je devais probablement me préparer à vivre très prochainement dans la solitude la plus totale.

Après avoir rapidement vérifié à l'aide de mon téléphone et en fermant la porte de ma chambre si j'étais toujours invisible, je descendis les escaliers en prenant soin de ne pas poser les pieds en plein milieu des marches mais sur les côtés qui grinçaient moins. La propriétaire était à son bureau, en train de consulter des papiers. Elle avait enlevé le vase renversé la veille et l'avait remplacé par une statue de bronze. Je sortis discrètement pour me rendre sur le pont d'Overtoun ; il était presque onze heures du matin, il n'y avait personne. Je ne savais pas vraiment quoi chercher mais je cherchai, regardai un peu partout, reniflai. Je ne vis rien d'intéressant, quelques dates qui devaient signaler la construction de l'édifice et des tags sans intérêt.

Je me mis exactement à la même place que la veille et attendis. Rien ne se passa.

À ce moment-là, je sentis quelque chose tirer le bas de mon pantalon. Par réflexe, je poussai un cri et levai ma jambe. Un petit chien hargneux me tirait le bas du jean en grognant, un de ces sales modèles de chiens miniatures qui passent leur vie à aboyer sans raison. Les propriétaires, un jeune couple d'une trentaine d'années, arrivaient à proximité. Ils devaient entendre leur chien et ne le voyaient pas. En me tenant, il était à son tour devenu invisible.

Je ne pouvais pas le repousser et risquer qu'il apparaisse d'un coup devant eux. En panique, je m'accroupis à côté de lui et essayai de lui fermer la gueule. Il grogna encore plus fort. Le couple devait être à une vingtaine de mètres maintenant, il fallait que je réagisse. Vite. Il ne me restait qu'une seule chose à faire.

Je saisis le chien par le corps. Il essaya de me mordre avec ses petites dents et se débattit. Je le regardai une dernière fois. Et le jetai par-dessus le pont.

Je tournai la tête et l'entendis s'écraser plus bas. Le bruit des os qui se brisaient et les hurlements de la femme qui se précipita en criant son nom étaient insupportables. Elle pleurait, son compagnon la prit dans ses bras. Je restai à côté sans bouger, prostré, choqué. Le vieux jardinier que j'avais croisé la veille arriva en entendant les hurlements, puis ce fut le tour de la propriétaire.

« Mon Dieu, quelle horreur ! Encore un nouveau chien qui se suicide », dit le jardinier. « Comment est-ce arrivé ?

— Je ne sais pas », cria l'homme. « Je ne l'ai pas vu aller au bord du pont et ne comprends pas comment il a pu sauter. C'est incompréhensible. Nous n'aurions jamais dû venir ici », finit-il par dire en se prenant la tête dans les mains.

Je n'avais pas besoin d'en entendre plus et je retournai au manoir. Cette histoire de chiens qui se suicidaient prenait une autre dimension, désormais. J'étais surtout surpris de ce que j'avais été capable de faire, par lâcheté ou par courage, je ne savais pas trop.

Une fois dans la chambre, je pris la décision d'arrêter pour aujourd'hui les sorties. Assis sur mon lit, je me demandai si le suicide des autres chiens était en fait dû à d'autres personnes qui, comme moi, prises de panique, avaient jeté les chiens par-dessus bord pour ne pas être repérées. Celui que j'avais lancé était minuscule, je n'aurais pas pu le faire avec un chien plus grand et surtout plus fort qui n'aurait pas manqué de m'arracher un bras. Je n'étais finalement pas plus avancé et attendis, allongé, que la nuit tombe pour organiser mon retour à Glasgow.

J'entendis longtemps dehors le brouhaha de gens encore en plein émoi. L'air frais entrait dans ma chambre. Les oiseaux ne chantaient plus.

CHAPITRE 8

J'avais fait un détour par les cuisines de l'hôtel et avais pris quelques fruits, du pain et de l'eau. Je laissai un mot à la propriétaire en lui disant que je devais rentrer d'urgence à Paris et la remerciai pour son accueil ; le système de « fast check-out » ne rendait pas ma présence nécessaire. Je ne voulais pas rester une seconde de plus mais laisser tout ça derrière moi, le plus vite possible.

La Polo était toujours à sa place et après avoir bien regardé si personne n'était alentour, je m'installai au volant. Après contrôle sur mon téléphone, la voiture était bien visible. Apparemment, dépassé une certaine masse, l'effet d'invisibilité ne s'appliquait plus. C'était en même temps plutôt rassurant ; sinon mon lit, le manoir ou la Terre entière auraient disparu à mon contact. Un genre d'aspirateur de particules à l'échelle de l'Univers. Drôle de sensation cependant de ne pas se voir dans le rétroviseur ; je démarrai rapidement et m'éloignai du manoir à travers la forêt. La fenêtre ouverte, je humais l'air frais et les odeurs sauvages de la campagne écossaise. Sur le carreau à ma gauche ne se reflétait qu'un volant qui tournait seul.

Je filai dans le noir sans m'arrêter sous les lumières des lampadaires, évitant les villages. Je fis des détours par les routes de campagne, je voyais défiler ce paysage inconnu et ne croisai personne. À trois heures du matin, je traversais la banlieue de Glasgow, les trottoirs vides de la ville. Je fumais cigarette sur cigarette, contemplant les bureaux éclairés, le désert urbain, les clochards au loin allongés sur un carton, les devantures des magasins éclairés, une Saab marron garée dans un coin ; tous les drapeaux étaient délavés et blancs, le néon et l'acier.

Je pris le temps durant le trajet de réfléchir à comment évoluer en milieu urbain et survivre au milieu de la population, forcément hostile et dangereuse. J'étais sur la défensive, et mon plan fut un nouveau prétexte pour continuer de me parler à moi-même. Un des psys que j'avais consultés plus jeune, à la demande de mes parents inquiets de me voir ne jamais leur répondre, m'avait conseillé de faire preuve de civisme social et de mutisme quand j'étais seul. J'en avais développé une haine pour tous les mots en « isme » et lui avais répondu que sa proposition était « inacceptable » et que je préférais « réfléchir à tout ça en lisant des BD, plutôt que l'écouter ». Mes parents, rassurés de m'entendre exprimer une idée, même contradictoire, interrompirent les séances. Je m'étais en revanche plus ouvert aux autres, surtout à mon chat, qui devint très vite mon seul et unique confident. Il me regardait toujours avec bienveillance et se mettait parfois à ronronner de plaisir en m'écoutant. Il ne parlait pas en langage « isme », ne jugeait jamais. J'étais persuadé que quelque part, il comprenait mes digressions d'enfant sur le monde et son entourage. À sa mort, je ressentis un grand vide que je comblai en m'adressant de nouveau la parole. J'en conclus plus jeune que mon existence était une boucle qui, année après année, s'élargissait, pour finir par éclater comme une bulle de savon ; un événement éphémère inévitable.

Ce qui m'arrivait était important. Il ne fallait pas que je m'éparpille. Je devais me concentrer sur l'essentiel : moi.

Je garai la Polo dans le parking ouvert de Sixt sur Waterloo Street. Les lampadaires éclairaient bien la rue. Je regardai dans tous les sens pour ne pas être repéré, mais les rues à trois heures et demie du matin étaient complètement désertes. Je descendis sans faire de bruit et récupérai ma valise à roulettes dans le coffre ; l'inconvénient était qu'elle faisait un bruit d'enfer en roulant, je devais donc la porter. Voilà encore une chose que je devais régler rapidement. Je déposai les clés dans la boîte réservée à cet effet et m'assis sur le trottoir pour réfléchir à la suite.

Mon vol de retour pour Paris était dans plusieurs jours, il fallait d'ici là que je trouve à me loger. Un hôtel me paraissait compliqué, je ne pourrais pas me déplacer librement sans avoir en permanence à faire attention. Le plus simple était de réserver une chambre sur Airbnb. Après quelques minutes de recherches, j'en trouvai une disponible à partir de midi dans la même rue que lors de mon arrivée, sur Ashton Lane. Le propriétaire laissait les clés dans une boîte avec un code à côté de la porte d'entrée. L'immeuble, après une rapide recherche sur Google Maps, se trouvait dans une rue peu passante et n'avait qu'un seul étage. Parfait, je ne croiserais pas beaucoup de monde.

Je pris ma valise en essayant de ne pas la faire rouler et commençai à marcher de nouveau vers Ashton Lane. La ville était calme, quelques taxis circulaient encore, le vent se levait. Je sifflotai intérieurement et me demandai durant ce court trajet de retour comment j'allais occuper mes journées car aucun guide ne précisait l'étendue du possible dans ce type de situation. La première idée qui me vint spontanément à l'esprit fut de revoir Amy qui m'avait loué la chambre. Je repensai à son corps aux rivages inconnus, à son regard solaire quand elle m'avait fixé à moitié nue, l'espace d'une seconde. La promesse non tenue d'une rencontre.

En arrivant à l'adresse de la nouvelle location, je m'assis sur ma valise et m'allumai une cigarette dans un coin discret. D'après les expériences conduites la veille au manoir, la fumée de cigarette se voyait ; heureusement, le petit vent du matin me camouflait définitivement.

La ville commençait à se réveiller. Les habitants du quartier passaient devant moi et ne me voyaient pas, ils étaient indifférents à ma présence. En soi, cette situation n'était pas une nouveauté, seuls les chiens faisaient maintenant attention, ils me reniflaient avec prudence pour continuer leur chemin vers un poteau moins étrange sur lequel uriner. Il était près de huit heures et je commençai à avoir faim. Je n'avais pas encore réfléchi à comment me nourrir et décidai de me risquer à entrer dans un magasin pour me ravitailler. Je déposai discrètement ma valise dans l'entrée de l'immeuble et m'engageai sur Byres Road, une large avenue commerçante et bruyante.

Je constatai à cette occasion la difficulté de se déplacer au milieu d'une foule, je faillis percuter un homme d'affaires plongé dans son téléphone et un enfant qui courait dans tous les sens. Je dus finalement marcher le long des voitures sur la route afin d'éviter toute percussion intempestive. Je repérai après une centaine de mètres un Starbucks Coffee. Je n'avais jamais été fan de cette enseigne mais je n'espérais pas trouver une boulangerie française ou un petit café parisien qui me servirait un expresso accompagné d'un croissant. Je restai quelques instants à fixer l'entrée afin d'estimer quel serait le meilleur moyen d'entrer. La proximité de l'entrée du métro ne facilitait pas l'exercice.

Je devais calculer le bon moment pour me glisser à l'intérieur du magasin, trouver un endroit isolé afin de pouvoir me servir en toute tranquillité. Il était encore tôt et il n'y avait pas encore beaucoup de monde. Au moment où un couple de personnes âgées entra, je courus à leur suite pour me glisser derrière eux. J'escomptai qu'à cet âge, les sens étaient usés et, concentrés à aller réclamer la dose quotidienne de sucre indispensable à leur survie, ils ne remarqueraient pas une présence derrière eux.

J'étais maintenant dans la place. Devant le couple, quelques clients attendaient leur tour. C'est avec un mélange d'excitation et de peur que je doublai tout le monde. J'avais toujours eu du mal à attendre dans les files, surtout quand se trouvaient devant moi des vieux lents ou des indécis dans mon genre. Voilà un nouveau problème de réglé. Devant moi s'étalaient toutes les viennoiseries, le choix des boissons était large. J'avais faim, maintenant. Le seul problème était que je ne pouvais facilement me servir. Tout était derrière une immense vitre et la zone des boissons était occupée par les préparateurs qui couraient dans tous les sens.

Je me positionnai donc un peu sur le côté et attendis qu'une commande qui me convienne soit préparée. En la prenant discrètement, je pourrais la rendre invisible. Mais l'exercice était plus compliqué que ce que je m'étais imaginé. Faire disparaître une boisson ou une viennoiserie sur une table n'était pas possible, la personne se serait immédiatement rendu compte de la disparition et aurait suspecté quelque chose. Il fallait que je crée une diversion. Après avoir fait le tour du café, j'en conclus que le moyen le plus simple était de déclencher l'alarme incendie. Dans la cohue et le bruit créé, je pourrais à loisir me servir. Je m'approchai du boîtier rouge, et appuyai pour déclencher l'alarme. Rien ne se produisit. J'appuyai encore plus fort, tapai dessus en essayant de ne pas faire trop de bruit. Rien. Elle était apparemment hors service. Je sentais les viennoiseries et le café chaud. Tous les clients avaient l'air de bien se restaurer. J'étais un enfant dans un magasin de jouets dont on avait coupé bras et jambes, gesticulant sur le sol comme un ver. Je constatai en plus que le couple de vieux venait de se faire servir et repartait l'air satisfait. Je n'avais donc pas gagné de temps, bien au contraire.

Je commençai à m'énerver et envisageai un instant d'y aller directement, sans stratégie, en poussant les gens sans ménagement, en me servant rapidement. Mais je n'osai pas, pas encore. Je sortis finalement du magasin, frustré. Comme dans la boulangerie quelques jours auparavant, je n'avais pas été servi ou tout du moins je n'avais pas été capable de me servir. Ce qui était finalement encore pire. Le sandwich au thon de la rue de Provence revenait me hanter.

J'étais toujours à côté du Starbucks quand je vis une femme avec sa boisson en main. J'avais envie de la renverser, elle avait l'air trop heureuse. Je m'approchai doucement. Elle discutait avec sa copine dans un anglais incompréhensible et à quelques centimètres d'elle, d'un petit geste rapide et énergique, je poussai la boisson qui chuta lourdement par terre. Le café explosa au sol. Elle était couverte de café et criait, sa copine avait l'air catastrophée. Ce petit plaisir mesquin me remonta le moral, ma colère retomba doucement. À défaut d'avoir pu comme l'enfant profiter des jouets, j'avais mis le feu au magasin.

Je piquai finalement trois pommes qu'un petit vendeur à la sauvette proposait à la sortie du métro et une bouteille d'eau à un marchand de journaux.

Je décidai par la même occasion de ne jamais remettre les pieds dans un Starbucks.

***

De retour à l'appartement, je constatai que la clé était déjà dans la boîte et montai dans la chambre au premier étage. Le propriétaire avait laissé un papier qui expliquait comment se connecter au wifi et indiquait les différents pubs du coin qu'il considérait comme intéressants, dont le Wee. J'étais perdu dans mes pensées, en train de réfléchir à comment j'allais manger, quand quelqu'un frappa à la porte.

« Je suis Andy le propriétaire, je vous ai entendu arriver et voulais m'assurer que vous étiez bien installé. »

La panique s'empara de moi. Je ne savais pas quoi répondre et ne pouvais pas ouvrir la porte.

« Je suis bien arrivé, merci. Je ne peux pas vous ouvrir maintenant.

— Oh… OK ! Mais tout va bien ?

— Oui, oui, je sors de la douche, c'est pour ça !

— La douche ? Quelle douche ? Il n'y a pas de douche dans le studio. Elle est à l'extérieur sur le palier, comme indiqué dans l'annonce.

— Oui… je veux dire je me préparais à y aller… j'ai juste une serviette autour de moi.

— Ah ! très bien, pas de problème. Passez me voir dans l'après-midi s'il vous plaît, j'habite l'appartement du rez-de-chaussée. J'aurai un papier à vous faire signer.

— Bien sûr… je passerai, à tout à l'heure, merci. »

Il descendit l'escalier, je l'entendis ronchonner comme s'il s'était douté que je lui mentais. Je n'allais pas pouvoir rester, finalement, surtout qu'il habitait juste en dessous et ne manquerait pas de scruter mes allées et venues ou d'écouter tous mes faits et gestes, le genre concierge curieux et suspicieux. Je ne savais même pas comment partir, il allait forcément m'entendre descendre et attendre que je vienne le voir. J'étais coincé.

L'appartement était au premier étage et pas très haut. En me penchant à travers la fenêtre guillotine qui faillit une nouvelle fois me couper la tête, je réalisai qu'une évasion par la fenêtre était possible. Il y avait une petite corniche, je n'avais ensuite qu'à me laisser glisser discrètement le long du tuyau d'écoulement des eaux et sauter sur la large poubelle installée au pied de l'immeuble. Il y avait maximum deux à trois mètres, rien de bien compliqué. La seule difficulté consistait surtout à descendre ma valise sans bruit.

Je confectionnai une petite corde avec les draps du lit. Une fois la valise passée avec difficulté à travers la fenêtre, je la fis doucement descendre. En la tenant, elle n'était pas visible, enfin, je l'espérais car elle était juste devant la fenêtre du propriétaire. Après un léger balancement, elle atterrit finalement juste devant l'entrée. Je jetai ensuite la corde de draps. Je regardai si je n'avais rien oublié dans le studio, enfilai mon sac à dos et enjambai la fenêtre. À peine dehors, j'entendis quelqu'un tomber à terre et jurer.

Le propriétaire venait de sortir de l'immeuble et s'était étalé sur ma valise. Je le regardai s'énerver. Il commença à inspecter cette étrange valise équipée d'une corde en draps. Il comprit assez vite d'où elle venait grâce au nom que Jérôme avait écrit avant mon départ, au feutre rouge, à l'arrière de la valise, au cas où celle-ci aurait été égarée ou prise pour un colis piégé à l'aéroport de Glasgow. Il regarda en l'air, bien évidemment ne me vit pas, et rentra la valise. Je l'entendis remonter bruyamment les escaliers. Il frappa à la porte, visiblement sur les nerfs.

« Excusez-moi… je viens de tomber sur votre valise, je ne comprends pas bien pourquoi vous l'avez attachée à mes draps neufs. Vous ne vous foutez pas un peu de moi par hasard ? Pourriez-vous ouvrir la porte, s'il vous plaît ?! »

Il était temps de fuir.

Après quelques pas sur la corniche, je me laissai glisser le long du tuyau non sans difficulté. J'y laissai un morceau de mon pull et tentai de sauter sur la poubelle. Ma condition physique limitée me fit attendre un peu trop longtemps. Le tuyau d'évacuation des eaux céda sous mon poids. Contraint, je sautai sur la poubelle qui n'était visiblement pas faite pour recevoir le poids d'un homme. Le couvercle éclata en mille morceaux et je m'écroulai dans un raffut effroyable au milieu du trottoir. Elle devait être remplie de leur nourriture infâme, l'odeur était insupportable et j'étais couvert de détritus. Une envie de vomir soudaine me prit. Des gens commençaient à arriver. Le tuyau complet jusqu'au toit était arraché et gisait à terre, la poubelle était renversée et se répandait sur le trottoir. Un chien me renifla et fouilla les déchets. Ce fut, je pense, la plus nullissime tentative d'évasion de l'histoire.

Le propriétaire était entré dans ma chambre et se pencha par la fenêtre pour constater qu'il n'y avait rien, à part sa tuyauterie ruinée et sa poubelle étalée. Il se mit à hurler.

« Où êtes-vous, c'est quoi ce bordel ? J'appelle la police ! »

En entendant le mot police, je me mis à paniquer et me relevai aussitôt. Je courus vite, tout droit et sans réfléchir. Cela n'avait aucun sens, il ne pouvait pas me voir, mais je ne contrôlais pas grand-chose et mettre une distance considérable entre nous deux était mon seul objectif.

Je m'arrêtai finalement, essoufflé après une course qui me semblait avoir duré une éternité, et me trouvai un coin tranquille au milieu d'un parc pour me calmer et réfléchir. J'étais vraiment pitoyable et ressemblais à un clochard. Dommage que les odeurs n'étaient pas aussi invisibles.

Après réflexion, la perte de ma valise ne faisait plus aucun doute. Je ne pouvais pas revenir la récupérer, trop compliqué, trop dangereux, en même temps sa perte n'était pas une catastrophe, j'avais mon sac à dos avec les affaires les plus importantes. La valise ne contenait que mon nécessaire de toilette et des vêtements, rien que je ne pourrais voler par la suite. Décidément, le début de cette nouvelle expérience était compliqué. Je m'attendais à plus de facilités. Il allait falloir que je m'organise différemment, je n'allais pas passer ma vie à dormir sous des ponts et manger des pommes.

Le plus simple était vraisemblablement de rentrer à Paris par le premier vol disponible. Une fois chez moi, j'aurais plus de facilités pour organiser ma nouvelle vie via des commandes sur internet, sans avoir à me cacher, action pour le moins paradoxale vu mon état.

La situation pour le moment n'était en revanche pas brillante. J'avais faim, je puais, et je ne savais pas où dormir.

J'étais assis au milieu du parc. À côté de moi, un bâtiment circulaire ressemblait, en version plus moderne, au Panthéon à Rome. En voyant un groupe de trois étudiants en sortir, je pensai aux campus anglais. Ce devait être une bibliothèque et les étudiants devaient faire partie d'une université quelconque qui se trouvait dans le coin. Un panneau juste à côté m'indiqua que je me trouvais effectivement en face de la bibliothèque de l'université de Glasgow, la McMillan Reading Room. J'étais en plein centre du campus qui se fondait lui-même dans la ville. Une idée me vint : étant au mois d'août, celui-ci devait être beaucoup moins fréquenté et calme, avec peut-être des chambres universitaires libres. Je suivis donc le groupe des trois garçons, en chasse d'un refuge.

Après cinq minutes de marche, ils s'engagèrent dans une large allée qui menait au Main Building, magnifique construction gothique avec une tour en son centre qui avait des faux airs de Big Ben. J'entrai sans difficulté à leur suite dans l'enceinte du bâtiment, puis après avoir traversé un long couloir faiblement éclairé, nous arrivâmes sur une place carrée arborée, entourée d'arches. L'université était vraiment immense, majestueuse. Après une rapide recherche sur mon téléphone, j'appris qu'elle avait été construite au XVe siècle et figurait parmi les plus grandes du Royaume-Uni, avec près de vingt-cinq mille étudiants. Entre autres célébrités, Einstein y avait enseigné. Parfait, il devait sûrement y avoir une petite chambre pour moi dans cette monumentale bâtisse.

D'après un plan sur un mur, la place carrée dans laquelle je me trouvais était le « West Quadrangle » du bâtiment principal. Je continuai de suivre le groupe qui se dirigeait vers la chapelle de l'université.

J'avais une certaine appréhension à entrer dans une chapelle ; parvenu devant la porte, je me faufilai sans conviction.

Dieu avait peut-être un plan me concernant. Je n'étais pas à l'aise d'entrer chez lui, sans être vu par son fils qui me devinait du haut de sa grande croix en bois. Je n'avais jamais envisagé la religion comme une composante de ma vie et de ma façon de penser, mais ma nouvelle condition me donnait à réfléchir. Je m'en rendis compte dès les premiers pas dans la chapelle. Un œil sur moi, je n'étais plus transparent. J'avais l'impression d'être observé, un imposteur, que quelqu'un me scrutait et qui me glissait à l'oreille : « Nous te voyons, ne fuis pas, reste, nous avons des choses à nous dire. » Pour ma part, je n'avais rien à dire.

Je pressai le pas pour rejoindre mon petit groupe qui sortit par le côté opposé. Une fois dehors, je m'arrêtai et respirai de nouveau normalement. Je ne devais pas être encore prêt à me questionner sur le pourquoi de ma condition. Je ne l'avais jamais été au fond, j'avais toujours su me cacher à moi-même, ne jamais me regarder droit dans un miroir et me confronter à ma réalité. Je reportai cet échange avec moi-même ; pour le moment ma priorité était de trouver un logement. À l'avenir, je contournerais cette difficulté en empruntant un autre chemin.

La facilité sur la vérité.

Sur ma droite, un bâtiment un peu isolé me sembla très approprié, il s'appelait « Principal's Lodgings » et un panneau sur la porte d'entrée indiquait : « Les chambres et salles ne sont pas accessibles du 1er au 31 août. »

La porte n'était pas fermée. La discipline anglo-saxonne me fascinait : en France, il y aurait eu deux cadenas et une caméra de surveillance pour éviter les squatteurs. Par chance, le parquet de cette aile de l'université semblait avoir été rénové car je ne le fis pas grincer en me promenant dans les étages, invisible et inaudible. J'étais en train de fouiller un peu partout, enfin seul et sans avoir à faire attention à mon entourage. Après une dizaine de minutes, j'avais fait le tour des grandes salles de cours des trois premiers étages, complètement désertes en cette période de l'année.

Je montai au quatrième étage, à la recherche d'une éventuelle chambre. Je n'avais jamais connu ce type d'université. J'avais fait mes études à l'université de Nanterre où j'avais connu Jérôme ; une architecture des années soixante sans intérêt, tout en béton, cernée par le RER, une maison d'arrêt et la préfecture. Un désastre d'ambiance qui m'avait surtout motivé à ne rien faire.

J'avançais maintenant au dernier étage tout en bois qui sentait le vieux papier, beaucoup plus étroit, un peu comme un dernier étage de chambres de bonne dans un immeuble haussmannien. Une série de portes, toutes fermées, me confirma bien que cette aile du bâtiment n'était pas du tout fréquentée au mois d'août. En regardant à travers l'ancienne serrure de l'une d'elles, je constatai qu'il s'agissait de chambres ; je pouvais distinguer un lit et un bureau de travail. Le problème était que je n'avais pas la clé. La seule solution était de défoncer la porte. Il n'y avait personne, je ne devrais pas avoir de difficultés. Je posai mon sac à dos et commençai à pousser de l'épaule pour sonder la résistance. La serrure était ancienne et après quelques poussées avec mon épaule et un grand coup de pied, elle sauta.

Personne n'avait apparemment entendu mon raffut, j'entrai et refermai la porte derrière moi.

À l'intérieur, je me sentis tout de suite en sécurité. L'université, temple du savoir et de l'ouverture au monde, m'avait accepté en son sein afin de préserver cette expérience unique que je vivais. La chambre était petite, bien agencée. Un cabinet de toilette avec une cabine de douche était aménagé, une mini cuisine, la vue était magnifique sur un parc et plus bas, la rivière Kelvin. Je m'écroulai finalement sur le lit.

Épuisé, la tête pleine de rêves étranges, je volais au-dessus des bâtiments. Je distinguai les étudiants, petites fourmis bien disciplinées qui entraient et sortaient, des files sans fin. J'avais envie de les appeler, de les écraser. Impossible. J'étais trop haut dans les airs, trop loin, impuissant. Je me dirigeai ensuite vers la rivière. Les petites fourmis se noyaient sur ses rives, des mains sortaient tendues vers le ciel noir. Je m'arrêtai à côté de l'une d'elles et tendis la mienne. La longue main blanche s'anima et brusquement m'attrapa. Elle me tira. De plus en plus fort. Sans pouvoir résister, je m'enfonçai dans la boue avec elle. Très vite il ne resta que ma bouche à la surface. J'avalai impuissant la boue glacée qui me remplit. Je criai et me réveillai en sueur.

La nuit était tombée. Je sentais mon estomac gargouiller, je n'avais mangé que quelques pommes dans la journée et me levai avec difficulté. Encore assis sur le bord de mon lit, j'allumai une cigarette en pensant à Kaya. J'avais envie de revenir à Paris et retenter de communiquer avec elle, risquer une nouvelle approche, mais comment ? C'était étrange de me voir fumer devant le miroir de la salle de douche, la fumée sortait de nulle part, d'un espace que je ne pouvais voir, de mon vide. Je chassai l'image de ces mains sorties du fond de la terre qui m'entraînaient, j'étais bien vivant, je comptais en profiter. Il fallait juste que je trouve de quelle façon.

Après avoir caché mon sac à dos et tiré la porte, je descendis les étages et n'entendis personne. Les lumières étaient éteintes pour la plupart. J'arrivai malgré tout à m'orienter dans l'obscurité. En regardant par les fenêtres, je voyais quelques salles éclairées. Certains étudiants travaillaient encore, d'autres étaient plongés dans des discussions animées.

En arrivant au rez-de-chaussée, je trouvai un nouveau plan et cherchai les salles de restaurant. L'une d'elles se trouvait derrière l'aile ouest, c'était à cinq minutes à pied, à côté de la chapelle, et les couloirs étaient déserts. Je pris bien soin de contourner la chapelle et n'eus aucun mal à entrer dans la salle de restaurant, les portes n'étaient pas fermées à clé. Il faisait en revanche très noir, j'allumai mon téléphone en espérant que personne ne remarquerait de loin cette étrange lumière flottante. Les réfrigérateurs étaient fermés par des cadenas, j'essayai de les ouvrir les uns après les autres sans succès. Ce n'est qu'après dix minutes de recherches que je trouvai un grand placard beaucoup plus facile à forcer, rempli de produits secs, pâtes, riz et biscuits apéritifs. Le repas que j'en fis fut presque un festin.

Je m'étais installé au milieu de la salle de restaurant. J'étais dans le noir, un grand silence s'était installé, comme au fond d'un océan. Le bruit des crackers que je dévorais était si fort que j'imaginais des travaux en cours dans ma tête.

Sûrement l'équipe de nuit qui finissait de construire le dernier étage de ma folie.

CHAPITRE 9

L'université offrait finalement pas mal d'avantages, je reconsidérai mon départ anticipé pour Paris. Je m'accordai encore deux jours et prendrais jeudi le premier vol disponible, je ne savais pas encore comment.

J'avais pu voir dans un des couloirs une affichette qui annonçait une soirée électro dans un des bâtiments avec pour DJ, Jamie XX, rien que ça. J'avais envie d'y aller, me nettoyer l'esprit avec des grosses basses et, pourquoi pas, tester quelques drogues. Je m'étais toujours interdit cet excès, aussi parce que toujours accompagné de Jérôme, pour qui prendre une boisson dans un bar représentait déjà un risque sanitaire majeur.

La soirée était prévue le soir même, je devais en attendant me procurer quelques fringues et une réserve de nourriture. Fracturer deux fois par jour les placards de la cantine était trop risqué.

Je revins dans la rue principale où se trouvait le Starbucks et commençai à faire mes courses. Le plus simple pour l'alimentation était d'aller dans une grande surface et remplir un sac, les restaurants et fast-foods étaient trop compliqués d'accès. Je repérai un supermarché Waitrose, il était loin de la qualité du Monop' en bas de chez moi mais suffirait pour le peu de temps que je comptais encore rester. Je remplis mon sac à dos et en profitai aussi pour prendre quelques habits, ayant définitivement abandonné l'idée de récupérer ma valise.

La difficulté venait principalement de ne pas télescoper quelqu'un ; le choix des tranches horaires se révélait donc déterminant, soit très tôt le matin, soit le soir, en toute fin de journée. Arrivé au rayon confiseries, un enfant qui ne devait pas avoir plus de quatre ans louchait devant un paquet de bonbons multicolores avec ses personnages de dessins animés préférés. Il suppliait son père, un petit maigre à la peau grise et cheveux en catogan, de prendre un paquet. Devant son refus, le gamin commença à pleurer, seul, planté au milieu du rayon, à toucher du doigt son trésor inaccessible, son petit paradis artificiel.

« Allez viens maintenant, ça suffit ! » lui dit son père avec autorité.

Il le traîna violemment derrière lui et continua de lui crier dessus en lui frappant la tête. Sa réaction était disproportionnée. Il me parut instantanément très antipathique et surtout complètement déséquilibré. En temps normal, je n'aurais pas prêté attention à ce genre de scène. J'aurais détourné mon regard, me disant que ce n'étaient pas mes affaires, qu'il était peut-être un peu fatigué, et j'aurais continué mon chemin. Mais pour une raison que je n'arrivais pas encore à m'expliquer, peut-être liée au fait que je n'éprouverais pas de honte à agir, je ressentis le besoin d'intervenir. J'avais envie de le prendre par les cheveux, de lui coller le visage dans les paquets de bonbons en lui disant que s'il continuait de traiter son fils de cette manière, je lui trancherais la gorge au milieu du magasin et le laisserais se vider de son sang comme le porc qu'il était. La violence en réponse à la violence. J'avais besoin de l'humilier, comme il humiliait son fils.

J'avais vu, en entrant dans le supermarché, un rayon pour adultes avec une caisse dédiée qui proposait des films X, quelques magazines et des gadgets assez basiques comme des vibromasseurs qui cachaient leurs véritables fonctions en montrant sur leur emballage des femmes se masser les jambes et le visage.

Ce supermarché au concept décomplexé permettait à tous de consommer des articles sexuels comme les autres biens ; les produits étaient juste dans une partie plus discrète du magasin et séparés d'une porte sans tain. On achetait un plug anal comme une brosse à dents, du poppers comme un paquet de Dragibus. La consommation de masse avait remplacé la honte par la nécessité. Tant mieux pour eux.

Je retournai rapidement dans le rayon et me saisis de quelques articles, les plus sales : un magazine porno qui faisait l'apologie de l'ondinisme, des vibromasseurs extra larges, un plug anal Bluetooth et du gel pour pénétration en grande quantité. J'avais aussi pris soin de récupérer le paquet de bonbons. Je collai ensuite discrètement tout ça au fond du caddie du père qui continuait de hurler sur son fils et attendis patiemment son passage en caisse.

C'est l'enfant qui vida le caddie sur le tapis pendant que son père discutait au téléphone sans faire attention ni à son fils ni à ce qui défilait devant lui. Quand la caissière en vint aux produits adultes, elle interpella le père.

« Je suis désolée monsieur, mais ces articles ne peuvent être achetés à cette caisse. »

Elle disait ça en pointant du doigt une montagne de produits X visibles de tout le monde. Le père rangea son téléphone dans sa poche et devint rouge de honte. Il se retourna et vit les personnes suivantes dans la queue, partagées entre rire et consternation, surtout parce qu'il était accompagné d'un enfant.

J'étais fou de joie. Il était humilié, honteux.

« Je ne comprends pas… Ces articles ne sont pas à moi ! »

Il regarda son fils avec un air de haine. Il vit aussi le paquet de bonbons sur le tapis. Je réalisai brusquement qu'il allait croire que son fils était responsable de cette mauvaise plaisanterie. Ma vengeance allait devenir son calvaire. Il lui hurla dessus et finit par s'excuser pour lui à la caissière et auprès de tous les gens qui l'entouraient. Il ne paya même pas ce qu'il avait sur le tapis et s'enfuit du magasin sous les yeux des clients et des employés médusés.

Je décidai de le suivre.

Il marchait rapidement dans la rue en traînant son fils qui ne comprenait rien à ce qui se passait et continuait de pleurer. Il lui criait de se taire et le menaçait d'une bonne correction, une fois arrivés à la maison. Après dix minutes de marche, ils arrivèrent en bas d'un immeuble. Je me glissai à leur suite et les suivis dans l'escalier ; l'ascenseur était en panne. L'immeuble était assez délabré, mal entretenu. Visiblement le père et son fils n'étaient pas d'une couche sociale très élevée. J'avais lu un article quelques semaines auparavant sur la maltraitance des enfants. L'article expliquait que 15 % des Français déclaraient avoir été victimes de maltraitance dans leur enfance et qu'un enfant décédait tous les quatre jours du fait de violences dans leur entourage. J'avais été effaré par ces chiffres. Mon premier réflexe en lisant l'article avait été de penser à la peine de mort. Je me demandai si ces parents, devant la possibilité d'être exécutés, auraient retenu leurs coups et n'auraient pas commis l'impensable.

Une fois arrivé dans leur appartement, j'entrai discrètement à leur suite, mes pas étant couverts par les pleurs du gamin. À peine dans l'entrée, le père posa son sac à dos, le regarda fixement et comme je m'y attendais, il lui décocha une énorme gifle qui le projeta au sol.

L'enfant se protégeait, anticipant les coups qui allaient pleuvoir. Le père avait le regard noir de haine. Je compris que même la menace d'une peine de mort ne pourrait rien faire pour l'empêcher de frapper son fils ; il avait basculé du côté animal. Il s'approcha de lui comme un loup de sa proie. Je plongeai dans leur intimité, découvris l'autre face de la banalité, ce que cachait à tous un père aux apparences normales.

À ce moment-là, sans trop savoir quoi faire ni pourquoi je m'étais lancé là-dedans, je me mis derrière lui et lui attrapai son catogan. Il ne comprit pas sur le coup ce qui lui arrivait et ne dit rien. Je le fis tomber et montai sur son dos pour le bloquer au sol. Il ne pouvait plus tourner la tête et se mit à hurler. J'écrasai son visage sur le dallage froid ; il essayait de se débattre, mais j'étais plus lourd que lui.

« Laissez-moi, que me voulez-vous ?! J'appelle la police…

— Tais-toi ! TAIS-TOI, tu me dégoûtes, tu entends ?! TU ME DÉGOÛTES !

— Mais qui êtes-vous ?

— Celui qui va libérer ton fils ! FERME-LA, je te dis ! »

J'avais envie de le tuer. Je frappai sa tête sur le sol. J'étais sa peine de mort, le libérateur de son fils, le bourreau qui châtierait les responsables des 15 % maltraités et tués chaque année. J'étais maintenant aussi du côté animal, avec lui, mais mes dents étaient plus tranchantes et mes pattes plus griffues. Ma colère. Ma colère noire. Elle sortait, elle me dominait, elle m'emmenait là où il ne fallait jamais aller car aucun retour n'était possible.

Et il se mit à pleurer.

Ses muscles se relâchèrent, sa tête se laissa aller. Je vis du sang couler de sa bouche sur le carrelage blanc. À ce moment-là, le petit s'approcha. Je tournai la tête vers lui et il m'adressa la parole. Le fait de ne pas me voir ne l'effrayait pas, l'innocence d'un enfant qui prend pour normal tout ce qu'il voit… ou ne voit pas.

« Vous êtes le monsieur du magasin avec les bonbons ? »

Je mis un peu de temps avant de lui répondre.

« Tu m'as vu tout à l'heure, dans le magasin ?

— Vous avez des bonbons ? »

Cette phrase eut pour effet de me calmer quasi immédiatement. Le sort de son père ne l'intéressait pas. Je souris, le regardai quelques instants et lâchai son père qui continuait de pleurer. Je me levai, passai ma main dans ses petits cheveux blonds. J'avais aussi basculé. La frontière était tellement mince que j'étais moi aussi devenu ce pour quoi j'avais agressé ce père de famille. Il ne bougeait toujours pas et avait arrêté de pleurer. Je m'approchai de son oreille et lui glissai une dernière phrase avant de partir :

« Touche-le encore une seule fois et je reviendrai m'occuper de toi. »

Je sortis du sac de courses le paquet de bonbons et le donnai au petit.

Je quittai l'appartement les mains tremblantes, sans dire un mot, et fermai la porte derrière moi.

***

De retour dans la chambre de l'université, j'attendis patiemment la soirée, allongé dans mon lit à lire et regarder un film, *Voyage au Bout de l'Enfer*, de Michael Cimino. J'avais aussi commencé la série des *Arsène Lupin*, de Maurice Leblanc. Dans cet épisode, Arsène devait comprendre pourquoi tellement de gens portaient un intérêt à un simple bouchon de cristal, une intrigue remarquablement menée qui me maintenait éveillé depuis des heures. J'avais toujours été très admiratif des écrivains de romans policiers, leur capacité à imaginer une intrigue, des caractères, des lieux et assembler le tout pour garder le lecteur en haleine jusqu'à la fin. Moi qui étais incapable d'aligner plus de deux phrases sans m'agacer, je n'arrivais jamais à exprimer ce que je pensais, à coucher par écrit le fouillis de mes pensées.

Je fumais cigarette sur cigarette et atteignais dangereusement la fin de mes réserves. Il était presque vingt-deux heures, je me fis rapidement à dîner deux poissons panés congelés dans une poêle.

J'avais hâte de rejoindre la soirée qui se tenait au Glasgow University Music Club, à quelques mètres de là où je logeais. La soirée n'était pas à proprement parler à cette adresse, c'était le point de départ vers la salle qui restait secrète, une façon d'intéresser les étudiants à l'histoire de l'université en les faisant se promener à travers les différents bâtiments et amener une petite touche de mystère à l'événement.

J'arrivai sur place vers vingt-trois heures ; c'était une belle soirée d'été et le fond de l'air était encore chaud. Je portais mon tee-shirt rouge de Sonic Youth que personne bien évidemment ne pouvait apprécier et que j'avais acheté à l'un de leurs concerts. Il représentait une nurse avec un masque marqué à leur nom. Il est d'ailleurs toujours assez étrange, quand je m'habillais, de ne plus voir le résultat dans un miroir. Je m'étais posé la question de comment un aveugle faisait pour ne pas tout mettre à l'envers ou apprécier des accords de couleurs ; en même temps, cela ne devait pas être son premier souci puisqu'il ne voyait jamais comment les autres réagissaient. Il vivait l'inverse de ce que je vivais, mais nos sensations étaient les mêmes.

Une centaine de personnes attendaient devant le Music Club. Quand le groupe se mit en marche pour rejoindre la soirée, je suivis un groupe de filles. Elles étaient très excitées à l'idée de voir Jamie XX. J'étais d'accord.

« Tu sais où nous allons ? » demanda la jolie petite blonde avec des couettes à sa copine.

« Apparemment, c'est dans les caves du vieux bâtiment, côté est. Carole a vu ce matin les camions décharger du matériel devant l'entrée. Ça va être énorme !

— Clair ! Et j'ai nos trips. »

Elle disait ça en souriant, les yeux pleins de malice tout en secouant discrètement devant sa copine un sachet en plastique avec des petits carrés de toutes les couleurs de la taille d'un timbre.

« On en a assez pour la soirée ?

— Largement ! J'en ai pris une dizaine. Fais gaffe, ils sont assez forts. Je suis devenue experte maintenant, tu sais, j'arrive super bien à les microdoser. On se prendra un verre dès qu'on arrive. »

Elle souriait et prenait par la main sa copine. Elles marchaient de plus en plus vite et suivaient le guide, un grand gars avec un bonnet bleu. Je ne comprenais pas bien leur échange sur les trips, ou de quelles drogues elles parlaient. Je continuai de les suivre pour le découvrir. Vers minuit, nous ne devions pas être très loin de l'entrée des caves. Je sentais l'excitation dans le groupe de personnes monter, ils commençaient à danser, fumaient et souriaient. Finalement, cette idée de petite marche avant l'événement avait quelque chose d'excitant. Je commençais moi aussi à avoir envie d'être comme eux, vivant, insouciant.

À une centaine de mètres de l'entrée, je sentis le vibreur de mon téléphone. C'était Mia. L'heure était vraiment étrange pour un appel de sa part. Je m'éloignai du groupe et décrochai.

« Mia ?

— Salut.

— Tu vas bien ? Tu as vu l'heure ?

— Qu'est-ce que tu fais ?

— Là… je me balade dans la ville, pourquoi ?

— Tu n'aurais pas dû partir seul, tu sais. Un jour, je ne t'appellerai plus. Tu sauras ce que c'est que d'être seul. Tu m'énerves. »

Elle était visiblement dans un bar et avait picolé. Je sentais sa voix hésitante.

« Qu'est-ce que tu racontes, Mia, où es-tu ?

— Où je veux ! Je n'ai aucun compte à te rendre. Jérôme n'est pas loin d'ailleurs, lui aussi il m'énerve.

— C'est sympa d'avoir de tes nouvelles.

— Je te laisse à tes soirées solo impérissables. N'oublie pas de me rapporter des fringues et un truc pour ton pote, sinon il va nous faire une crise. Salut. »

Et elle raccrocha. Je ne comprenais pas bien le sens de ce coup de fil. Décidément, j'étais entouré de gens étranges. Sa copine Caroline avait raison, elle était un peu nerveuse, Mia, en ce moment, sûrement des problèmes avec son projet de décor pour sa pièce de théâtre futuriste. Finalement, qu'est-ce que j'en savais ?! Je n'avais jamais été très doué pour comprendre les autres, j'avais déjà du mal à me comprendre. J'essayai quand même de la rappeler, mais tombai directement sur son répondeur. Je ne laissai pas de message. J'aurais quand même bien voulu lui parler.

Le groupe arriva devant l'entrée de la cave. Nous descendîmes un escalier avec une moquette bleu nuit. Ils avaient installé le long des escaliers des LED de la même couleur et des affiches avec juste le nom de Jamie XX, sans plus d'explications. Le plus étrange était que je n'entendais toujours pas de musique.

Après deux ou trois minutes, nous arrivâmes dans une grande salle voûtée ; les anciennes caves avaient été aménagées pour l'occasion. Je n'y voyais pas grand-chose, il n'y avait que des LED bleues au ras du sol. Au fond de la salle, une série de néons aux couleurs arc-en-ciel encadrait la table de DJ. Seul le son d'une infra basse électronique était audible, procurant à l'ensemble l'impression très étrange d'être dans un sous-marin, espace confiné et intimiste baigné de mystère et menaçant. Le bar était près de l'entrée et déjà pris d'assaut. Je pus assez facilement me faufiler au milieu de la foule.

Ils étaient tellement excités qu'ils ne faisaient pas attention à qui les bousculait. Je repérai assez vite mes deux copines qui étaient au bar et attendaient leurs boissons. Je me glissai à leur côté.

« Deux jus d'ananas orange, s'il te plaît. »

J'étais assez étonné de leurs commandes, je me serais attendu à ce qu'elles prennent quelque chose de plus fort.

Une fois leurs commandes en main, je les suivis jusque dans un coin de la salle. Elles s'assirent et la petite aux couettes sortit de sa poche son sac en plastique, prit un timbre, le coupa en deux et en mit une moitié dans son verre, l'autre dans celui de sa copine. Elle lui tendit son verre, fit glisser le dos de sa main sur son visage et l'embrassa langoureusement. Cette petite douceur érotique ne me laissa pas indifférent ; je me concentrai malgré tout sur le petit sac qu'elles avaient posé juste à côté, à portée de main. J'en profitai pour le prendre, en sortis rapidement deux timbres, l'un bleu avec une lune, l'autre rouge avec un smiley, et remis le sachet à sa place. À les voir, j'espérai qu'il ne s'agissait pas d'un aphrodisiaque. Seul, la soirée dans ce cas risquerait d'être longue et frustrante. Je retournai ensuite au bar et pris la première boisson qu'il fut possible de voler sans me faire repérer : un shooter de tequila.

Je m'assis aussi dans un coin sombre, loin des groupes pour ne pas me faire marcher dessus. Je regardai les petits carrés dans ma main, je ne savais de quelle drogue il s'agissait et laquelle choisir. La petite lune sur fond azur ou le smiley jaune ? Je plongeai finalement le bleu dans ma tequila, une gourmandise au clair de lune que je savourerais seul. Je gardai l'autre pour plus tard.

Je n'avais personne avec qui parler et pendant un moment, je pensai rappeler Mia. Je tenais le téléphone, hésitant. J'avais envie de trouver le courage d'avaler ce verre sans personne pour m'accompagner, me rassurer, j'avais envie de voler de mes propres ailes. J'avais trop longtemps attendu, trop longtemps été lâche et Jérôme n'était pas là pour me dire que j'allais crever la bouche ouverte au milieu de la piste. Je fermai les yeux, bus le petit verre de tequila d'un trait. Et attendis.

Jamie XX arriva quelques minutes plus tard devant ses platines. La foule commença à crier. Le son d'infra basse stoppa. Il regarda la salle, nous fit un grand sourire et lança *Detroit* de Disaster Peace, un morceau électronique lent et planant, tiré d'un film que j'avais beaucoup aimé. Les gens s'étaient tus, fascinés. Plus personne ne bougeait. Tout le monde avait le regard fixé sur lui et sur un écran juste derrière qui projetait des images. On y voyait de vieilles photos couleur sépia et des vidéos très probablement des années trente passées au ralenti. Des couples se promenaient sur les bords d'une rivière, marchaient dans la rue ; on voyait aussi des images d'avions, d'anciennes voitures, de la ville qui s'animait et une longue séquence sur un petit coin de campagne, avec une chaise longue vide, où rien ne se passait. À part le vent qui faisait bouger les feuilles des arbres. Je ne savais pas combien de temps il fallait attendre avant que le petit bout de carton que j'avais avalé fasse de l'effet ; en attendant, j'allumai une cigarette. Avec toute la fumée qu'ils envoyaient et moi bien dans mon coin, personne ne me remarquerait.

Le son était fort, les basses me remuaient le corps, les lumières ne bougeaient toujours pas. L'étrange mélange de fumée et d'éclairages minimalistes associé à ce son planant me donnait l'impression d'être dans un remake de *Blade Runner*. Je me sentais bien tout seul, même si à ce moment précis j'aurais aimé partager mon expérience. Cette drôle de sensation où mon corps se détendait enfin, où je commençais à oublier cette horrible scène où je faillis tuer ce père de famille, cette image de son visage sur le carrelage blanc, du fil de sang rouge. Je ressentis le vide se faire, mon corps tiré vers le bas tandis que mon esprit remontait. J'étais étiré comme un élastique. Mon cerveau se refermait sur lui-même.

La plupart des gens devaient être comme moi, allongés et contemplatifs, à regarder Jamie envoyer ses sons électroniques en complet décalage d'époque et en même temps parfaitement dans le ton des images.

Puis soudain, silence total. La vidéo montrait une personne qui au loin s'approchait de la caméra. L'image très ancienne, en noir et blanc, était de mauvaise qualité et tremblait. Un petit garçon s'approchait, de plus en plus près, l'air décidé, en balançant ses petits bras. Il avançait vers nous. À quelques centimètres de la caméra, il s'arrêta. Il nous fixait de ses yeux innocents et tristes. C'était un gros plan sur un visage d'enfant, un enfant au regard perdu. Moi.

Jamie XX me connaissait, il savait qui j'étais. Il ressortait cette vieille vidéo du passé et la projetait devant tout le monde pour montrer qui j'étais, un organisme vide, transparent, sans intérêt. Je les voyais tous, ils regardaient l'écran. Ils savaient que c'était moi, que j'étais là à me cacher. Ils finiraient par me trouver, me démasquer.

La musique changea, s'accéléra. Je reconnus *Idontknow* de Jamie, je ne savais plus. Tout commençait à résonner, le son rebondissait partout et mon corps suivait celui des autres, se mélangeait à eux, une soupe de sens, de tous les goûts, de tous les parfums, de toutes les odeurs. La fumée me transporta, je me retrouvai au milieu de la piste, mon portrait qui planait au-dessus de nous riait.

Des gens commençaient à bouger autour de moi, les murs tombaient. J'étais debout au milieu des décombres, les bras en l'air à tourner sur place. J'étais en noir, j'étais en blanc, j'étais jeune, un enfant.

Papa, regarde, je prends tes ailes et m'envole. Regarde comme je suis fort, je peux aller haut, tu sais. Regarde, papa, regarde comme je vole, comme je monte ! Tu sais, c'est quand j'ai peur que je monte. Je sais faire, je sais tout faire, papa. Mais tu le sais, tu sais que je peux, que je suis capable, mais tu n'es plus là. Tu as pris tes ailes et tu t'es enterré, loin de moi, loin de nous, loin du petit vélo rouge qui avait du mal à tenir en équilibre et que tu portais.

Le ciel tournait, les nuages tournaient, le vent soufflait. Il courait à côté de moi et me hurlait de tenir le guidon. Elle ne nous regardait pas, elle scrutait l'horizon. Je maintenais comme je pouvais l'équilibre malgré le vent et je pédalais. J'étais essoufflé, mes jambes me faisaient mal, j'avais envie d'arrêter et de m'envoler, la route était longue, je faisais toujours le même cercle. Il courait à côté, il criait, je ne m'arrêtais pas, je continuais.

Elle détourna le regard et me fixa, le corps de la femme attaché à l'arrière me ralentissait. Elle laissait derrière elle une mare rouge. J'avais peur, il fallait peut-être que je prenne les ailes et m'envole.

« Ne lâche pas, continue, accélère, accélère ! » me dit papa.

J'allais si vite maintenant,
Je tournais et tournais sans fin,
J'avais retrouvé l'équilibre,
Mille vélos volaient ensemble.

Comme ce grand manège rouge,
Ils formaient une marque étrange.
Et je devais la traverser.
Face à ce grand cercle de sang,
Tous les bras se levaient au ciel.
Je ne pouvais pas avancer.
Alors papa se rapprocha,
Il me regarda fixement,
Ouvrit sa bouche magistrale,
Et d'un coup, les avala tous.

CHAPITRE 10

J'étais assis sur le côté de la salle.

La musique continuait de taper dans ma tête. Il faisait toujours très noir, le bleu des LED renvoyait une image floue des danseurs. Sur l'écran, une femme en chemise bleue dansait en boucle au rythme des sons électro. Mon cœur battait vite, j'avais le souffle court comme après un sprint sans fin. Un hamster dans sa roue.

« Arrête de bouger s'il te plaît, je vais être malade. »

Quelqu'un appuyait sa tête sur mon épaule et me parlait. Je la reconnus instantanément : Mia.

« Mia c'est toi ? Que fais-tu là ? Tu n'es pas à Paris ?

— Je suis là… C'est bon d'être là. Ne bouge pas. Reste à côté de moi, sinon, je vais être malade.

— Tu sais, tout à l'heure, j'aurais voulu te parler un peu plus longtemps, je ne savais pas trop quoi dire. »

Elle gémit, elle avait l'air de me voir. Étrange sensation.

« Mais tu peux me voir ?

— Je ne sais pas, je ferme les yeux. Je sens juste que tu es là et je peux me reposer. Arrête de bouger. »

Des stroboscopes éclairaient maintenant la salle ; je clignotai en même temps que les lumières et cherchai mon paquet de cigarettes. J'en allumai une et en proposai à Mia ; elle refusa.

« C'est bon d'être sur une épaule, prends-moi dans tes bras, j'ai froid. »

Je la serrai fort, mon cœur commençait à se calmer, j'éprouvai le besoin de parler.

« Je suis content que tu sois là, finalement. J'ai vécu pas mal de trucs dingues depuis quelques jours. Je ne me reconnais plus. Je pense je ne sais pas comment gérer ce qui m'arrive. Je vais peut-être avoir besoin de quelqu'un avec qui en parler, pour ne pas complètement me perdre. Tu sais, j'ai failli tuer quelqu'un plus tôt dans la journée. J'en avais tellement envie, je pensais qu'il le méritait, qu'il n'avait pas le droit de toucher à cet enfant, que c'était à moi de régler le problème, définitivement. J'ai peur de ce que je peux faire, personne ne peut m'arrêter, maintenant. Je peux faire ce que je veux, il n'y a plus de lois, plus de jugement, plus de contraintes. C'est la liberté totale, celle qui permet tous les excès, celle qui te pousse à devenir un animal. C'est tellement tentant de laisser tomber ses barrières, celles que tes parents t'ont apprises, celles que tes profs t'ont collées dans la tête, celle que la société t'impose pour ne pas tuer ton voisin chaque fois qu'il ne te dit pas bonjour ou fait trop de bruit, cette hypocrisie rampante. Il faut que je retrouve mes limites. Tu pourrais éventuellement m'aider, on ferait ça comme un jeu d'équipe. Mia, qu'en penses-tu ? Mia ? »

Elle me serra le bras et approcha son visage du mien, comme pour m'embrasser, quand une autre fille nous rejoignit.

— Qu'est-ce que tu fous là Jennie ?! T'es complètement défoncée, viens maintenant ça fait une heure que je te cherche !

Elle ramassa sa copine sans se rendre compte de ma présence. La fille me lâcha, se leva avec difficulté et partit dans ses bras. Je fermai les yeux et attendis patiemment que la musique arrête de résonner dans mon crâne. Mia allait sûrement revenir, je ne bougerais pas en espérant son retour.

Il était cinq heures du matin quand je me réveillai allongé le long du mur. La musique s'était arrêtée, j'étais seul. J'avais la bouche pâteuse et les mains moites, je ne me sentais pas bien du tout, épuisé, comme si j'avais passé la nuit à courir après le lapin blanc sans jamais l'attraper. Je ne me rappelais pas non plus ce que j'avais fait. Tout s'arrêtait quelques minutes après avoir avalé le verre de tequila. J'espérais juste ne pas avoir attiré l'attention et m'être mis dans une situation compliquée.

Je me levai avec difficulté et me dirigeai vers la sortie. Des personnes commençaient à arriver pour nettoyer la salle et j'eus le plus grand mal à les éviter.

Je finis par retrouver mon chemin et l'escalier qui montait au dernier étage de l'aile est où je dormais. Après avoir rampé sur les derniers mètres et une fois dans la chambre, je m'assis sur le bord du lit et commençai à réfléchir à la suite. Depuis l'incident du pont, je n'avais pas su tirer profit de mon état et j'avais surtout enchaîné les mésaventures. J'en conclus que l'Écosse était un sale pays qui exerçait sur moi une influence néfaste. Il était grand temps de rentrer à Paris.

Je pris une douche comme jamais je n'en avais pris. J'étais réveillé et frais, ivre en haut d'une montagne. Je sentais aussi que ma barbe poussait. Il était impossible de me raser sans pouvoir me voir dans un miroir ; la mode était aux barbus, tant mieux, même si personne ne pouvait profiter de mon nouveau look. Après une rapide recherche sur internet, un vol pour Paris décollait à douze heures trente, juste le temps de me rendre à l'aéroport, le bus soixante-dix-sept m'y emmenait directement, c'était parfait.

Je ramassai mes affaires et commençais à fermer la porte quand j'entendis un groupe de personnes monter les escaliers dans ma direction. Je me mis rapidement dans un coin et attendis qu'ils passent devant moi. Le gardien de l'université avait entendu du bruit et était accompagné de deux policiers. Ils avançaient prudemment.

« J'ai clairement entendu du bruit, ce matin ! Depuis l'histoire des squatteurs qui ont agressé le directeur l'année dernière, je ne prends plus aucun risque. J'aurais dû installer un cadenas à l'entrée du bâtiment.

— Ne vous en faites pas Mr Smith, nous allons vérifier. Il s'agit sûrement d'un étudiant qui aura voulu se reposer. »

Je pris ça pour un signe, c'était le moment de partir. Je me dirigeai l'esprit léger vers le bus soixante-dix-sept qui ressemblait à un vaisseau spatial.

Après quarante-cinq minutes debout dans le bus à éviter des colonies de touristes avec des valises énormes et, vu leur état, quelques petits vieux qui devaient se rendre en pèlerinage à Lourdes, j'arrivai enfin à l'aéroport, toujours aussi moche qu'à l'arrivée.

À peine descendu du bus, je me précipitai vers les premières toilettes de l'aéroport. Ce devait être un des effets secondaires du petit timbre pris la veille. Mon estomac gargouillait affreusement et je me mis à courir. Je voyais des choses étranges aussi, des petits ronds partout. Les toilettes étaient quasi vides. Je m'installai dans les premières disponibles et claquai la porte derrière moi. J'enlevai mon jean plus vite que jamais. Les bruits que je produisis étaient effrayants, je ne pensais pas être capable d'une telle performance.

« Papa, y'a un monsieur qui fait beaucoup de bruits bizarres dans les toilettes.

— Ne t'occupe pas de ça, viens, mon bonhomme.

— Il est malade, le monsieur ?

— Allez, viens, je te dis, laisse-le tranquille. »

Le monsieur était en train de littéralement se vider et après cinq minutes, les toilettes étaient remplies de monde. Tous se retournaient à chacune de mes prouesses sonores ponctuées par des cris de soulagement. Les toilettes étaient en plus équipées d'un dispositif que je ne connaissais pas : elles applaudissaient et envoyaient des encouragements fonction du volume de merde que je lâchais. *Amazing! Scooooore! You're number ONE!* Elles hurlaient et tout le monde en profitait. Des jeunes me lancèrent un rouleau de papier par-dessus la porte, sûrement des joueurs de foot, aussi motivés que l'étaient mes toilettes parlantes.

« Hé mec, si tu continues de lâcher tes bombes, on appelle la brigade anti-déminage ! »

La presse viendrait bientôt. J'allais devoir répondre à une interview avec le micro qui pendrait par-dessus la porte, probablement avoir une visite de la reine d'Écosse si cela existait, qu'est-ce que j'en savais. Je voyais déjà la déception dans les yeux de ma mère. Elle apprendrait que j'étais devenu un homme invisible qui devait porter des couches pour éviter d'étaler au grand jour son incontinence. La honte de la famille, de tout son quartier. Elle n'oserait plus sortir faire ses courses et devrait tout commander sur internet. Elle n'avait pas la fibre, en plus, ça allait être long, ma pauvre petite maman. Sans parler de madame Réville, sa voisine, qui ne manquerait pas de lui jeter des pierres au visage à son passage, une voisine qui avait toujours été malveillante, une petite salope qui ne méritait qu'un grand coup de pelle dans sa face de lapin. Sur ce, je rigolai à la vue de son visage tout plat et produisis un son assez proche du décollage d'un 747 qui me réveilla d'un coup.

Je délirais complètement.

Je me mis une petite claque pour me réveiller, probablement un des effets secondaires de ce timbre infernal. Il fallait que je sorte vite sans me faire repérer, j'étais en retard pour le vol.

Je remontai mon pantalon et me glissai sous la porte pour sortir de l'autre côté des toilettes et éviter les hordes de journalistes. Je longeai les murs en mode furtif jusqu'à la sortie et me mis ensuite à courir, l'arme à la main. Je sentais dans mon dos les Viêt Cong me pister, entraînés à débusquer les petites ordures capitalistes dans mon genre. Il ne fallait pas qu'ils m'attrapent, que je finisse ma vie dans un trou d'eau rempli de rats, à me faire bouffer les pieds et les couilles, me vidant petit à petit, mélangeant mon sang à l'ignominie noire de la terre du bas.

Arrivé devant les portillons de contrôle, je passai en même temps qu'un enfant. Le portail de sécurité se mit à biper, au grand étonnement des parents qui avaient mis le gamin à poil. Ils étaient tous nus d'ailleurs dans cet aéroport, une conséquence bizarre du terrorisme me dis-je. Je continuai malgré tout de courir, zigzaguai, me dérobai derrière une haie de bambou, brouillai les pistes en rampant au sol et en traversant un fleuve pour qu'ils perdent ma trace. J'avais reçu un entraînement pour ce type de situation. Après deux heures passées caché dans un palmier, j'avais dû les semer.

Je ne les voyais plus derrière moi, j'avais déjoué leur plan, j'étais plus malin que ces gros bâtards. J'allais pouvoir dire à maman qu'elle pourrait faire ses courses sans internet et la fibre, normalement, avec son caddie jaune que je lui avais offert.

Je m'assis près de la porte d'embarquement et me pris la tête dans les mains.

J'avais envie de hurler. Cette drogue me faisait croire et faire n'importe quoi. Je voulais rentrer chez moi, la sortir de ma tête. J'y étais d'ailleurs obligé, je ne pouvais plus revenir en arrière. Mon ancienne chambre à l'université était cernée par la police, ils devaient être en train de relever mes empreintes.

Les passagers commençaient à embarquer, je décidai de les laisser tous passer pour me glisser en toute fin d'embarquement. Je trouverais bien un coin discret où passer le vol, en espérant que personne ne m'entende me vider. Je me concentrerais pour le faire au décollage ou à l'atterrissage, ou ça aussi je l'imaginais ? La ligne entre le vrai et la folie était si mince qu'il fallait que je me concentre pour arriver à prendre l'avion.

Une fois tout le monde à bord, je me faufilai. L'avion était petit, je trouvai une place à côté de la sortie de secours avant, dans un petit coin, où même une personne qui se levait ne pouvait venir me heurter. Heureusement, le vol ne durait que cinquante minutes. J'allais devoir rester debout, à moitié défoncé, j'espérais ne pas finir à terre inconscient ou à essayer d'ouvrir la porte pour prendre l'air. J'avais quand même l'impression que petit à petit la drogue se diluait. Je me sentais très déprimé mais n'avais plus d'hallucinations. Mon corps était mou, lourd, j'avais mal au crâne.

J'en profitai pour regarder mes messages qui se réduisaient à quelques publicités. C'est en regardant l'album photos que j'eus une surprise. J'avais apparemment pris pas mal de photos sur la piste de danse ; bien sûr, je n'apparaissais pas à l'écran. Les yeux fermés, deux inconnues tournaient sur elles-mêmes, levaient les bras, donnaient l'impression de se construire des ailes. Je n'avais plus du tout envie de voler, juste de me reposer, me vider de cette illusion.

Vers treize heures trente, l'avion atterrit à Paris. Je commençais à avoir mal aux jambes à rester debout sans bouger. Je sortis cette fois-ci le premier et me dirigeai vers les transports en commun pour rentrer chez moi ; je n'avais pas le luxe de pouvoir rentrer en taxi. Décidément le fait d'être invisible n'apportait pas que des avantages.

Nous étions au milieu de la semaine et il n'y avait pas trop de monde. J'arrivai assez rapidement en bas de mon immeuble, épuisé.

Une fois devant la porte d'entrée, je me mis à pleurer.

***

Cela faisait longtemps que je n'avais pas pleuré.

Depuis la mort de mon père en fait, il y avait plus de quinze ans. Je m'appuyai sur la porte, cela me faisait du bien de pouvoir sortir ma peine, ne pas la camoufler derrière un objet ou une personne. Je goûtais le fruit de mes peurs. J'avais lu que la descente après avoir pris certaines drogues de type LSD pouvait être violente. J'étais sur une piste noire.

Je m'assis le long du mur et commençai à me calmer. Je regardai un moineau s'approcher de moi. Il n'avait pas besoin de me voir pour comprendre et s'envola sur un simple mouvement de pied. J'avais perdu le sens du contact avec moi-même et m'étais volontairement égaré dans un labyrinthe émotionnel sans fond, superficiel et agressif. Ce n'était pas une révélation, plutôt un constat amer, nécessaire. Mes petites aventures récentes me donnaient à penser au sujet de ce que je voulais faire et mon rapport aux autres, envisager même un rapport à Dieu différent. Courir à travers la chapelle de l'université et le malaise que j'avais ressenti étaient l'illustration de ce que j'étais devenu depuis de trop nombreuses années : une icône vide de sens, un obscur objet de l'inutile.

Après plusieurs minutes à me lamenter sur mon sort, je remontai les marches de l'immeuble. Arrivé en haut, l'escalier grinça comme à son habitude, je me figeai sur place, de peur d'alerter Mia. Elle n'avait pas vraiment d'horaires avec son activité et se retrouvait parfois chez elle des journées entières à dessiner des plans de décors. Je rentrai rapidement. J'étais tellement heureux d'être chez moi que je pris une grande respiration pour sentir toutes les odeurs de mon salon, son apaisement. J'ouvris la fenêtre en grand et passai un disque sur ma platine. Accoudé au balconnet, je savourai le soleil estival. Il y a des chansons qui vous renvoient des images, refont surgir des souvenirs. Et je pensai à mon père.

Je me rappelai ces scènes avec lui où je pouvais être moi-même, sourire sans arrière-pensée. J'avais placé sur mon étagère à vinyles une photo de ma mère, mon père, et moi, assis sur les marches de notre vieille maison de campagne dans le Lot. Il me montrait un petit chat noir et blanc et je souriais de bonheur, je devais avoir cinq ou six ans. Ma mère me regardait avec amour, nous étions tous les trois ensemble. C'était peut-être ça au fond qui me rongeait, ce refus de l'abandon d'une époque qui n'existait plus, de quelque chose de simple que je n'arrivais plus à revivre des années plus tard.

Cette spirale positive qui s'était éteinte un matin à l'annonce de sa mort, ce sentiment de solitude qui l'avait remplacé, le désarroi silencieux de ma mère, cette ligne horizontale qui nous écrasait sans que nous puissions la repousser.

Mon père avait toujours imaginé décéder jeune et c'est ce qui s'était produit. Cette angoisse du temps qui passait l'avait rongé à son insu et l'avait consumé à l'aube de la troisième partie de sa vie. Il en avait oublié de profiter du temps présent, de nous.

À cette époque, je faisais souvent ce rêve où j'étais enseveli dans le sol jusqu'à la taille, incapable d'en sortir. Je voyais le plafond d'une grande pièce blanche descendre doucement vers moi, j'essayais toujours de le bloquer, de coincer sa mécanique de l'ombre avec des objets plus incongrus les uns que les autres. Puis il s'arrêtait seul. Chaque fois, je me retrouvais coincé entre le sol et le plafond, sans pouvoir bouger. Je me demandais pourquoi il n'allait pas plus loin pour finir de m'écraser. Mais il restait là. Immobile, pesant. Plus jeune, quand un cauchemar me dérangeait, je devais juste m'envoler pour me réveiller. Mais je n'y arrivais plus. J'avais beau essayer, le plafond me retenait toujours. Je me réveillais en sueur, sans pouvoir me rendormir, les ailes cassées. J'étais une compression, une douleur contenue et immuable.

Tourner la page de son enfance quand elle avait été lumineuse n'était pas facile. Mes parents avaient peut-être fait du trop bon travail à m'aimer. J'avais figé cette époque de ma vie en l'idéalisant. Tout ce que je vivais maintenant en comparaison était terne, compliqué et sans saveur.

Mon problème du moment était peut-être une opportunité. Pas de faire n'importe quoi, mais de mieux comprendre cette mécanique qui m'avait amené jusqu'à aujourd'hui au septième étage de nulle part. J'avais envie de rouvrir des yeux ébahis devant un chaton, profiter et jouir du moment, comme un enfant.

Je vis d'ailleurs Méliès, le chat de Mia, à travers sa vitre. Il miaulait d'impatience de sortir, il devait me sentir et me demandait de lui ouvrir. Après une bonne douche, je m'assis dans mon canapé pour réfléchir à comment j'allais maintenant m'organiser. Si je devais tirer un enseignement de mon voyage en Écosse, c'était avant tout qu'improviser n'était pas possible. Je devais maîtriser et canaliser l'invisibilité pour lui donner la forme que je souhaitais, comme ma pâte à modeler mentale. J'avais d'ailleurs très envie de lui donner l'aspect d'un corps nu de femme, comme celui d'Amy que j'avais aperçu un soir de grand vent à travers les rideaux de son appartement. J'aurais peut-être dû prendre le temps d'aller la revoir. Ma libido reprenait vie, c'était bon signe, la drogue était maintenant bien passée. Elle avait été à la source d'un étrange voyage qui était monté très vite, très haut, puis redescendu dans un délire scatologique pour finir par une mini dépression ou mieux, une mini prise de conscience. Dans tous les cas, je ne regrettais rien. J'avais donné durant quelques jours du relief à ma vie. Je comptais maintenant en profiter pleinement.

Ma présence dans l'appartement ne pouvait d'ailleurs pas rester inaperçue, Mia se rendrait très vite compte de mon retour. Il fallait que je trouve une excuse pour ne pas la voir et qui justifierait mon retour prématuré.

Je cherchai sur internet les maladies contagieuses non létales qui me permettraient d'expliquer mon isolement. Mon choix se porta sur la tuberculose pulmonaire qui pouvait se transmettre par voie aérienne. Je n'en mourrais pas mais devais rester isolé. J'imaginais d'avance la réaction de Jérôme qui en ferait très probablement une jaunisse et rayerait mon nom à vie de son carnet d'adresses.

Ce fut à ce moment que j'entendis Mia rentrer chez elle. La journée touchait à sa fin et elle était accompagnée de son insupportable copine Caroline qui m'avait pris la tête sur la terrasse de café, l'autre jour. Elles ouvrirent assez vite la porte-fenêtre pour laisser Méliès sortir et s'installèrent sur le balconnet. Je m'y installai aussi et en profitai pour écouter leur conversation. Méliès, devinant ma présence, n'arrêtait pas de miauler en me fixant.

« Tais-toi, Méliès ! » lui dit Caroline. « Qu'est-ce qu'il a, ton chat, à s'énerver comme ça ?

— Je ne sais pas, je vais le rentrer », lui répondit Mia.

Je dois dire que je n'avais jamais trop prêté attention à Caroline. Sa petite tenue estivale était bien sympathique et une petite turbulence érotique venait caresser mes pupilles agitées.

« Tu es sûre que tu ne veux pas venir, ce soir ? Tu sais, tu n'es pas obligée de participer, je suis sûre que cela te ferait du bien de faire un truc un peu dingue ! » proposa Caroline.

« Franchement, non, tes plans cul ne m'intéressent pas, Caro ! Ce n'est vraiment pas mon truc. En plus, je n'ai pas la tête à ça en ce moment.

— Tu as la tête à quoi exactement ? Chaque fois que je te propose quelque chose, tu trouves une excuse pour ne pas le faire et tu te retrouves seule dans ton appart avec ton andouille de chat. On dirait une petite vieille !

— Je t'emmerde, Caro, mêle-toi de ce qui te regarde ! Je n'ai pas envie d'en parler et si j'en ai un jour envie, je réserverai une séance à ton cabinet.

— N'importe quoi Mia, arrête un peu, regarde comment tu me réponds, tu n'as jamais été comme ça avant !

— Laisse-moi, s'il te plaît... Je te promets, ce week-end, on prendra un peu de temps pour discuter. Ce soir j'ai besoin d'être un peu seule. » Elle fixait le parc, le regard un peu perdu. Je n'avais jamais vu Mia comme ça.

« OK, je te laisse. » Et Caroline se leva. « Écoute, si tu changes d'avis pour ce soir, je te laisse l'adresse, prends de quoi noter, c'est dans le quartier de la Mouzaïa dans le 19e. J'irai vers minuit, appelle-moi avant quand même. » Elle lui dicta l'adresse que je m'empressai aussi de noter.

« Tiens, c'est drôle, je pensais que toutes les partouzes se déroulaient dans le 16e.

— Mia, je te l'ai déjà dit, ce n'est pas une partouze et nous ne sommes plus dans les années soixante-dix ; le 16e c'est pour les retraités. C'est une expérience sensorielle. Bon allez, je t'embrasse et peut-être à ce soir. » Et elle sortit.

Je ne bougeai pas et observai Mia. Si j'avais été là, j'aurais été capable de dire quelque chose. Je ressentais une forme de gêne à être le témoin de cette scène, du malaise qu'elle éprouvait. Je la regardai et ne bougeai plus. Je me demandai comment elle allait prendre mon retour et l'annonce de ma maladie. Elle avait l'air suffisamment secouée pour que je n'en rajoute pas. Sa cigarette terminée, elle rentra. J'avais envie de venir sonner chez elle et lui demander comment elle allait quand mon portable vibra. C'était Jérôme, j'allais pouvoir tester ma petite histoire de tuberculose pulmonaire.

« Jeff, je t'appelais pour savoir comment se passait ton séjour à l'hôpital de Glasgow ?

— Tu vas rire, mais tu n'es pas très loin de la vérité. J'ai vraiment attrapé une maladie en Écosse et j'ai dû rentrer plus tôt. Je suis à la maison au moment où je te parle.

— Tu plaisantes ?

— Non, pas du tout ! J'ai attrapé une tuberculose pulmonaire. Je tousse beaucoup et j'ai un peu de température mais je n'ai pas besoin de rester à l'hôpital. En revanche, c'est assez contagieux, je ne peux donc voir personne. Je suis sous antibiotiques pour pas mal de temps. Dans mon malheur, j'ai un peu de chance, ce n'est pas très violent, je ne risque pas d'y passer.

— Si c'est une plaisanterie, elle n'est pas drôle Jeff.

— Je te promets ce n'est pas une blague. Je suis vraiment chez moi, là. Tu ne risques rien tant que tu restes à bonne distance, détends-toi. »

Un grand silence s'installa et il finit par répondre :

« J'arrive.

— Comment ça, tu arrives ?

— Oui, je viens t'aider. Te faire des courses, m'occuper de ton linge, enfin bref, te décharger d'un maximum de choses pour que tu puisses récupérer. La tuberculose provoque souvent de très grosses fatigues, je viens de le lire sur internet pendant que tu me parlais. J'arrive. »

Je n'en revenais pas. Jérôme l'hypocondriaque était prêt à risquer sa santé, sa vie, pour venir m'aider !

« Jérôme, je ne sais pas quoi te dire… Franchement, il ne faut vraiment pas que tu m'approches. Je commande sur internet, ils déposent tout devant la porte… Ça ira.

— Pour combien de temps en as-tu ?

— Je dois revoir le médecin à la fin de la semaine, je te dirai. A priori deux à trois semaines au début pour être sûr que le traitement aux antibiotiques fasse de l'effet.

— Demande à Mia de t'aider, je pense, elle va être contente de te savoir de retour.

— Ah bon, pourquoi dis-tu ça ?

— Pour rien, une intuition. J'étais avec elle il y a quelques jours dans un pub et l'on a un peu discuté. Bref, Jeff, prends soin de toi et tiens-moi au courant. »

Je mentais pour la première fois à Jérôme, cela ne me mettait pas à l'aise du tout. Une fois raccroché, je regardai le téléphone, perplexe. Jusqu'à présent, je n'avais jamais eu à demander quoi que ce soit à Jérôme, je n'étais jamais tombé malade et n'avais pas eu de soucis financiers ni de peines de cœur qui auraient nécessité la présence d'un ami, ou plutôt d'un meilleur ami. Pour une fois, le terme meilleur prenait sa véritable dimension. Sa réaction m'avait étonné en même temps qu'elle m'avait touché. Je m'allongeai sur mon canapé en repensant à ce que je venais de lui dire. Je sentis qu'une longue série de mensonges allaient prendre forme, il fallait que je fasse attention à ne pas me trahir. Je m'endormis sur cette pensée.

Je me réveillai vers vingt-deux heures et me fis un rapide repas avec les restes que j'avais ; je m'occuperais des courses le lendemain. Pour ce soir, j'étais curieux de savoir ce que Caroline allait faire à la Mouzaïa. J'avais l'adresse, il n'était pas bien compliqué de m'y rendre à vélo ou par les transports en commun. Il fallait juste que je teste le vélo pour voir s'il disparaîtrait quand je le toucherais. Comme quelques jours plus tôt lors de la soirée à l'université, je franchissais un nouveau pas que je n'avais jamais osé franchir auparavant. À la teneur des propos échangés entre Mia et Caroline, il ne s'agissait sûrement pas d'un goûter d'anniversaire. Je ne savais pas trop à quoi m'attendre, ce qui aiguisait encore plus ma curiosité.

Sur les coups de vingt-trois heures trente, je descendis discrètement. Je n'avais pas encore prévenu Mia de mon retour. Arrivé dans le local à vélos, je testai avec mon téléphone et un selfie afin de voir si le vélo apparaissait : celui-ci était bien invisible. Je devais juste m'assurer d'être toujours en contact avec lui. Traverser deux arrondissements de Paris à vélo sans être vu relevait plus de la cascade que de la balade. À plusieurs reprises, je faillis me faire renverser par un bus ; un passant traversa juste devant moi vers Pigalle et je manquai de justesse terminer dans la vitrine d'un sex-shop.

Mon rapport à la sexualité avait toujours été frustrant. J'avais toujours rêvé d'expériences beaucoup plus débridées sans jamais oser m'en ouvrir à mes partenaires ou n'avais jamais senti chez elles de prédispositions à pratiquer des expériences « originales ». Ainsi, faire l'amour dans la grande roue de Londres, dans un confessionnal avec une future mariée, caresser l'entrejambe de ma partenaire lors d'une réunion avec la direction générale, était resté de l'ordre du fantasme. La seule expérience de ce type avait consisté à faire l'amour avec Marie dans son jardin, une nuit chaude du mois d'août, au milieu des pommes. J'avais trouvé l'expérience intéressante mais j'étais resté sur ma faim : pas assez de folie, pas assez de basculement, trop de pommes. L'inconnu est un moteur du désir ; je me sentais prêt à aller plus loin. Depuis quelques années, le sujet de ma sexualité prenait une dimension importante, probablement pour compenser un manque. Je ne savais pas lequel. Je n'avais pas non plus cherché.

Après une bonne demi-heure, j'arrivai dans le quartier de la Mouzaïa. J'étais au début de la petite allée pavée où se tenait le rendez-vous secret de Caroline, villa Amalia. Il faisait chaud, mon cœur s'accélérait.

Je sentais le parfum de l'interdit et m'engageai dans l'allée sombre.

CHAPITRE 11

La maison était très discrète et peu éclairée. De lourds rideaux noirs étaient tirés. Pas un filet de lumière ne sortait de cette grande maison blanche d'un seul étage, cachée derrière de grands arbres et qui devait dater du début du XXe siècle. Un petit écrin de douceur et de mystère au milieu du désordre parisien.

La rue pavée était étroite et obscure. Le vieux lampadaire à côté de l'entrée était éteint et la nouvelle lune ne permettait pas d'y voir grand-chose. Je me demandai un moment si je ne m'étais pas trompé d'adresse. Après m'être habitué à l'obscurité, je remarquai un homme habillé en noir qui gardait l'entrée du jardin ; il tenait une tablette en main et scrutait avec vigilance la rue. Il ne bougeait pas et j'attendis que quelqu'un se manifeste pour le suivre. Je ne voulais pas prendre le risque que l'homme en noir me repère. Je n'entendais pas les bruits habituels de la ville anxieuse ; seul un vent léger se leva. Je ne bougeai pas, écoutai les feuilles dans les arbres, des battements d'ailes, ma respiration saccadée.

Il ne devait pas être loin de minuit quand je vis Caroline arriver. Elle passa à moins d'un mètre de moi d'un pas aérien, rapide, comme une panthère en chasse. Elle était seule et vêtue très simplement d'un pantalon de toile noire et d'un chemisier lui aussi noir comme ses bottes et ses gants, assez ample et ouvert jusqu'en bas du dos. Je la suivis discrètement, me calant sur son rythme. Une fois devant l'homme en noir, elle lui tendit une carte. Il vérifia sur sa tablette et la lui rendit avec un petit hochement de la tête pour lui signifier qu'elle pouvait entrer. Il ne lui souffla qu'un seul mot : Guenièvre.

Je suivis Caroline dans l'allée du jardin. Aucun éclairage ne nous indiquait le chemin. Heureusement, le gazon amortissait mes pas et elle ne pouvait m'entendre. Son dos dénudé était d'une douce sensualité. Elle monta ensuite les quelques marches et poussa la grande porte d'entrée. Je me faufilai à ses côtés.

L'intérieur de la pièce était rond et baignait dans le noir. Sur le sol, seules cinq bandes de lumières blanches très faibles étaient apparentes. Toutes ces lignes de lumières partaient dans différentes directions. Les trois premières semblaient rester au rez-de-chaussée tandis que les deux autres montaient au premier étage par un monumental escalier en bois. Une musique calme et aérienne, que j'identifiai assez rapidement comme l'*Aurora* d'Alva Noto, diffusait sur les murs son aura étrange et aérienne.

Quand Mia avait prononcé le mot partouze, je m'étais plutôt attendu à une maison baignée d'un éclairage rouge, accompagnée d'une musique techno minimaliste, à des petits salons avec des moquettes épaisses, de grands miroirs, de larges sofas profonds et un mobilier de style années trente. Dans mon imaginaire décadent, il y avait aussi des lignes de coke sur les corps et dans chaque coin de la maison, des couples qui faisaient l'amour, en sueur et en transe, des couples hétéros, homosexuels, bisexuels ou des hommes et des femmes seuls qui se caressaient.

Rien de tout cela ici. J'étais plongé dans un cercle obscur, cinq griffes lumineuses pour le déchirer. Chaque ligne de lumière portait un nom, dont celui indiqué par le garde de l'entrée : Guenièvre. À la base des cinq lignes était posé un simple panneau de bois à peine éclairé avec un texte écrit à la main d'une belle encre noire :

Ici, tu abandonnes ton regard, trop souvent sollicité.
Ici, tu es le toucher, l'ouïe, l'odorat et le goût, trop peu aimés.
Ici, tu aiguises ton envie, découvres de nouveaux péchés.
Suis la ligne du nom, laisse-toi porter.

Je n'avais pas fait attention à Caroline, elle était déjà partie. Elle avait dû suivre la ligne qui indiquait Guenièvre et qui montait au premier. Je ne voulais pas emprunter l'escalier de peur de faire grincer les marches. Dommage, mais si j'en croyais le texte, je n'aurais pas eu l'occasion d'admirer son beau corps longiligne.

Je suivis une ligne de lumière nommée Elyssa qui partait droit devant moi vers le rez-de-chaussée de la maison. J'avais hésité avec la ligne nommée Tristan. Quitte à pousser l'expérience au bout, une ligne masculine pouvait être tentante…

Plus j'avançais, plus la ligne de lumière baissait en intensité. Je commençais à vraiment ne plus rien voir quand j'arrivai au bout. Le noir était total. Je tâtonnai en suivant les murs. Je sentis une poignée de porte, la tournai et entrai dans la pièce. De l'intérieur, la poignée était éclairée d'un halo de lumière, sûrement pour signaler la sortie.

Cette pièce baignait aussi dans le noir le plus complet. La même musique murmurait ses accords, omniprésente. Un subtil parfum ambre et cuir flottait dans l'air. J'attendis.

« Viens, je suis juste à côté. Suis ma voix. »

Je me dirigeai en tâtonnant dans le vide vers le son de la voix suave qui m'avait appelé. J'étais transporté, je laissai mes sens me guider, mon instinct me dicter mes actes. Je m'abandonnai un peu plus à moi-même, déconnectai mon rationnel.

« Approche », me dit-elle.

Je n'osais pas répondre.

J'étais à côté d'elle maintenant, je sentais le lit tout proche. C'était un genre de futon, très bas. Je caressai d'abord sa chevelure, elle était coupée très court.

Elle me saisit la main et la dirigea au début vers son visage. Je devinai la volupté de ses lèvres, la pente douce de son cou, le galbe de ses épaules. Elle me guida ensuite entre ses petits seins puis sur ses tétons. Je surfais sur ces montagnes de sensualité, sa poitrine était ferme, chaude. Je sentais sa peau frémir au contact de mes doigts fébriles. Je plongeais dans toutes ses courbes, son souffle chaud et lent rythmait mes mouvements, ses envies. Je remontai finalement vers son visage. Je caressais ses lèvres, sa langue jouait avec mes doigts et elle me caressait le torse.

Après avoir enlevé les boutons de ma chemise, je sentis ses doigts fins caresser le bas de mon ventre et doucement glisser derrière ma ceinture, sous le pantalon. Elle frôla plusieurs fois mon sexe, jouant avec de la pointe de ses doigts agiles. Comme une pianiste, elle dansait sur les accords. Chaque fois, une petite décharge de micro-plaisir me parcourait.

Elle sortit finalement sa main, défit ma ceinture avec autorité et ouvrit complètement mon pantalon, approcha son visage et me mordit délicatement à travers le caleçon. Je sentais sa langue essayer de se frayer un chemin à travers les boutons. Elle m'effleurait, je sentais son souffle brûlant. Elle finit par déboutonner complètement mon caleçon, mouilla légèrement son doigt et le fit glisser le long de mon sexe.

« Approche-toi », me chuchota-t-elle.

Je fis un pas en avant, encore impressionné. Elle restait devant moi, sans bouger. Elle jouait simplement avec sa respiration. Après une durée qui me parut une éternité, elle commença à me titiller avec sa langue, d'abord très doucement avec le bout puis de façon beaucoup plus prononcée. Elle la passa ensuite partout, explorait mon corps, s'enivrait de mon parfum. Je caressai son visage. Sa nuque sensuelle et son odeur ambrée me chaviraient la tête et les sens.

Elle continuait de jouer de sa langue et, sans que je m'y attende, elle m'engloutit complètement. Un abîme de douceur.

C'était comme redécouvrir ce plaisir, l'intensité du contact, la chaleur concentrée. Elle allait et venait, tournait sa langue, j'étais dans un univers de plaisirs nouveaux, j'étais perdu, abandonné de moi-même sur un îlot de jouissance. Ses mains caressaient mes fesses, mon dos, elles glissaient partout sur mon corps. Je sentis qu'elle était aussi très excitée et se caressait. Je sentis son humidité, le son de ses doigts. Sa poitrine ferme que j'effleurai était gonflée d'excitation, sa peau frissonnait. Son excitation montait de concert avec la mienne, nous étions tous les deux à bord d'un radeau de volupté, isolé au milieu de la nuit. Je voulais aussi lui donner du plaisir, devenir à mon tour pianiste.

« Déshabille-toi maintenant, rejoins-moi », me glissa-t-elle.

J'obéis et la rejoignis sur le futon. La musique toujours très aérienne continuait de nous bercer. J'étais allongé à côté d'elle, mes quatre sens ouverts. Nous nous caressions mutuellement, à la découverte de nos corps, de nos odeurs et de nos goûts. Le fait de ne pas se voir était incroyable, une redécouverte du corps et du plaisir de partager un moment d'intimité, sans a priori et l'esprit libéré.

Elle approcha son visage du mien et déposa un léger baiser sur mes lèvres, tourna autour de mon visage, me sentit, goûta ma peau. J'avais une terrible envie de l'embrasser, mais elle ne se laissait pas faire, elle y mettait une résistance qui m'excitait encore plus. Finalement, je lui pris le menton et quand je sentis qu'elle cédait à ma demande de baiser, je me retins à mon tour et la laissai dans l'attente. Je me prenais aussi au jeu, je la provoquais, jouais de ses pulsions.

Mon autre main suivait la cambrure de ses fesses, je descendis entre ses jambes qu'elle ouvrit en grand quand je m'approchai. Elle voulait que je la caresse et comme elle plus tôt, je jouais un peu en tournant autour de son sexe. Je finis par passer la paume de ma main, elle était trempée de plaisir, chaude. Elle émit un petit gémissement. Je ne pensai plus à moi, juste à lui donner du plaisir. Je n'avais pas joui physiquement, mais l'intensité de ce qu'elle m'avait fait ressentir valait mille jouissances. À ce moment, j'approchai mon visage pour la première fois, nos langues se touchèrent et nous nous embrassâmes enfin complètement. Elle avait un goût sucré salé.

Tout en l'embrassant, je la caressai plus fort, la pénétrai ; elle gémit de plaisir. Il ne fallut pas plus de quelques secondes pour qu'elle jouisse profondément. Elle me serra fort, mordit mon épaule, griffa mon dos. Je sentis qu'elle se retenait de crier. Jamais je n'avais éprouvé autant de plaisir à en donner. Je la serrai dans mes bras avec tendresse pour partager ce moment de plaisir avec elle. Je redécouvrais ce qu'était le partage.

Après un instant, allongés l'un à côté de l'autre, elle brisa le silence.

« Fais-moi l'amour. »

Nous avions passé une étape où les intentions étaient plus directes. Comme deux félins, nous avions besoin d'aller sur des chemins de traverse plus accidentés, plus sauvages.

Elle se tourna et frotta son dos sur mon torse, ses fesses sur mon sexe.

« Prends-moi comme ça. Dis-moi que je suis à toi, que la prochaine fois que tu me croiseras, tu me feras l'amour dans un coin sombre et me feras jouir. Sans me parler. N'importe où. Dans un musée, une église, au bord d'une route, dans un cinéma. »

Je m'approchai derrière elle, nous nous frottions avec sensualité. Ce n'est qu'après plusieurs secondes de ce massage érotique que je la pris complètement. Je restai au fond d'elle sans bouger, juste pour ressentir le plaisir de pouvoir fusionner nos corps. Mes mouvements étaient lents, profonds. Elle ne se retenait pas de manifester son plaisir maintenant et je l'accompagnai dans ce concert de sons. Je ne m'étais jamais exprimé comme ça avant.

Nous sentions nos jouissances monter, au bord du plaisir final.

« Jouis dans moi, je veux sentir tes vagues de sperme brûlantes. »

Elle s'était relevée, je la serrai. Nos corps couverts de sueur étaient collés l'un à l'autre et en un instant magique, elle jouit de nouveau et j'explosai pour la première fois en elle.

Sa nouvelle jouissance avait fini de provoquer la mienne. Je ressentis chacune des vagues, je sentais le goût et l'odeur iodée de sa peau que je mordais, elle serrait mes bras. Nous étions un, au même moment, au même endroit.

Nous restâmes un long moment dans cette position sans bouger, à profiter de cet instant que je n'avais jamais vécu aussi intensément. Dans un dernier souffle, elle finit par se coucher et je la suivis. Nous étions allongés en cuillère, dans le silence et le noir de la pièce.

L'instant était tendre, doux ; nous nous sentions bien. Deux aéroplanes. Nous nous caressions mutuellement le bras, petit geste d'affection et de complicité.

« Comment t'appelles-tu ? » lui demandai-je.

Elle se retourna vers moi, prit mon visage entre ses mains et m'embrassa tendrement.

« Tu sais bien que nous sommes tous des légendes. Je peux juste te dire qui je suis ici : Elyssa. »

J'imaginai ses yeux droits dans les miens, son regard intense. Elle se leva, s'assit sur le bord du futon et se rhabilla.

« Cela faisait longtemps que je n'avais pas éprouvé autant de plaisir », me glissa-t-elle à l'oreille.

Et elle partit.

Je me retrouvai seul sans trop savoir quoi faire. Après quelques secondes d'hésitation, je ne pouvais finalement pas rester ici à savourer ce que je venais de vivre, je ne connaissais pas le lieu et ses habitudes, je n'avais pas envie que d'un coup les lumières s'allument et qu'elle constate que je n'étais qu'un courant d'air.

Je cherchai tant bien que mal mes affaires et après m'être rhabillé, je revins vers la porte de sortie dont la poignée était éclairée. Je suivis de nouveau la ligne quand je vis un homme s'approcher de moi au bout du couloir. Je me figeai et me mis rapidement sur le côté, il passa à côté de moi sans noter ma présence. Dans le noir, il était difficile de distinguer son visage. Il devait avoir cinquante ans, une barbe poivre et sel et portait des lunettes à monture noire. Il suivait une autre ligne, une autre expérience.

J'arrivai enfin à la sortie, là d'où partaient les cinq lignes. Une fois devant la porte, je n'arrivai pas à l'ouvrir. Impossible de sortir. Quelque chose avait dû m'échapper sur le mécanisme d'ouverture, je devais attendre de suivre quelqu'un en espérant que cela ne dure pas des heures. Je m'assis dans un coin et attendis.

J'avais envie d'une cigarette, mais ce n'était évidemment pas possible. Je pris ce moment de tranquillité pour repenser à ce qu'avait été ma vie sexuelle. À vrai dire, il n'y avait pas trop matière à réfléchir. Ce que j'avais vécu jusqu'ici ressemblait au plat d'un désert de sel et le peu de partenaires que j'avais rencontrés étaient à la hauteur de la médiocrité de nos rapports. Je n'avais eu ni la quantité ni la qualité, juste une pauvre illusion de savoir ce qu'était le plaisir. Même ma petite aventure avec Kaya dans le salon de massage était bien terne en comparaison de ce que je venais de vivre. J'avais eu l'impression d'être un magicien qui coupait les femmes en deux alors que je n'étais même pas capable de sortir un lapin blanc de mon chapeau. Un rapport amoureux se vivait avec les cinq sens, j'avais au moins compris ça ce soir.

J'avais durant ce bref moment basculé du côté animal. Le côté lumineux, pas celui étrange et sombre dans lequel je n'étais pas complètement tombé quand j'avais voulu tuer ce père de famille, à Glasgow. L'instinct pouvait dicter une conduite à suivre. Il fallait juste le nuancer, le dompter pour mieux en profiter.

Caroline arriva à ce moment-là. Elle s'arrêta devant moi, alluma une cigarette. Je voyais la flamme orange danser dans ses yeux et son petit sourire ironique, comme si elle pouvait me distinguer. Elle tira une longue bouffée, tourna son regard vers moi et se dirigea vers la porte. Je la suivis et sortis avec elle. La boucle était bouclée. Elle m'avait aidé à entrer, elle me devançait pour sortir. Elle avait été, d'une certaine façon, ma guide.

Je la vis s'éloigner dans la rue et repris mon vélo garé un peu plus bas. Le trajet du retour fut calme, apaisé. La divine cigarette que je fumai était la meilleure depuis longtemps.

J'imaginai la tête du clubber à moitié défoncé, titubant dans les rues de Paris, qui voyait ce petit nuage flotter devant lui et s'éloigner en chantonnant.

CHAPITRE 12

Parfois, le matin, je me réveillais à genoux.

Ce lendemain-là fut l'inverse. Un sourire idiot traversait mon visage d'enfant gâté. Ce n'était pas l'acte en lui-même qui suffisait seul à me rendre plus léger, plutôt ce sentiment d'avoir enfin été moi-même. Une situation assez paradoxale vu mon état de transparence avancé. J'avais passé trente et un ans à ne rien faire et ces derniers jours avaient largement rattrapé cette léthargie existentielle. J'en profitai pour écouter quelques disques, terminer mon roman de Leblanc et me dorer au soleil. Les petites choses du quotidien prenaient une saveur particulière. Je faisais un peu de ménage en caleçon et chaussettes quand quelqu'un frappa à la porte. C'était Mia. Elle n'avait pas l'air contente.

J'avais complètement oublié de la prévenir de mon retour. J'étais maintenant obligé d'improviser ma petite histoire de tuberculose pulmonaire à travers la porte. Jérôme l'avait prévenue de mon retour prématuré. Je lui expliquai donc la situation, et comme avec lui la veille, je ne me sentais pas à l'aise de lui mentir.

« Je n'y crois pas vraiment, à ta petite histoire de tuberculose, ça me paraît très bizarre, mais je vais faire comme si. Tu sais, si tu ne vas pas bien, nous pourrons prendre un peu de temps pour discuter. Ça pourrait te faire du bien ! J'ai déjà réussi à décoincer ton copain Jérôme, tu dois être capable de faire au moins aussi bien que lui. »

Ayant été témoin la veille de sa conversation avec Caroline, je sentais que c'était plutôt elle qui avait besoin de discuter. Elle était fébrile et cette situation où elle comptait sur moi pour l'aider, sans l'avouer ou bien même sans en avoir conscience, était nouvelle et d'une certaine façon flatteuse. Je ne m'étais jamais imaginé comme une personne sur qui l'on pouvait compter dans les moments difficiles. Dans aucun moment, d'ailleurs.

« On n'a qu'à faire comme ça. Ça finira sûrement de me tuer », répondis-je, ponctuant chacune de mes phrases d'une petite toux pour accréditer la maladie contagieuse.

« Visiblement, ton cerveau détraqué fonctionne toujours, c'est rassurant. À demain, Jeff. »

À l'issue de cette courte conversation, je me surpris à être content de pouvoir de nouveau parler avec Mia ; la savoir à côté de moi dans son appartement me rassurait. Je n'avais jamais vécu avec quelqu'un hormis mes parents, l'idée même de partager un lieu de vie était inconcevable. Le mur entre nous était parfait. Je pouvais la voir quand je voulais et continuer de faire ce que je voulais, quand je le voulais. J'avais vu un film où un couple coupait leur maison en deux car ils ne se supportaient plus. Ils avaient tracé des lignes au sol avec des couleurs, chacun ses toilettes, chacun sa salle de bains et le réfrigérateur clairement divisé en deux sections. C'était filmé sur un ton tragi-comique ; j'avais trouvé au contraire cette idée très bonne, très saine. Pourquoi se mélanger inutilement ? Autant garder son espace vital et profiter quand on en avait envie de sa partenaire ou de son amie. L'amitié avait ses limites : mes murs.

Le sujet le plus préoccupant, finalement, était ma situation professionnelle. Je réfléchis à comment gérer cet aspect le plus rapidement possible et en conclus qu'un faux arrêt de travail était la seule solution viable. J'envoyai un e-mail le soir et passai un coup de fil à Patricia pour lui expliquer la situation. L'idée de ne pas la revoir et entendre ses histoires de caféine matinale me remplissait de joie.

Elle comprit parfaitement la situation, n'émettant aucun commentaire intéressant, si ce n'est de boire deux litres d'eau par jour ou de cuisiner des légumes en grande quantité. Même par téléphone, elle continuait de me fatiguer. Une visite au bureau le lendemain s'imposait. Je trouverais bien un moyen de lui faire payer ces trois années de souffrance matinale et conseils en tout genre. J'en profiterais pour visiter le bureau de Férrié au sixième étage, pourquoi pas changer mon salaire ou m'accorder une belle prime. L'opération ne devait pas être bien compliquée, VFC n'avait sûrement pas anticipé le risque d'invisibilité.

J'allais pouvoir effectuer pour la première fois une expérience construite et réfléchie, c'est-à-dire servant un objectif pour assurer un meilleur avenir. Plus jeune, comme beaucoup d'enfants de mon âge, je m'étais imaginé des super-pouvoirs comme la capacité de voler, déplacer les objets à distance, réduire en bouillie un camarade de classe ou soulever des immeubles entiers pour les envoyer sur mon insupportable prof de français, Mme Lapuerta. Elle aurait très probablement changé de ton avec un immeuble sur la gueule.

Adolescent, j'avais imaginé des super-pouvoirs plus sophistiqués comme justement l'invisibilité, le voyage dans le temps ou le don d'ubiquité. L'invisibilité me permettait d'imaginer deux choses, à cette époque : assouvir mes fantasmes sexuels et en trouver de nouveaux. J'y ajoutais parfois l'enrichissement illicite et la basse vengeance du dragueur éconduit. Maintenant que c'était devenu une réalité, l'écart entre la théorie et la pratique se révélait plus difficile à gérer que prévu. Surtout, qu'avais-je jusqu'à présent pu faire de tellement extraordinaire ? Rien.

Mon expérience de la veille à la Mouzaïa aurait été possible dans tous les cas. Il fallait juste que je m'organise et surtout que je me sente capable de repousser un peu plus loin mes limites. Tout n'était qu'une question d'engagement et d'estime de soi.

Tout en réfléchissant, appuyé à mon balcon, à ce que j'allais pouvoir faire le lendemain au bureau, je constatai en bas de ma rue des embouteillages inhabituels. Je compris assez vite avec amusement la situation. Ma rue était en travaux et fermée à son extrémité, mais il était toujours possible de s'y engager. Suivant aveuglément leur GPS, les conducteurs ne faisaient pas attention aux énormes messages indiquant que la voie était temporairement sans issue. Incapables d'imaginer que leur GPS puisse se tromper, ils étaient persuadés que des humains incompétents avaient déposés ces panneaux par erreur.

La machine prenait le pas sur l'humain, la confiance changeait de camp. Se rendant compte que la rue était vraiment fermée, ils faisaient marche arrière, hurlant après ceux qui, comme eux, s'engageaient sans réfléchir, reportant leur propre erreur sur un autre conducteur.

Si j'en croyais mes récentes lectures, l'existence dans un monde digital se réduisait à une chaîne de probabilités, chacun étant, peu ou prou, responsable de son voisin. Je n'avais aucune envie de faire partie de ce maillage, de tourner en rond sur ce petit manège infernal, essayant d'attraper la queue du Mickey pour devenir le héros d'un instant.

Résolu et optimiste, je rentrai dans l'appartement. J'allais demain voir quelques-uns des plus beaux spécimens de cette fête foraine du numérique. Pour la première fois depuis que je travaillais, j'avais hâte d'aller au bureau.

À huit heures trente, j'étais le premier arrivé. C'était bien la première fois, sûrement la dernière. Je ne voulais surtout pas rater l'arrivée de Petit Poney et de son troupeau de chèvres.

Je m'installai au cinquième étage, à ma place, et regardai arriver mes collègues les uns après les autres. Il était drôle de pouvoir les observer sans être vu. Certains se curaient le nez et envoyaient leurs boulettes sur le bureau d'à côté, rigolant de leur petite blague mesquine ; d'autres se parlaient à eux-mêmes. En les observant, j'en conclus que ce n'était finalement pas une évolution digitale de notre société qui s'effectuait ; c'était un retour aux sources, une régression organisée. Les hommes étaient passés du complet trois-pièces, rasés de près et souliers cirés, montres mécaniques de qualité et bonnes manières à Benoît, voûté sur son ordinateur. La dé-évolution comme le chantaient les agités de Devo.

Vers neuf heures, Patricia arriva. Comme d'habitude, elle avait l'air très occupée et concentrée. Elle déposa son petit cartable parallèlement à son bureau, mais au lieu de se diriger vers sa machine à café favorite et regarder couler le café bien sagement dans sa tasse, elle se dirigea vers l'ascenseur. Je la suivis. Elle avait visiblement rendez-vous avec Vincent Férrié au sixième étage. Très bien, me dis-je, j'en profiterai pour enfin découvrir son bureau. Je me glissai à ses côtés, impatient.

Une fois arrivés, la porte s'ouvrit directement sur un large bureau lumineux mélangeant le bois et l'acier avec de grandes vitres qui donnaient sur le boulevard Haussmann. Il était décoré comme un boudoir anglais, chaleureux, accueillant, très éloigné de la personnalité réservée et distante de Férrié.

Patricia s'approcha d'un large fauteuil qui faisait face au bureau, elle s'assit sans dire un mot. Un petit homme était déjà là et attendait visiblement que Petit Poney se joigne à eux. Il était petit, très rond, du genre à commander des blanquettes de veau à chacune de ses sorties au restaurant et portait une veste et un gilet à boutons dorés. Il avait le crâne dégarni, exhibant au bout de son nez une petite paire de lunettes cerclées en or. On aurait dit un personnage de Dickens. Il contrastait avec la modernité de Férrié qui ne leva même pas la tête à l'arrivée de Patricia, continuant d'écrire comme si personne n'était dans la pièce. Ses cheveux couleur poivre et sel, typiques du PDG moderne, et son costume gris clair se mariaient à la perfection avec son élégante montre Jaeger-LeCoultre Reverso à cadran blanc. On aurait dit une photo pour le catalogue de la marque, un homme espérant la bénédiction de Dieu pour saluer autant de bon goût. Je restai dans un coin à attendre qu'il se passe quelque chose. Je ne comprenais pas bien la situation. La tension était palpable.

Le petit gros à la tête de pomme reinette brisa finalement le silence.

« Pour donner suite à votre demande, Monsieur Férrié, j'ai pu effectuer un premier bilan des résultats de l'année, surtout une projection du chiffre d'affaires et de votre marge nette à six mois, un et trois ans. Vous trouverez tous les détails dans mon rapport. Je vous en livre un résumé en l'état : vos ventes sont en baisse depuis trois ans, une réduction de l'ordre de vingt-cinq pour cent principalement due à une concurrence accrue des spécialistes américains ainsi que des offres intégrées des fournisseurs de solutions bureautiques. Vos marges se sont effondrées cette dernière année et votre dette, principalement bancaire, a augmenté de vingt-sept pour cent. Vous avez gagné de nouveaux clients, trop petits pour compenser la perte des plus importants. Votre modèle repose trop sur votre principal client, la Banque de France, qui à elle seule pèse près de trente pour cent de votre chiffre d'affaires. En conclusion, un allègement de votre masse salariale, un réinvestissement ou une diversification sur de nouveaux secteurs de croissance et une relocalisation du siège afin d'alléger sur le court terme vos charges me semblent être une première série de mesures indispensables à la survie de votre société. »

Un long silence ponctua cette dernière proposition de Pomme Reinette et ni Férié ni Patricia ne réagirent. De mon côté, je n'en revenais pas. Certes, la société n'était pas cotée et nous n'avions pas un degré de transparence nous permettant d'apprécier la situation financière de VFC, mais l'opinion générale et partagée par tous était que nous faisions partie d'une société performante et saine, à l'avenir brillant. Nos salaires étaient supérieurs aux standards du marché et notre marque était reconnue. Je pensais ces signes suffisants pour faire de nous un roc financier.

« Je vous remercie pour ce résumé très clair. Je vais maintenant en discuter avec ma collaboratrice. Je vous recontacterai pour vous faire part de nos décisions et réviser vos modèles financiers en fonction de ces nouveaux éléments. Je vous demanderai bien évidemment la plus grande discrétion quant à ces chiffres et votre mission au sein de VFC. »

Sur ce, Pomme Reinette quitta la pièce avec ses petits papiers sous le bras. Je me retrouvai seul avec Férrié et Patricia qui n'avait toujours pas prononcé le moindre mot, ce qui me changeait agréablement de son habituel flot ininterrompu d'inepties.

Une fois seule, elle se pencha sur le bureau.

« Vincent, je te l'avais bien dit, nous ne pouvons maintenir les équipes actuelles en poste. Il faut agir vite et fort, je peux te proposer un plan social dans la semaine. »

Férrié regarda Patricia droit dans les yeux.

« Depuis combien d'années fais-tu partie de la société, Patricia ? Un peu plus de trois ans ? Ce n'est pas la première crise que je traverse ni la dernière. Et ce n'est pas la première fois que je m'entends proposer des mesures de licenciements pour s'en sortir.

Nos employés ne sont pas une variable d'ajustement ! C'est à nous de trouver comment réorienter nos investissements et gagner au plus vite de nouvelles parts de marché, pas de voir le problème sur le court terme et lâcher nos collaborateurs, tu comprends ? »

Patricia ne comprenait apparemment pas.

« Nous n'avons plus suffisamment de liquidités. Si nous continuons comme ça, les banques vont nous lâcher ! Tu n'auras même plus la capacité pour investir sur de nouveaux produits et tu te retrouveras dans une impasse !

— C'est ma société, Patricia, je peux réinvestir de mon argent personnel, j'en ai suffisamment qui ne sert à rien si ce n'est à satisfaire les caprices de ma femme et de mes enfants. Je te demande de te concentrer sur le business et de me présenter d'ici la fin du mois un plan de diversification sur trois ans que nous mettrons en place à la rentrée en septembre. Pas d'élaborer un plan social ! »

Patricia n'avait toujours pas l'air de vouloir plier devant les injonctions de Férrié. Elle tenta une dernière proposition.

« Laisse-moi au moins te proposer une première liste de personnes qui pourraient quitter la boîte sans conséquence pour eux ou leur famille, jeunes célibataires ou proches de la retraite. Cela permettrait au moins de se faire une idée de ce que nous pourrions faire rapidement si la situation venait à dégénérer.

— Non, ce n'est pas utile, Patricia. Reparlons surtout la semaine prochaine de tes propositions. Merci. »

Elle se leva. Je ne l'avais jamais vue comme ça. Je la sentais prête à monter sur le bureau et étrangler de colère son président chéri, elle qui toute la journée nous bassinait avec son comportement exemplaire et sa vénération pour son Dieu incarné sur terre. Avant de quitter le bureau, elle ajouta une dernière chose :

« Sinon, pour information, j'ai eu hier au téléphone Jean-François. Il a attrapé une tuberculose pulmonaire et est en arrêt pour quelques semaines. Cela ne va pas changer grand-chose, c'est de loin le plus mauvais de mon équipe. Ce pourrait être l'occasion de nous séparer de lui en prétextant un manque de résultats.

— Il me semble, Patricia, que c'est toi qui l'as fait venir chez VFC, non? Assume alors jusqu'au bout ton choix et aide-le dans cette période difficile. »

Patricia resta quelques secondes à observer Férrié et entra dans l'ascenseur pour revenir à son étage. Elle était folle de rage, j'exultai en la voyant souffrir. Si j'avais pu, j'aurais embrassé Férrié. Elle frappa la paroi de l'ascenseur et cria sa rage juste avant d'arriver à son étage.

Je m'étais trompé sur Patricia.

Sous ses airs d'employée modèle toujours souriante, elle ne cachait pas une stupidité crasse et incurable mais une ambition démesurée, une aversion pour les gens qui n'étaient pas comme elle, des supposés modèles d'efficacité persuadés d'œuvrer pour la seule raison de vivre de tout être normalement constitué : la réussite. Elle m'avait fait venir pour justifier auprès de Férrié son côté inclusif en cochant la case « je suis ouverte à tous les profils et je contente mon PDG à tendance gauchiste ».

Je la laissai devant sa machine à café et profitai de la matinée pour continuer de me balader dans les bureaux, à observer mes collègues. Benoît n'avait pas pris de congés, peut-être pour surveiller Cindy qui avait apparemment atteint un degré de popularité assez important, très probablement peu en rapport avec son aura intellectuelle. Il était assis à côté d'elle et lui expliquait à l'écran comment gérer et catégoriser les appels entrants, observant du coin de l'œil tout être masculin s'approchant de trop près de son trophée.

Je surpris sa main qui tenait celle de Cindy. Elle avait l'air compatissante, son large sourire dénotait un bien-être que je n'aurais pas imaginé possible au contact de ce lourdaud de Benoît. Décidément, ma petite expérience était plus intéressante que ce que je m'étais imaginé en venant ce matin-là. J'allais de petites surprises en grandes révélations. Il suffisait au fond d'ouvrir les yeux pour comprendre ces petites choses, leur donner un véritable sens, sortir de l'analyse linéaire.

Il devait être onze heures du matin quand je finis par m'asseoir dans un coin du bureau pour réfléchir à ma propre situation au sein de VFC.

L'avenir ne présageait rien de bon. Patricia n'était pas dupe de mon implication, de mon efficacité commerciale et je ne m'imaginais pas en train de passer des entretiens d'embauche dans d'autres boîtes. Je n'en avais quasiment jamais passé et mon état actuel, s'il devait persister, était incompatible avec toute forme d'activité professionnelle, sauf peut-être député à l'Assemblée nationale. Ce qui ne m'excitait pas plus que ça.

Il fallait que j'arrive à tirer de mon état actuel un avantage financier substantiel et pérenne. Tout en étant à mes pensées, j'observai Cindy et Benoît dans leurs pathétiques roucoulades et il me vint une idée : la Banque de France. Ou plus précisément son fameux coffre-fort, la Souterraine. Jérôme l'avait évoqué quelques jours auparavant. Un coffre-fort qui recelait les réserves en or de l'État, prélevées depuis des générations sur le dos des citoyens français et qui attendait patiemment une récession majeure ou une improbable guerre pour être utilisé par des politiciens véreux qui y verraient l'opportunité de faire construire une villa en Afrique du Nord ou partir s'installer en Polynésie française. Bref, de l'argent qui ne manquerait à personne, sauf à moi.

À ce moment précis, mon téléphone sonna. J'avais installé une sonnerie personnalisée que tout le bureau connaissait par cœur, un petit air de Cosma qu'il avait composé pour le film *Alexandre le Bienheureux*. Je trouvais ironique et provocateur d'évoquer en milieu professionnel ce film qui faisait l'apologie de la fainéantise au détriment du productivisme. J'avais toujours mis plein de sonneries comme ça, de *Antisocial*, pour le coup assez clair dans son message, à la musique du film *Le Jouet*, qui évoquait plus subtilement l'emprise d'un patron sur ses employés. Personne n'avait d'ailleurs compris ces messages sonores. Je n'avais pas pris la peine de leur expliquer.

J'avais oublié ce matin de le couper, le téléphone hurlait dans ma poche. Jérôme tentait de me joindre. À peine eus-je le temps de l'éteindre que trois personnes arrivèrent, se demandant d'où pouvait sortir cette petite mélodie, surtout en mon absence.

« C'est marrant, c'était la sonnerie du téléphone de Jean-François, non ? » demanda Cyril du service marketing.

Ils cherchèrent dans tous les coins mon téléphone. Ne trouvant rien, ils en conclurent que j'avais fait des émules, que l'un d'eux avait adopté ma sonnerie et n'osait l'assumer devant les autres. Cyril continua sur sa lancée.

« D'ailleurs, j'ai appris qu'il était très malade. Vous ne voulez pas lui envoyer une petite carte pour lui dire que nous pensons à lui ? »

Tous avaient l'air d'accord avec cette initiative. Je profitai de cette accalmie pour me retirer doucement du bureau. J'avais maintenant droit à une carte, bientôt des fleurs, pour terminer une couronne mortuaire. Leur bienveillance à mon égard était assez étonnante, je ne me sentais pas capable de leur retourner leurs bonnes intentions.

Je voulais rester invisible, m'effacer de leurs mémoires comme le héros de Barjavel dans *Le voyageur imprudent*.

***

Je rentrai finalement chez moi pour le dîner après m'être promené dans Paris et avoir chapardé quelques confiseries dans les boulangeries. En y réfléchissant, je n'avais même pas envisagé de faire une pause pour espionner Kaya dans son salon glauque qui sentait le détergent et les vieilles claquettes de piscine. Ma rencontre à la Mouzaïa m'avait offert une nouvelle expérience qui rendait celle avec Kaya bien fade en comparaison. Je la laissai sans regret, l'album de Marley portant le même nom ne m'avait de toutes les manières jamais intéressé.

Arrivé à la maison, je remarquai la présence de Mia, elle écoutait ses petits disques de pop indépendante. Je pris garde de ne pas faire de bruit et fermai ma porte avec délicatesse pour qu'elle ne m'entende pas. Peine perdue. À peine étais-je assis sur le canapé que je l'entendis frapper à ma porte.

« Jeff, je viens de t'entendre rentrer, ne me fais pas croire que tu es atteint d'une maladie grave ! »

Je m'approchai et me collai à la porte pour lui répondre. J'éprouvais le besoin de discuter avec quelqu'un d'autre que moi-même. En rentrant à Paris, je m'étais posé la question de pourquoi je ne voulais pas partager mon expérience, au moins avec Jérôme ou Mia. Pourquoi je restais concentré sur moi-même, à façonner dans mon coin ma pâte à modeler mentale ? Cela devait revenir à mon enfance. Mes parents ne me parlaient jamais de leurs problèmes, je n'avais pas le souvenir de discussions sur des sujets liés à nos sentiments, nos émotions, juste des débats sur la musique, le cinéma, des anecdotes de la vie quotidienne que mon père adorait raconter, la politique ou le programme de la journée. J'avais été façonné par cette image de la mère et du père silencieux. Ils étaient ma normalité.

« Je suis juste allé sur le palier quelques minutes pour m'aérer la tête.

— Sur le palier ? Un jour, tu vas peut-être arrêter de te foutre de moi, Jeff ! Probablement le jour où je ne te verrai plus, d'ailleurs, parce que j'aurai déménagé très loin !

— Tu ne travailles pas, aujourd'hui ?

— Non, je te l'ai dit, c'est plus calme, en ce moment. Je n'arrive pas non plus à me concentrer sur mon travail...

— Qu'est-ce que tu as ?

— Je ne sais pas vraiment. Je réfléchis. Je sais, ça ne t'arrive que rarement, mais parfois cela fait du bien. Tiens justement, ce matin, je repensais à notre dernier jogging au parc Monceau et à l'homme qui est mort devant nous. Ce jour-là, je me suis sentie très seule.

— Tu as de drôles de pensées, le matin.

— Ce soir-là en rentrant chez moi et pour la première fois depuis longtemps, je n'ai pas eu envie d'être seule. Mon énergie n'est pas sans limite. »

Elle commençait à se livrer un peu. C'était agréable, je n'avais pas l'impression d'être de trop.

« J'ai grandi à la campagne, au milieu de la nature, entourée d'une famille qui passait son temps à s'engueuler. Ma sœur était détestable et ne pensait qu'à ses petits copains. Mes parents, quand ils ne se disputaient pas, étaient trop occupés par leur boulot. Les distractions à la campagne ne sont pas nombreuses, je me suis fabriqué des amis. J'avais bien une copine à l'école, mais elle était loin de chez moi, je n'avais pas de moyens de la rejoindre seule. J'ai appris à me débrouiller sans personne. Jusqu'à présent, cela ne me posait pas de problème, au contraire. Depuis quelque temps, j'ai envie d'autre chose. »

J'écoutais avec attention. Je bloquai comme à mon habitude sur le sujet de la conversation personnelle. Je décidai malgré tout de produire une phrase de plus de trois mots en réponse à sa confidence. Je m'assis le long de la porte. Nous étions tous les deux séparés par une cloison en bois, comme dans un confessionnal, le poids de la culpabilité en moins.

« Je te comprends. Être seul a ses avantages. Mais depuis quelques jours et les récents évènements, j'ai eu envie de plus partager. Bizarre, non ?

— Depuis que tu as ta « maladie grave » ?

— Oui, voilà, depuis cette tuberculose. Ce n'est pas un changement radical. Disons que je commence à voir les choses un peu différemment. Par petites touches. Certaines choses prennent une autre dimension.

— Comme quoi, ou qui, par exemple ? »

Je pris un temps de réflexion avant de lui répondre.

« Jérôme, par exemple. Quand je lui ai annoncé ma maladie, il a tout de suite voulu venir. Là où je m'attendais à ne plus jamais avoir de ses nouvelles !

— Ah oui, Jérôme. Bien sûr. Vous devriez vous mettre en couple. Ça lui ferait sûrement très plaisir !

— Tu sais, c'est un peu comme toi, j'étais loin d'être la star de mon école. Je devais être trop heureux avec mes parents pour vouloir me faire des amis. Je n'ai que des souvenirs flous de cette époque, j'ai l'impression d'avoir un peu idéalisé cette période. C'est comme si tu te mettais un jour à écrire ou à peindre. Tu vois par exemple, j'ai toujours voulu peindre la jungle et ses animaux. Tu te lances et ne trouves pas ça trop mal. Puis tu tombes sur une toile d'Henri Rousseau et tu te dis « En fait, je fais de la merde ». Tu poses ton pinceau et tu retournes gentiment à tes séries, déçu de ta médiocrité. J'ai un peu ce sentiment, ces derniers temps. Tout ce que je fais n'a pas l'air d'être à la hauteur de mon passé. »

En fait, je n'étais à la hauteur de rien du tout. Je ne précisai pas cette pensée dont j'avais honte. J'étais encore loin d'être un professionnel de la confidence, de la nuance. Mia m'encourageait à poursuivre, sans le dire, avec un sourire que je devinais ou une intonation de voix bien placée.

« Si tu as envie de comprendre ou de revenir sur ton passé, tu devrais peut-être en parler avec ta mère, non ? Tu ne lui as plus parlé depuis des années.

— Non, quelques mois. Peut-être, je ne sais pas. Tu as raison, je vais y réfléchir. »

Nous passâmes une partie de la soirée à évoquer notre jeunesse. Au fur et à mesure de la soirée, je la sentis se détendre et rigoler aux quelques blagues ironiques que je distillais par-ci par-là. Cela faisait longtemps que je ne l'avais pas entendue rire et j'éprouvai aussi un réel plaisir à lui raconter mes aventures d'adolescent raté. Sa jeunesse fut compliquée, la mienne était idéalisée. Nous nous retrouvions dans une complicité que je n'avais encore jamais expérimentée avec elle. La conversation était fluide, aucun besoin de la relancer pour boucher les trous. Elle venait naturellement, avec envie. J'avais souvent dissimulé ma frustration derrière un mur de silence ; elle avait au contraire choisi le bruit et la fureur. Deux approches radicalement opposées et qui nous réunissaient, ce soir. Avec un sourire.

« Tu vois que tu arrives à aligner plus de trois mots sur toi quand tu le veux », finit-elle par me dire. « En fait, je suis contente que tu sois de retour et, crois-le ou non, tu m'as un peu manqué… »

Elle avait dit ces derniers mots sur un ton plus hésitant, à la limite du chuchotement.

Comme disent les écrivains, je pris ma plus belle plume pour lui répondre ces quelques mots.

« Ah… OK. »

S'ensuivit un long silence.

« Bonne nuit, Jeff, je vais me coucher. »

Elle repartit dans son appartement. Dans la longue route que j'avais involontairement empruntée depuis le pont d'Overtoun, je venais de m'arrêter à la station Solitude.

TROISIÈME PARTIE : LA VIE COMME ELLE VIENT

CHAPITRE 13

Ma première rencontre avec Jérôme à la fac de Nanterre fut à son initiative. J'étais assis sur les marches de l'amphi, en train de lire le magazine Joystick. Il s'approcha juste devant moi, l'air préoccupé et grave, comme s'il venait m'annoncer le décès d'un parent proche.

« *World of Warcraft* est un très bon jeu, mais je lui préfère *Diablo*. Même si c'est plus ancien. »

Sur cette allégation, nous commençâmes une discussion de fond et de haute portée philosophique sur le rôle et l'influence des jeux vidéo MMORPG.

Jérôme entamait des études d'économie. Comme moi, il avait choisi cette filière non par envie ou conviction mais par défaut, ne sachant que faire de sa vie professionnelle, de sa vie en général. J'aimais bien les jeux vidéo, chez lui cette passion dépassait la simple occupation. Il s'amusait à écrire des scénarios, les faisait parvenir à des éditeurs et avait créé un blog critiquant la plupart des jeux et des grandes multinationales qui manquaient d'après lui de créativité. Je lui fis remarquer à cette époque que le choix des musiques n'était pas judicieux, qu'il y avait dans ce domaine matière à amélioration. Il avait été agréablement surpris par cette remarque, décidant par la suite que notre amitié, pour reprendre ses propos, « valait le coup d'être testée ».

Habituellement, le samedi, Jérôme venait me rejoindre à l'appartement. Nous partions nous balader dans Paris ; il me suivait plus qu'il ne prenait l'initiative. Sans surprise vers quatorze heures, j'entendis frapper à ma porte.

« C'est toi, Jérôme ?

— Qui veux-tu que ce soit d'autre, Jeff ? Voilà presque dix ans que je viens frapper à ta porte tous les samedis à quatorze heures précises. Il serait étonnant qu'une autre personne vienne commettre cet acte au même instant, un samedi, ne crois-tu pas ? »

Une forme de lassitude me gagna.

« C'est gentil d'être passé, mais je ne peux toujours pas sortir.

— Je te rassure, je ne venais pas pour toi. J'ai compris que ta condition te rendait inopérant et pour le moins toujours aussi désagréable. Je suis venu pour Mia, j'en profitais pour te saluer à travers ta porte.

— Comment ça, Mia ? Tu sors cet après-midi avec elle ?

— En ton absence dans ton pays peu ordinaire, j'ai pu échanger avec Mia et nous nous sommes découvert des centres d'intérêt communs, figure-toi. En dehors bien sûr de ta seule personne. Je profite donc de cet après-midi d'été pour aller avec elle flâner dans Paris. »

J'en restai sans voix. Mia et Jérôme se rapprochaient et me laissaient seul. La jalousie ne faisait pas partie de mes défauts (connus) ; je me pris malgré tout à les envier. Surtout cette nouvelle association pour le moins incongrue sur le papier piquait ma curiosité. J'avais en plus besoin de parler à Jérôme de la Souterraine, la salle des coffres sous la Banque de France.

« Mais vous allez faire quoi ? Vous allez où ? »

Là-dessus, Mia arriva et me répondit à travers la porte.

« Nous allons faire les fou-ous ! Tu vas toujours aussi mal, Jeff ? Je te promets de prendre soin de ton Jérôme. Nous te raconterons notre petite aventure de cet après-midi, si bien sûr tu n'es pas mort d'ici là ! Nous verrons bien. Parfois, la vie nous joue des tours bien surprenants, mon petit Jean-François… »

Et ils partirent tous les deux en rigolant et me souhaitant une bonne journée. Il était important que je les suive.

Je sautai dans une paire de baskets, fermai ma porte sans bruit et attendis qu'ils soient au milieu de l'escalier avant de commencer ma descente. Arrivé dans la rue, je les vis se diriger bras dessus, bras dessous vers la station de métro Guy Môquet. Rien déjà que ce rapprochement physique était très étonnant, venant de Jérôme.

Prendre le métro à cette heure de pointe n'était pas sans difficulté. J'hésitai un instant avant de les suivre puis finalement la curiosité l'emporta, et je me lançai.

Il y avait, comme anticipé, beaucoup de monde. Dans la cohue, les quelques personnes avec qui je me télescopai ne firent pas attention, absorbées par leur téléphone. Béni soit le téléphone qui permettait aux invisibles de se mouvoir sans risque.

J'étais à quelques mètres d'eux mais ne pouvais pas les entendre. J'étais obligé de bouger sans arrêt pour éviter de me faire marcher dessus, j'avais déjà les pieds en bouillie, m'étais pris deux coups de coude dans les côtes et une claque. Ils descendirent à la station Champs-Élysées Clemenceau et prirent la ligne 1 en direction de Château de Vincennes. Je pus juste capter une bribe de conversation en les suivant dans les couloirs de la correspondance.

« (…) dernière fois, c'était le soir. Dans la journée, c'est plus calme. Enfin, si on peut appeler ça plus calme, bien que je n'aie jamais eu l'occasion de m'y rendre à cette heure », dit Jérôme.

« J'avais vraiment besoin de sortir et prendre l'air », lui répondit-elle.

« Je te comprends, il va quand même falloir un jour que tu te lances, tu sais ?

— C'est toi qui me dis ça ? Vas-y toi, dis-lui (…) »

Je n'en sus pas plus. La rame de métro arriva et je ne pus plus les entendre. Après quelques minutes de trajet où j'étais bloqué à côté d'un chien qui m'avait repéré et me reniflait sans arrêt, ils descendirent à la station Saint-Paul. En descendant de la rame, le chien se mit à aboyer. Jérôme et Mia se retournèrent brusquement juste devant moi, ce fut un miracle si je ne leur rentrai pas dedans. Je dus juste plonger sans faire de bruit sur le côté, exercice d'autant plus difficile que la station Saint-Paul était, comme d'habitude, bondée et sale.

Il faisait chaud ce jour-là, j'avais soif. J'étais parti précipitamment de chez moi sans mon équipement habituel consistant en une gourde d'eau et quelques réserves de nourriture pour ne pas avoir à voler dans un magasin. En plus, j'avais besoin de passer aux toilettes. Je commençais à en avoir plein le dos de cette filature et tout simplement d'être invisible. En plus, je ne comprenais pas bien ce qu'ils allaient faire ensemble dans le quartier.

Après une marche qui me sembla interminable, nous arrivâmes rue du Trésor. Ils s'engouffrèrent dans un bar que je ne connaissais pas. À vrai dire, je n'en connaissais pas beaucoup, des bars, à part celui en bas de chez nous.

Je regardai avec attention le panneau à l'entrée qui indiquait qu'un évènement privé nommé *Le déjeuner sur l'herbe* se tenait ce jour avec une belle reproduction du tableau de Manet et qu'il était nécessaire de réserver.

Je continuai de les suivre. Il s'agissait d'une « soirée zéro », référence pompeuse au Coca zéro, concept consistant à faire la fête l'après-midi et non le soir, sans alcool, probablement pour éviter les matins difficiles. Il me semblait qu'une odeur de hasch flottait dans l'air, beaucoup avaient des cigarettes électroniques.

Le mix de musique électronique et de rap était assez fort, a priori de qualité. Une belle lumière artificielle imitant le soleil d'été inondait la pièce, ce qui changeait beaucoup de l'obscurité habituelle des clubs. Une décoration évoquant la campagne avait été installée un peu partout, avec beaucoup de plantes vertes et de fleurs multicolores. Quelques fruits étaient renversés, un oiseau planait au-dessus des arbres et un mannequin nu avait été placé sur un carré d'herbe dans un coin de la salle, faisant ainsi écho au tableau de Manet qui avait en son temps provoqué un scandale, considéré depuis comme une des premières œuvres de la peinture moderne. J'étais très impressionné par le soin qu'ils avaient apporté à chaque détail ; un réel sentiment de plénitude se dégageait du tout. Un impressionnisme rafraîchissant au milieu du tumulte urbain.

Une foule dansait frénétiquement au centre de la pièce. Je vis Jérôme se diriger avec assurance vers le bar en forme d'énorme tronc d'arbre à l'horizontale. Mia le suivait et commençait déjà à se mettre dans l'ambiance en ondulant le corps et levant les bras.

Ils se commandèrent tous les deux une boisson. Ils avaient l'air complices, heureux.

D'un coup, j'eus comme un pincement au cœur. Je me demandai s'ils n'entretenaient pas depuis mon voyage une relation amoureuse ou sexuelle. C'était absurde, mais plus je les regardais, plus je me disais qu'ils me cachaient quelque chose. Comme des enfants qui mentaient à leurs parents, complices dans le crime. Il était facile de reconnaître la culpabilité, plus dur d'en comprendre l'origine.

J'étais un peu perdu quand je vis Jérôme, après deux verres d'un liquide bleu, se diriger vers le DJ qui était habillé d'une veste noire fermée, chemise blanche et cravate noire, pantalon blanc et lunettes de soleil. Il lui glissa quelques mots à l'oreille et se rendit avec Mia sur la piste de danse.

Je reconnus aussitôt le morceau très funky de Kendrick Lamar, *King Kunta*. À l'inverse de ma soirée dans le centre universitaire avec Jamie XX, dont je ne me rappelais quasiment rien, si ce n'était une descente d'acide assez violente, l'ambiance était électrique, chaleureuse. J'avais une terrible envie de les rejoindre. Ils étaient unis autour du son, des basses qui résonnaient dans leurs corps, autour de la lumière qui tombait du plafond. Même les plantes semblaient onduler au rythme de la musique et de la voix subtilement éraillée de Kendrick Lamar.

Et Jérôme, comme je ne l'avais jamais vu. Au centre, grand, au-dessus des autres. Il dansait avec sensualité, comme libéré. En tee-shirt blanc et jean rouge, il rayonnait, tournait sur lui-même ; je ne l'avais jamais vu comme cela. Il était un autre, un autre que je ne connaissais pas, qui me parut tout de suite attirant. J'étais comme un tournesol qui se tournait vers le soleil.

De son côté, Mia, comme à son habitude, sautillait avec bonheur sur place, un grand sourire sur le visage quand elle croisait le regard de Jérôme. Je la trouvais belle elle aussi, et compris sur le moment pourquoi ils s'étaient trouvés. Le comment était un peu plus obscur vu leurs tempéraments diamétralement opposés.

Je les laissai sur la piste et me dirigeai vers le bar. J'avais besoin d'un remontant, d'une cigarette. Je dus bien attendre deux minutes avant de pouvoir me saisir d'une boisson sans que cela se voie. J'avais juste oublié qu'ils ne servaient pas d'alcool. J'étais en face de mon verre de limonade à me demander qui étaient ces deux inconnus qui dansaient sur la piste, pourquoi ils ne m'avaient pas parlé de leur liaison. J'éprouvais un sentiment très mitigé. J'étais heureux de les voir comme ça et en même temps un peu jaloux. Je ne savais plus trop quoi penser ni comment interpréter mes sensations.

Juste à côté de moi, deux hommes s'étaient rapprochés du bar pour discuter. Je n'y prêtais pas trop attention quand après quelques secondes, intrigué par les sons qu'ils produisaient, malgré la musique et l'ambiance générale à la fête, je me retournai pour mieux les observer s'embrasser. Ce n'était pas le petit bisou innocent, non, mais un baiser langoureux où les mains caressent le corps de l'autre, où chacun leur tour ils penchaient la tête pour mieux apprécier la langue de leur partenaire. Je les regardai avec fascination.

Je fixai surtout Jérôme.

Il était là, en face de moi. Il embrassait avec passion, les yeux fermés, caressant le dos de l'inconnu. Je ne comprenais pas.

Mia les interrompit en les séparant, s'installant entre eux.

« Les garçons, vous n'en avez pas marre de vous donner en spectacle ? Prenez une chambre et laissez-nous danser.

« Tu es venue avec ta copine pleine d'humour, à ce que je vois », dit l'inconnu, un gars aussi grand que Jérôme, cheveux blonds très courts et barbe de trois jours avec des tatouages d'animaux étranges à têtes multiples sur le bras gauche et une bague noire représentant un chien qui s'enroulait autour de son pouce droit.

« Elle va aller continuer de sauter dans son coin, n'est-ce pas, Mia ? » lui répondit Jérôme, l'œil accusateur, en même temps complice.

Elle leur tira la langue comme une petite effrontée le ferait à son grand frère, but d'un trait la boisson de Jérôme et s'en retourna danser.

Je n'arrivais pas à mettre de mots sur ce que je voyais. Peut-être que sur le pont d'Overtoun, je n'étais pas seulement devenu invisible, mais j'étais aussi tombé dans un autre monde où la vraie nature des gens se révélait de jour en jour. Les masques tombaient, je m'étais réveillé sur ce nouveau paradigme. Ce n'était pas l'homosexualité de Jérôme qui me faisait me questionner mais plutôt le fait qu'il ne m'en ait jamais parlé ou que je ne l'aie jamais devinée.

Mais au fond, comment aurait-il pu ? Je m'étais toujours imaginé Jérôme comme un être asexué ; je le lui avais fait remarquer à de nombreuses reprises. Les femmes ne l'avaient jamais intéressé, pourtant je ne m'étais pas imaginé une seule seconde qu'il puisse être attiré par les hommes. Comment avais-je pu passer à côté de ça, comment était-il possible qu'en plus de dix ans je n'aie rien vu, pas le moindre signe ? Nos échanges étaient-ils à ce point vides que nos deux vies s'étaient écoulées sans jamais se croiser ?

Jérôme repartit sur la piste avec monsieur Tatouages et tous les trois entamèrent un ballet triangulaire, comme pour évoquer les dieux de la danse et du plaisir. J'allumai une cigarette. Accoudé au bar, je n'en avais rien à foutre de savoir si cela allait se voir ou non.

Je sentis malgré tout qu'un poids s'était levé. J'eus envie de tenter une expérience pour confirmer ou infirmer cette impression. Je sortis de la salle pour parler tranquillement. Je pouvais encore observer Jérôme danser à travers une fenêtre.

Je sortis mon téléphone et l'appelai.

J'étais curieux de voir sa réaction, s'il allait déjà décrocher, ce qui me paraissait peu probable vu l'état dans lequel il était, et s'il décrochait, ce qu'il allait me raconter pour se couvrir.

À la première sonnerie, je vis Jérôme réagir et regarder son portable qu'il avait dans sa poche arrière. Il arrêta de danser, se pencha vers Mia pour lui dire un mot et courut vers la sortie, directement sur moi. Je ne m'attendais pas à ça. Je m'éloignai pour qu'il ne m'entende pas, il décrocha quasi deux secondes après.

« Jérôme à l'appareil. »

J'étais un peu pris au dépourvu, ne sachant trop que dire.

« Oui, c'est moi.

— J'entends bien que c'est toi, Jeff, que se passe-t-il, tout va bien ?

— Euh, oui oui, ça va… Je voulais juste savoir si toi aussi, tout allait bien avec Mia ?

— Je vais très bien, merci, et je ne pense pas trop prendre de risques en te disant qu'elle s'amuse aussi. Elle saute littéralement de joie !

— Je vois. Bon… si vous vous amusez bien, je suis content, alors.

— Mais tu es sûr que ça va, Jeff ? Ce n'est pas dans tes habitudes d'appeler pour savoir si Mia et moi allons bien. Tu as une voix un peu étrange.

— Non, ça va, ça me fait plaisir de savoir que vous passez du bon temps. J'aurais bien aimé être avec vous en fait, c'est tout…

— Ah oui ? Eh bien peut-être la prochaine fois, quand tu iras mieux, nous pourrons faire une sortie tous les trois.

— Je ne serai pas de trop ?

— Jeff, tu ne seras jamais de trop. »

Un long silence suivit ses dernières paroles.

« Bon, je vous laisse », lui répondis-je. « Passez une petite tête pour me dire bonjour quand vous rentrerez.

— Nous n'avions pas imaginé faire autrement. À tout à l'heure. »

Il raccrocha.

Je le vis repartir sur la piste de danse et parler avec Mia qui l'écouta avec attention. Elle avait arrêté de danser. Ils se dirigèrent vers le bar. J'étais tenté une seconde d'aller écouter ce qu'ils se disaient mais trouvai cela indécent et les laissai à leur intimité.

J'en profitai pour aller marcher un peu et m'allongeai dans un coin isolé, place des Vosges.

Je regardai les nuages défiler, laissant mon esprit vagabonder. D'un revers de manche, j'essuyai cette petite larme que j'avais longtemps considérée comme honteuse.

CHAPITRE 14

Les évènements de ces derniers jours me faisaient me sentir plus seul que jamais.

Je ne pouvais en parler à personne. Revenir sur mon mensonge et avouer à Jérôme et Mia que j'étais invisible depuis plusieurs jours était au-delà de mes forces. J'avais peur par la même occasion de perdre leur amitié. À y réfléchir, eux aussi m'avaient menti. J'avais l'impression d'être dans un cercle vicieux dont je n'étais pas le maître, je perdais l'illusion du contrôle que je pensais avoir depuis de nombreuses années, surtout depuis le décès de mon père.

À l'annonce de sa mort, je ne m'étais pas effondré en larmes ; quelques gouttelettes pour la forme. J'avais surtout intériorisé cette peine et attendu que le temps effectue son travail. Ce n'était jamais arrivé. Je développais les premières années des crises d'angoisse, des peurs paniques, j'étais effrayé à l'idée de mourir, du vide après la mort. J'avais peur sans savoir exactement de quoi. J'étais devenu un funambule unijambiste, toujours sur le fil.

Et plus tard, la colère est apparue. Pour compenser.

Ce corollaire de la peur était au début assez insignifiant. Je m'énervais pour des bêtises, après quelques personnes. Puis elle a commencé à prendre une place de plus en plus importante, m'empêchant de comprendre mon entourage, d'en saisir la complexité. La colère était un vecteur de compréhension simple, dangereux. Il m'isolait petit à petit des autres, de mes amis et de ma mère plus particulièrement.

Tous ces artifices m'empêchaient de me poser les bonnes questions, les origines de ce mal-être. Je n'étais pas physiquement violent, mais la frontière était proche. Mon expérience à Glasgow avec le père de famille qui battait son fils m'avait fait prendre conscience des limites que j'atteignais. Je savais qu'il fallait que je parle à ma mère.

Je n'avais jamais su comment évoquer le décès de mon père avec elle, quelque chose me retenait toujours. J'en avais discuté avec un psy à l'époque qui m'avait conseillé, vu ma tête, un cachet de Novicis par jour, un antidépresseur puissant, et un arrêt de travail à durée indéterminée. J'avais finalement choisi de ne plus le revoir et surtout la fuite ni en avant ni en arrière, la fuite sur place, résultat d'un savant mélange de peur et d'ignorance.

Il y avait sûrement des fondamentaux dans la vie, quelle que fût l'histoire de chacun, quel que fût le caractère élaboré au cours des années : quand ça n'allait pas, on revenait à la source, ses parents.

Après le décès de mon père, ma mère avait quitté Neuilly-sur-Seine pour aller s'installer à côté de Biarritz, près de l'océan. Je n'étais allé la voir que deux ou trois fois et elle-même n'aimait pas retourner à Paris. Au fur et à mesure que le temps passait, nous nous contactions de moins en moins. Nous n'avions pas eu l'occasion de nous parler depuis les fêtes de Noël, soit huit mois sans nouvelles. Ce n'était pas sans une certaine appréhension que je composai son numéro. Je tombai sur son répondeur et lui laissai un court message lui indiquant que je la rappellerais dans la soirée.

J'en profitai pour appeler Jérôme. Depuis la petite fête rue du Trésor, je n'avais eu que très peu l'occasion de lui parler. Je ne voulais en aucun cas le confronter mais juste avoir quelques informations sur la Souterraine. Cette idée d'aller faire un tour dans ce coffre-fort me trottait dans la tête depuis que j'avais surpris la conversation entre Patricia, Férrié et l'inconnu à la tête de pomme. Un peu d'argent mal acquis sous forme de lingots d'or ne pourrait faire de mal à personne, surtout à moi.

Je pensai aussi appeler Cindy, mais elle devait savoir que j'étais souffrant et trouverait cet appel étrange. Elle avait un courant d'air à la place du cerveau, néanmoins, sur un malentendu, elle pourrait parler à Férrié de mon intérêt pour le coffre de la banque ou pire, s'en ouvrir à Patricia qui trouverait cet intérêt suspicieux. Et la dernière chose dont j'avais besoin était d'avoir Patricia sur le dos.

« Que veux-tu savoir sur la Souterraine ? » me demanda Jérôme, surpris de mon intérêt sur ce sujet. « Je n'en sais pas plus que ce que tu pourras trouver sur internet, tu sais.

— Je déteste les recherches sur internet, trop long, trop de choix. Si tu l'as déjà fait, autant gagner du temps et m'adresser directement à toi.

— Toi et ta phobie du web, tu es un digne représentant de l'hérétique moderne qui conteste la toute-puissance d'internet. Tu aurais été brûlé en place publique, au Moyen Âge, pour de telles positions. Plus sérieusement, je n'en sais pas plus que ce que je vous ai dit l'autre soir avec tes abominables collègues. Si tu veux plus d'informations, tu peux contacter de ma part le concepteur du jeu *Le Quatrième Cercle*. Il s'était pas mal documenté à l'époque, il pourra mieux t'aider que moi. »

Jérôme me transmit les coordonnées de Wassim que j'appelai dans la foulée. Je prétextai l'écriture d'un livre sur les plus grands coffres-forts au monde et leur histoire. Il goba le tout sans poser plus de questions. Puis, très aimablement, et parce que j'étais un ami proche de Jérôme, il m'envoya l'ensemble de ses notes par mail, soit une soixantaine de pages avec des schémas et des croquis qu'il avait réalisés pour son jeu et qui s'inspiraient des plans réels, bien qu'il n'ait jamais pu les avoir en main.

J'en vins donc à commencer à élaborer un plan. J'étais tout excité et heureux d'avoir l'esprit occupé à autre chose que de faire les courses sans se faire repérer ou espionner mes amis.

Mon plan était simple et en deux étapes :

1. Entrer

2. Sortir (avec les lingots)

Ce n'était pas plus compliqué.

J'avais juste fait un rapide calcul sur le poids et le nombre de lingots à emporter. À quarante-deux mille euros le lingot d'un kilo, je prévoyais d'en prendre vingt, soit la rondelette somme de huit cent quarante mille euros. Vingt kilos de liberté qui me permettraient de ne plus jamais avoir à supporter toutes les Patricia et les Benoît du monde.

Le soir, je descendis faucher vingt bouteilles d'eau d'un litre afin de m'entraîner à les porter et allai chez Decathlon piquer un robuste sac de camping. Si j'avais eu à mes côtés un analyste de chez McKinsey, il serait très probablement tombé dans les pommes en voyant le retour sur investissement de cette « opération lingots d'or ». J'avais l'impression d'être dans un navet hollywoodien qui aurait pour thème le casse d'une banque ou une mission impossible à remplir.

J'étais loin de ressembler à Tom Cruise, mais qui s'en souciait, j'étais invisible.

En fin de journée, ma mère me rappela. J'étais sur mon balcon. En l'absence de Mia, je restai et décrochai avec une petite hésitation sur le ton à adopter.

« Bonjour, maman. »

J'étais heureux de l'entendre.

« Mon chéri, ça me fait plaisir que tu aies essayé de m'appeler. Je ne pouvais pas te répondre : j'étais avec notre voisine, Mme Réville, sur la grande plage aux dunes désertes, celle que tu aimes bien. J'ai préféré rentrer à la maison pour pouvoir t'appeler tranquillement. Comment vas-tu ? »

J'avais tellement envie de lui dire que je n'allais pas bien, qu'il m'arrivait un truc incroyable, que plus les jours passaient, plus je me posais des questions sur qui j'étais.

« Je suis parti quelques jours en Écosse, j'ai attrapé un petit rhume sur place, rien de bien méchant. Du coup, je suis de retour à la maison plus tôt que prévu. »

Et je décidai de me lancer.

« En fait, je t'appelais pour te parler d'une chose qui me travaille un peu en ce moment. Je ne sais pas trop comment aborder le sujet.

— Tu peux tout me dire, tu sais. Déjà dans le message, je sentais bien que ça n'allait pas. De quoi veux-tu me parler ? »

Je pris un peu de temps pour répondre, ne sachant trop comment tourner ma phrase.

« De papa. »

Je sentis qu'elle hésitait à répondre. Un malaise s'était installé, toujours le même depuis sa mort.

« Qu'est-ce… qu'est-ce que tu veux savoir ?

— En fait, depuis quelque temps, je me posais des questions sur papa, quand nous habitions Neuilly. J'ai l'impression d'avoir oublié pas mal de choses de cette période, comment il était avec nous, avec toi, s'il était heureux… Je ne sais pas, j'ai comme un besoin de me rappeler cette période, en ce moment.

— C'est compliqué, je ne sais pas trop quoi te dire, c'est loin tout ça, maintenant. Ton père s'est toujours très bien occupé de toi, il t'aimait beaucoup même s'il ne savait pas comment te le dire. Tu lui racontais toujours qu'un jour, tu lui prendrais ses ailes et que tu t'envolerais. Il avait beaucoup aimé cette petite formule et la racontait à tout le monde. »

Elle souriait sûrement à l'évocation de cette anecdote.

« Et toi, maman ?

— Quoi, moi ?

— Comment ça se passait, avec papa ? »

Elle ne répondit pas.

« Maman ?

— Oui, oui, j'ai entendu ta question. Je réfléchis, je ne sais pas quoi te dire. Pourquoi me poses-tu cette question, après tant d'années ?

— J'ai l'impression qu'il y avait quelque chose qui n'allait pas, que je l'ai oublié. C'est assez étrange comme sensation, un peu comme un paléontologue qui découvrirait un fossile de dinosaure qu'il croit connaître. Avec son pinceau, il nettoie petit à petit le contour des os et finit par découvrir un animal très différent de ce qu'il avait initialement imaginé. Je ne sais pas comment te l'expliquer. J'ai pris un pinceau. Et je cherche.

— Pourquoi as-tu pris ce pinceau ? »

J'hésitai sur quoi lui répondre. Lui annoncer par téléphone aussi directement que son fils était devenu invisible, qu'il avait tué un chien, failli commettre un meurtre, s'était drogué, volait régulièrement pour se nourrir, avait participé à une partie fine et espionnait ses amis n'était pas envisageable. Ma mère était une femme d'apparence solide mais qui cachait une extrême sensibilité. Le plus drôle était qu'elle était persuadée que personne ne le savait, y compris son propre fils.

« Je ne suis peut-être pas super en forme en ce moment, je me dis que peut-être une des raisons viendrait de cette période. Tu n'as pas répondu à ma question, maman. Comment était-ce entre papa et toi ?

— Nous étions comme tous les couples, il y avait des hauts et des bas… Encore une fois, c'est compliqué de te répondre.

— Papa te manque ? »

Long silence.

« Non.

— Et… tu… tu ne veux pas me dire pourquoi ?

— … un jour. Pour l'instant, je veux surtout que tu saches qu'il t'aimait beaucoup. »

Elle inspira et expira bruyamment. Je n'insistai pas. Nous avions franchi un cap. Même si cette courte discussion ne m'avait pas apporté de réponses, je compris qu'il y avait un problème. Et que celui-ci pouvait être une des causes de mon malaise.

« Maman, ce serait bien si on se voyait plus souvent, non ? Je vais bientôt descendre quelques jours, tu en penses quoi ?

— C'est la meilleure chose que j'ai entendue depuis longtemps. Tu viens quand tu veux. Vite, par contre ! »

Nous rigolions tous les deux. J'avais sincèrement envie de la voir. Je lui dis que je passerais début septembre, après les vacances d'été, pour éviter le monde et profiter des grandes plages désertes. J'espérais que mon état actuel aurait évolué, et quand bien même il n'y aurait aucun changement positif, j'irais la voir.

J'avais besoin de ce retour aux sources ou tout simplement de prendre ma mère dans mes bras.

***

Je ne pensais pas être une personne vénale, mais mon rapport à l'argent avait toujours été paradoxal. D'un côté, je l'aimais d'un amour sincère pour ce qu'il pouvait m'apporter et de l'autre, je détestais les moyens qu'il était nécessaire de mettre en œuvre pour l'acquérir en grande quantité. Surtout, je n'avais aucune des trois qualités requises : ambition, intelligence, résilience. Je n'étais pas dénué d'une certaine intelligence, elle me servait juste à stagner, ne pas couler.

L'idée de bientôt me retrouver sans emploi me mettait une pression que je n'avais jamais eue auparavant. Ma condition actuelle me permettait en théorie de me mettre à l'abri pour un temps infini, il fallait juste que j'identifie mon Graal. C'était Jérôme qui me l'avait trouvé : la Souterraine. J'aurais pu me contenter de voler quelques billets dans un commerce ou aller place Vendôme tranquillement vider une bijouterie. Les lingots d'or de la Banque de France offraient un meilleur rapport bénéfice-risque, et surtout, je trouvais l'idée bien plus excitante.

Je passai une partie du début de la semaine à consulter les schémas que m'avait envoyés Wassim pour bien comprendre le chemin qui me mènerait au coffre-fort. Je volai aussi du matériel pour assurer la mission dans les meilleures conditions. J'optai pour une tenue entièrement noire, même si cela ne changeait rien du tout. Un joli mauve aurait aussi bien pu faire l'affaire. En complément du sac à dos que j'avais déjà testé et qui était à même de contenir vingt lingots d'or, je pris une tenue sportive type pantalon de jogging, des baskets à semelles souples, une paire de gants pour ne pas laisser d'empreintes digitales, une cagoule pour ne pas laisser de cheveux, une gourde d'eau et enfin une arme, au cas où les choses tourneraient mal. Il y avait une armurerie près de Bastille ; j'y fis un tour en revenant de mes courses chez Decathlon.

J'hésitai entre un couteau de chasse de vingt centimètres modèle Bowie Stag en acier Böhler H690 de la marque allemande Böker Manufaktur, capable d'après le catalogue de dépecer un ours brun de deux mètres quatre-vingts, ou un X26 Taser d'une portée de quatre mètres cinquante-sept, envoyant une décharge de cinquante mille volts, largement de quoi calmer un rhinocéros de deux mille trois cents kilos.

J'optai finalement pour une matraque télescopique de défense de seize pouces en métal poli, quarante centimètres de long quand ouvert, plus léger et plus facile à manipuler en close combat, la même qu'utilisaient la gendarmerie nationale ou les forces de l'ordre de la RATP. Elle pouvait, lorsque bien utilisée, fracasser en deux un casque de moto ou couper la tête d'un poulet d'un seul coup. Ce qui dans les deux cas me faisait une belle jambe.

Enfin, je fixai la date de ma mission au mercredi après-midi. Je me dis qu'il y aurait probablement moins de monde en milieu de semaine. Cela me laissait encore une journée pour me préparer physiquement. Mon entraînement consistait en un jogging nocturne et des pompes à répétition suivies d'étirements. Je n'avais aucune connaissance en arts martiaux, j'avais fait ping-pong, plus jeune, à l'école. J'étais de façon générale complètement nul dans tous les sports, y compris le ping-pong qui m'avait toujours barbé. J'étais toujours le dernier choisi à l'école pour les équipes de foot. Une seule fois j'avais été avant-dernier, le dernier était un Pakistanais qui ne parlait pas bien notre langue et dont tous les autres se foutaient car il ressemblait à un vendeur de falafels.

Grandir à Neuilly-sur-Seine m'avait très tôt appris l'intolérance et le racisme au quotidien. Heureusement, mon esprit de contradiction et mes parents m'avaient permis très vite de ne pas sombrer dans le fascisme ou sa version édulcorée, très populaire dans cette belle banlieue républicaine.

Le grand jour arriva enfin. Je finissais de m'habiller après le déjeuner quand je reçus un SMS de Jérôme qui m'indiqua qu'il passerait le lendemain matin tôt pour déposer un paquet à Mia et en profiterait pour taper à la porte pour, comme il l'indiquait, « entamer une vraie conversation avec moi ». Je répondis par un simple « OK ». Je devais me concentrer sur ma mission. Après avoir bien vérifié que j'avais tout mon équipement, je me rendis à pied à l'entrée de la Banque de France, rue Croix-des-Petits-Champs.

Il était quinze heures, la rue était calme. Le temps était lourd, un orage allait probablement éclater d'ici la fin de la journée. J'enfilai ma cagoule, mes gants et me dirigeai vers l'entrée. J'étais prêt. J'étais à fond.

Je passai le premier contrôle sans aucun problème. Le portillon sonna à mon passage, je m'étais assuré de le traverser en même temps qu'un homme d'affaires occupé à regarder ses messages sur son téléphone. Le plus dur fut ensuite de m'orienter au milieu de ce dédale de couloirs et d'étages. Le coffre-fort n'était pas indiqué. Ce n'est qu'au bout de trente minutes que je trouvai enfin une pancarte qui indiquait la direction de la Souterraine. Il y avait très peu de monde, les bâtiments étaient quasiment déserts. Il y régnait une ambiance mortifère, tout cet or et ce marbre me rendaient malade. J'avais le cœur qui battait à deux cents à l'heure, mes mains étaient moites, je respirais avec difficulté. J'arrivai finalement en haut d'un large escalier. Je pouvais l'emprunter ou prendre un ascenseur. J'estimai après réflexion que l'ascenseur était trop dangereux. Je n'aimais pas les ascenseurs et celui-ci m'avait l'air aussi âgé (et lent) que ma tante Annie. Surtout, ce n'était pas le moment de flancher, de disperser mes pensées. J'avais tout mon équipement, rien ne pouvait m'arriver. J'étais au top, presque en haut de mon Everest.

Je profitai de cette petite pause pour vider ma bouteille d'eau. J'étais assoiffé. J'avais dû perdre dix litres depuis mon entrée dans la banque. Je n'aurais peut-être pas dû opter pour une cagoule de ski et des gants en laine en plein mois d'août ; la banque était en plus très mal climatisée. Je mourais de chaud.

Il fallait vraiment que je me détende et décidai d'effectuer quelques exercices d'assouplissement.

Je sortis la matraque télescopique en acier de son étui de cuir et fis quelques moulinets avec, histoire de penser à autre chose, me remotiver. Bruce Lee, que j'adorais enfant, faisait souvent ça avec son nunchaku pour se détendre avant un combat ou impressionner ses adversaires. Mais il ne portait pas de gants en laine. À peine le troisième moulinet effectué, la matraque m'échappa des mains. Elle aurait pu tranquillement tomber à terre, s'écraser sur un mur ou sur mes pieds, elle s'envola directement vers une vitre du couloir. La plus grande, la plus belle. La plus bruyante aussi. Un énorme bruit de verre brisé s'ensuivit et une monumentale alarme se déclencha. J'aurais voulu le faire exprès que je n'y serais jamais arrivé.

Je n'étais plus au top. J'étais redescendu tout en bas de l'Everest, au niveau des villages pour touristes et des distributeurs de porte-clés.

Sur le coup, je ne bougeai pas, paralysé par la peur. J'allais sûrement finir en prison, à me faire prendre dans les douches par d'énormes Blacks, devenir un jouet sexuel ou pire, être condamné à la chaise électrique. J'étais un monstre qu'il fallait éradiquer. C'est quand les gardes et la police arrivèrent que je commençai à réaliser que rester planté en plein milieu du haut de l'escalier n'était pas la meilleure des idées.

Je ne pouvais pas remonter le couloir qui était rempli de monde et me précipitai dans l'escalier. Je descendis les marches quatre à quatre. J'entendais derrière moi la police me hurler de m'arrêter. Une fois arrivé en bas, les options étaient limitées : soit j'entrais dans le sas de l'ascenseur qui permettait de descendre dans la Souterraine, prenant le risque d'être acculé, soit j'empruntais un couloir sur ma droite qui donnait sur une série de portes. Je m'engageai dans le couloir.

Je devais avoir dix ou quinze secondes d'avance sur mes poursuivants. Les caméras de surveillance ne pouvaient me voir, je pourrais me cacher dans une des pièces. Je me précipitai sur la première qui était fermée à clé, la deuxième idem, mon avance fondait comme neige au soleil. Au moment où les policiers armés arrivèrent en bas de l'escalier, la troisième porte s'ouvrit. Avec un peu de chance, ils n'avaient pas vu la porte s'ouvrir et se refermer. La pièce était un bureau d'une dizaine de mètres carrés, je me précipitai en dessous de la table et attendis. Dehors, j'entendais des hurlements, des gens courir dans tous les sens. Ils étaient visiblement à cran. Heureusement, il n'y avait pas de chiens.

Après quelques secondes, la porte s'ouvrit dans un fracas immense, deux policiers entrèrent l'arme à la main en hurlant « Rendez-vous, vous n'avez aucune chance de vous échapper. » Je n'avais aucune envie de me rendre et de terminer comme petite amie du plus gros mafieux de Fleury-Mérogis. Plutôt crever. Ils regardèrent un peu partout. La pièce n'ayant pas de placards ni de fenêtres, ils communiquèrent sur un talkie-walkie que la pièce était « clean » et sortirent. Je restai prostré sous la table sans bouger d'un centimètre, essayant même de respirer le plus doucement possible.

Dehors, les policiers continuaient de s'agiter, ils devaient se demander par où j'avais pu m'enfuir. Je retirai ma cagoule de ski, gardai mes gants pour les empreintes, attendis la suite. J'étais vraiment dans une situation compliquée. Quelle idée j'avais eue de venir cambrioler une banque comme celle-là, et surtout, pourquoi avais-je emporté cette matraque qui de toutes les manières ne m'aurait servi à rien, si ce n'est à me briser un os ou me crever un œil ?

Petit à petit, le bruit commença à s'estomper. Je me risquai à sortir de dessous la table. J'avais mal partout et une terrible envie d'aller aux toilettes. Je ne pouvais pas uriner dans un coin, cela se verrait. Je commençais à être malade. Une crise d'angoisse se profilait. Je me mis d'un coup à penser à mes cabinets de toilette chez moi, à la petite BD de *Lapinot* qui attendait à côté avec mon papier triple épaisseur aux senteurs printanières.

J'optai finalement pour la seule solution possible : uriner dans ma gourde. J'essayai de bien viser pour ne pas faire de bruit. Avec les gants en laine, ce n'était pas pratique, j'en mis partout sur moi. J'étais lamentable. J'avais aussi envie de vomir. Je sentais mon cœur se retourner, mon esprit se vider. L'angoisse ne devait pas prendre le pas sur ma raison. Là aussi, une seule solution s'offrit à moi : vomir dans mon sac à dos.

Je m'installai accroupi dans un coin et disposai le sac juste en dessous, vision d'horreur d'un aventurier raté, une espèce d'Indiana Jones à l'envers. Moi qui pensais repartir avec vingt lingots d'or, je repartais avec un sac de vomi, mon angoisse à l'état liquide. Devais-je y voir un message de Dieu à mon intention, étais-je juste une erreur ? Je penchai pour un mélange des deux. Dieu m'expliquait que je n'étais que vomissures et que même invisible, je ne pourrais pas faire mieux que de voler des pains au chocolat ou des chaussettes chez Decathlon. Je refermai le tout et remis le sac dans mon dos, résolu à m'en sortir. J'emmerdais Dieu et tous ses saints ! Il fallait que je sorte de ce trou !

Après plusieurs minutes d'attente, je n'entendis plus de bruits à l'extérieur. Je m'approchai de la porte, collai mon oreille, n'entendis rien. Seuls le calme et la volupté de la Banque de France. Je pris mon courage à deux mains et tournai la poignée de la porte, délicatement. Elle ne fit pas de bruit. En jetant un regard dehors, je m'aperçus que deux gardes étaient plantés au bout du couloir. Je n'avais pas le choix, je devais sortir de ce traquenard. Heureusement, la porte s'ouvrait de l'intérieur et les deux policiers ne la virent pas bouger. Je sortis sans faire de bruit, refermai la porte derrière moi. Je marchai à pas feutrés vers l'escalier qui remontait vers la sortie. Je devais passer à moins d'un mètre d'eux. Je ne pouvais être vu. Je sentais en revanche l'odeur infâme de vomi qui s'échappait de mon sac à dos.

Arrivé à leur hauteur, je fermai les yeux et priai pour qu'ils ne m'entendent ou ne me sentent pas. Ça marcha. Dieu m'avait-il entendu ?

Je repris ma respiration, commençant à remonter les escaliers de plus en plus vite, les laissant derrière moi, sans vraiment faire attention. Et sans vraiment faire attention, je me pris les pieds dans une énorme tringle d'escalier qui avait dû se défaire à la suite des nombreux passages des forces de l'ordre. Je m'étalai de tout mon long, essayant au maximum de ne pas faire de bruit. Bien sûr, peine perdue. Ma gourde en fer que j'avais mise sur le côté du sac tomba et descendit l'escalier dans un bruit effroyable. Je la regardai rouler en bas, cette petite salope de gourde. Les deux policiers de garde réagirent au quart de tour. Je les entendis remonter les escaliers en hurlant.

Cette fois-ci, je ne fus pas long à percuter et me précipitai vers le haut des marches. Je courus comme un dingue.

En arrivant en haut, l'alarme se remit en marche, ça hurlait de partout, un véritable cauchemar. Je suivis les indications de sortie, courus aussi vite que possible dans les couloirs. Je faisais maintenant beaucoup de bruit, je n'étais plus capable de raisonner. Je devais fuir, vite. Les policiers couraient dans tous les sens, ne comprenaient pas où j'étais. Arrivé au début d'un long couloir, l'un d'eux m'entendit et se plaçant en face de moi, dégaina son arme en me sommant de m'arrêter. Ce que je fis. Ne me voyant pas, il s'approcha. Je me tins sur le côté du couloir et une fois qu'il me dépassa, je me remis à courir. Le policier se retourna. Après une dernière sommation, il tira.

Je sentis la balle frôler mon épaule droite, j'avais envie de hurler.

J'arrivai finalement à la sortie. Elle était bondée de voitures et de cars de police, gyrophares allumés, tous très énervés. Je m'arrêtai de courir, réfléchis par où passer. Ce n'était pas très compliqué, il fallait juste que je me calme. Je respirai profondément, me faufilai discrètement dehors en longeant les murs. À chaque passage à côté d'un policier, je fermai les yeux. Comme un enfant qui se crût ainsi invisible.

Ce n'est qu'une fois passée la porte d'entrée de la Banque de France que je me remis à courir, tout droit, loin, très loin. L'air était lourd, il se mit à pleuvoir. Après vingt minutes de course, je m'arrêtai, épuisé et trempé. J'avais couru jusque dans le VIIe arrondissement et étais devant le Bon Marché. Il était presque dix-neuf heures. J'y entrai.

Je m'installai dans un coin tranquille du magasin, derrière le stand d'un parfumeur du rez-de-chaussée. Je m'assis, me pris la tête dans les mains, tremblant de peur et de fatigue.

Une chose était sûre, je n'allais pas entrer dans les annales du grand banditisme.

CHAPITRE 15

Il n'était pas loin de vingt et une heures quand je me décidai à bouger de mon coin. Le Bon Marché était fermé, désert. Je n'entendais que le bruit de mes pas glisser sur le marbre froid.

Cette tentative à la Banque de France n'avait pas seulement été un échec. Elle avait logiquement démontré mon incapacité totale à me prendre en main et gérer avec sang-froid et professionnalisme une situation. Le vide de mon reflet dans les miroirs n'était que le simple aboutissement de ce que j'étais : un grand vide intellectuel. Je n'avais même pas été capable de descendre un escalier sans déclencher l'ensemble des alarmes. Un enfant de cinq ans aurait très probablement fait mieux que moi. Pour reprendre les mots de Pagnol, je n'étais pas un « bon à rien », mais un « mauvais à tout ».

Dehors, des trombes d'eau tombaient et les rues étaient désertes. Malgré la fermeture des portes, toutes les lumières étaient encore allumées. J'avais toujours trouvé incroyable que de telles enseignes puissent laisser tout allumé la nuit. La planète partait en fumée, le monde entier parlait d'écologie et d'économie d'énergie, et les grands magasins parisiens continuaient d'éclairer la dernière paire de chaussures à la mode fabriquée au Pakistan par des mineurs ou un téléphone assemblé en Chine par des femmes payées deux cents euros par mois.

La première chose que je fis fut de nettoyer mon sac à dos dans les toilettes du grand magasin. J'en profitai pour me passer de l'eau sur le visage et me laver un peu. L'homme que je ne voyais pas dans la glace devait avoir une sale tête. Mon visage me manquait.

Se promener dans un grand magasin la nuit sans personne avait quelque chose d'insolite. Ils avaient laissé la musique d'ambiance, diffusant *O mio babbino caro* de Puccini. Les envolées de la Callas se mariaient à la perfection avec l'ambiance feutrée et lumineuse du rez-de-chaussée du Bon Marché. J'étais un imposteur au milieu des parfums de luxe, un fantôme sans image qui glissait au milieu de centaines de miroirs, un charlot des temps modernes qui avait besoin de profiter de cette chapelle dédiée à la consommation des nantis pour se sentir revivre. Je n'osai pas effectuer quelques pas de danse sur le sol marbré, sentir tourner les éclairages ocre autour de moi. Il fallait croire que même invisible, la honte de ce geste était plus forte que la raison. C'est mon esprit, comme souvent, qui se substitua à mon corps honteux pour valser avec les lumières.

Je me dirigeai vers la Grande Épicerie dont j'avais souvent entendu parler sans jamais avoir eu l'occasion d'y acheter quoi que ce soit. Je voyais partout des caméras, des gardes devaient faire régulièrement des rondes. Je restai vigilant, surtout où je mettais mes grands pieds. Finies les aventures de la matraque volante et des toilettes portatives.

La Grande Épicerie portait bien son nom. Les larges vitrines étaient toutes plus magnifiques les unes que les autres. Je choisis un menu de la mer et me servis un magnifique saumon norvégien. Je mis de côté le saumon écossais. J'assortis mon assiette de blinis frais et d'une boîte de caviar béluga de 125 g. Je choisis la marque la plus chère, à près de douze mille euros le kilo ; je dégusterais l'équivalent d'un SMIC. J'allai ensuite me prendre une bouteille de muscadet. Encore une fois, je choisis une bouteille hors de prix, à cent euros. Je pris aussi un peu de fromage et pour terminer un dessert, un magnifique paris-brest d'un pâtissier connu que je ne connaissais pas ; j'avais décidé de lui faire confiance. À la base assez gourmand, je me lâchai complètement, fasciné par cette profusion. Je n'étais finalement pas mieux que les grands magasins, je consommais pour compenser, les nouveaux paradis artificiels à portée de fourchette.

Je pris mon plateau et allai au premier étage, au-dessus de la Grande Épicerie, dans l'espace mobilier. Le choix de tables était large, j'en choisis une grande en bois d'ébène qui donnait sur la rue et m'installai tranquillement. Ce festin valait bien son pesant d'or; à défaut d'en avoir rapporté de cette banque infernale, j'en dégustais une déclinaison naturelle et sophistiquée.

J'en vins à penser à la gourde que j'avais laissée sur place. Qu'allaient-ils bien pouvoir en faire ? Il n'y avait pas mes empreintes dessus et je n'étais pas référencé au fichier national des empreintes génétiques. J'étais donc tranquille. Au pire, ils identifieraient mon sexe, mon âge et mon origine ethnique, soit quelques millions de suspects.

J'avais les jambes étendues sur la table à huit mille euros, je buvais mon muscadet à la bouteille. Je n'avais pas de cigarettes pour terminer le repas mais j'étais bien, je savourais ce moment unique. Il pleuvait toujours autant dehors. Le vent projetait la pluie sur les vitres, la lumière orange des réverbères parisiens se reflétait sur les flaques d'eau. Quelques pigeons étaient nichés dans un coin d'immeuble. Un couple courait s'abriter sous un abri de bus.

J'aurais aimé pouvoir partager avec un ami ce qui venait de m'arriver. Je me demandai d'ailleurs ce que je mettais derrière ce terme. L'amitié avait toujours été une évidence, je n'avais jamais considéré les efforts qu'il fallait parfois faire pour la préserver, contrairement à l'amour que je savais exigeant et délicat. Bien que là aussi, mon niveau d'investissement fût proche du néant. Je recevais à hauteur de ce que je donnais, c'est-à-dire très peu. J'étais un mensonge, celui qui essayait, sans s'en donner les moyens, de remplir un cœur avec du vent.

Je laissai tout en vrac et la bouteille à la main, la tête qui tournait, allai finalement passer la nuit dans un lit à baldaquin à l'espace chambre, au deuxième étage. Je m'allongeai sur les coussins multicolores avec bonheur, les bras en croix, admirant le ciel de tissu bleu. Il était une heure du matin, je ne dus pas mettre plus de deux minutes à m'enfoncer dans un profond sommeil.

Un rayon de soleil me réveilla vers neuf heures trente du matin. J'étais étalé en plein milieu du lit, les coussins dans tous les sens. Le magasin ouvrirait bientôt ses portes ; je ramassai mes chaussures et descendis jusqu'au rez-de-chaussée. À dix heures précises, je pus enfin sortir. L'air était frais et humide après les orages de la nuit. Je fauchai dans un bureau de tabac juste à côté un paquet de cigarettes et remontai la rue du Bac pour rentrer chez moi à pied. En passant devant un kiosque à journaux, je vis avec surprise la une du *Parisien* : « Le fantôme de la Banque de France ». L'article expliquait que c'était une première, les enquêteurs se perdaient en conjectures sur le modus operandi. Rien n'avait été volé, seules une gourde d'urine et une matraque avaient été retrouvées. Les vidéos de surveillance et les policiers sur place n'avaient pas pu identifier le ou les malfaiteurs. Ils n'avaient d'ailleurs rien vu ! Quelques dessins venaient illustrer l'article : on y voyait un petit fantôme voler des billets au nez et à la barbe de la police. Le journaliste concluait ce brillant exposé en expliquant que tout cela était une bien étrange affaire qui ne manquerait pas d'alimenter les rumeurs les plus folles.

J'avais au moins servi à colorier quelques pages, me dis-je en traversant le pont de la Concorde, fumant ma première cigarette de la journée.

J'arrivai chez moi vers les onze heures. Je vis Jérôme s'éloigner de la porte d'entrée pour se diriger vers le métro. J'avais complètement oublié qu'il venait ce matin-là, il devait se demander pourquoi je n'avais pas répondu. En regardant mon portable qui était sur silencieux, je me rendis compte qu'il avait appelé trois fois et avait laissé un SMS, très jérômesque : « Tu n'es pas là. »

Je décidai de m'occuper de Jérôme plus tard. Je voulais, après l'échec de la Banque de France, me concentrer sur mes futurs problèmes financiers. La seule solution était de revenir le lendemain au bureau et trouver un moyen de ne pas être viré par Patricia.

***

J'arrivai au bureau vers dix-sept heures trente. L'ambiance en plein mois d'août était calme, la plupart de nos clients étant eux-mêmes en congé. Je montai directement vers le bureau de Patricia. Elle était au téléphone avec un client, tentant de le convaincre de passer sur une nouvelle version de notre offre premium. Elle était seule dans son coin. Je me plaçai juste derrière pour voir son écran. Je ne savais pas trop ce que je faisais là, ni quel était mon plan.

« Prenez le temps de la réflexion, monsieur Karajan. Mais ne traînez pas trop, cette offre n'est valable que jusqu'à la fin du mois ! L'année dernière, j'ai été très patiente avec vous ; cette année, je ne pourrai repousser l'échéance. Alors, arrangez-vous ! »

Voilà le genre d'arguments qu'elle servait à nos clients. Pas étonnant que la boîte perdait de l'argent avec une capitaine aussi nulle. Elle raccrocha, visiblement contrariée de ne pas avoir pu conclure et commença à surfer sur internet. Elle regarda ses mails, se dirigea ensuite vers un site bancaire, toujours agacée. Je la voyais tapoter son bureau avec ses doigts, remuer sa jambe. J'aurais aimé à ce moment-là venir devant elle et en remettre une bonne couche, lui expliquant que je n'arrivais à rien vendre, vraiment dommage, et allais fumer en bas pour me détendre.

Elle faisait descendre le petit ascenseur de la fenêtre. Ce que je vis sur son écran ne manqua pas de me surprendre : le compte bancaire présentait un solde créditeur de plus de deux cent quarante mille euros. Ce montant était pour le moins étonnant. Son salaire, avec une atteinte de son objectif à hauteur de 50 %, ce qui était à peu près ce que faisait l'équipe depuis plusieurs mois, devait être au maximum de cent cinquante mille euros bruts par an. Pas de quoi se constituer cette petite fortune. Je m'approchai le plus près possible de l'écran pour voir de quelle banque il s'agissait ; je ne reconnus pas le logo. La banque se nommait F.B.O.D., avec une petite montagne verte en symbole ; je n'en avais jamais entendu parler. Patricia se leva brusquement, verrouilla son ordinateur et se dirigea vers la machine à café. Je sortis mon téléphone portable pour pouvoir la filmer à son retour en train de taper son code secret. VFC n'avait pas opté pour le « flex office » et nous avions encore nos places attitrées. Je fouillai un peu dans ses tiroirs, ses bacs, curieux de mieux comprendre ce qu'elle manigançait. Elle revint comme à son habitude au galop. Je pus filmer son code d'ordinateur ainsi que son code bancaire. Je la laissai continuer sa journée de travail hyper productive. Je fouillerais plus tard, une fois qu'elle aurait quitté le bureau.

Je me baladai dans les bureaux presque déserts en fin de journée. Cet endroit avait été pendant trois ans le théâtre de mon ennui le plus profond. Il était temps que je tire un réel bénéfice de cette longue agonie. En attendant le départ de Patricia, je recherchai des informations sur la F.B.O.D. Il s'agissait de la First Bank of Dominique. Comme son nom l'indiquait, elle était domiciliée à la Dominique, un paradis fiscal perdu dans la mer des Caraïbes, coincée entre la Guadeloupe et la Martinique, deux temples de la fiscalité à la française. Je ne comprenais en revanche pas d'où venait l'argent et comment elle le faisait sortir de la Dominique pour l'utiliser en France.

Patricia partit vers dix-neuf heures trente, il était près de vingt heures quand le dernier employé quitta les locaux. Nous n'avions pas de gardes, juste une alarme sur les portes. Je savais très bien comment la couper pour sortir. J'avais tout mon temps.

Je m'installai devant l'écran de Patricia en allumant une cigarette. Je violais cet interdit absolu avec délectation. Devant l'ordinateur, j'avais l'impression d'être un hacker dans un film d'espionnage. Je n'avais aucune compétence en informatique mais j'avais ses codes et pus facilement accéder à ses comptes. Je la soupçonnais de se procurer l'argent via une petite magouille chez VFC et regardai les mouvements sur son compte. Tout l'argent qu'elle avait sur la F.B.O.D. transitait sur une holding domiciliée dans les Îles Vierges puis était transféré sur un compte numéroté au Luxembourg. Ce n'était pas très compliqué de comprendre le mécanisme financier : cette bécassine l'avait détaillé sur un fichier Word non verrouillé avec tous les codes et les noms qu'elle utilisait. Elle devait laver l'argent via un mécanisme complexe de facturations ; ce détail n'était pas indiqué. Peu importait, j'avais surtout accès au compte au Luxembourg.

Ce que je n'arrivais toujours pas à comprendre, c'était d'où venait tout cet argent.

Cela me prit près d'une heure pour fouiller dans ses mails et ses contrats afin de comprendre ce qu'elle avait mis en place. C'est sa conversation une heure plus tôt avec Karajan qui me mit sur la piste. Celui-ci était le PDG d'une société d'import-export, Stone Fish International, domiciliée aux Bahamas et avec laquelle nous traitions depuis trois ans. Patricia avait tout simplement mis en place un système de commissions occultes : elle proposait à ses clients un discount de 40 %, ce qui était très important, et exigeait en contrepartie de se faire verser cent mille euros sur son compte à la F.B.O.D. Le transfert des Bahamas à sa banque à la Dominique était simple et non traçable par le fisc français. Elle avait élaboré ce dispositif uniquement avec des clients domiciliés dans des paradis fiscaux ; le même système ne pouvait fonctionner avec un client français ou européen. Stone Fish International faisait finalement une économie substantielle de l'ordre de trois cent mille euros par an sur son abonnement annuel et Patricia empochait une belle commission. Entre tous ses comptes, elle disposait de près de six cent mille euros, dont cinq cent cinquante mille sur son compte luxembourgeois. Les seuls perdants dans l'affaire étaient VFC, ses employés et surtout moi.

Je sentis la colère monter et la frustration de ne pas l'avoir découvert avant. Je compris aussi pourquoi elle tenait tant à sauver la boîte en procédant à des licenciements. Elle ne voulait pas perdre sa précieuse poule aux œufs d'or.

Seulement, cet argent, elle n'allait pas en bénéficier très longtemps ! Après quelques recherches sur internet et des copies d'écrans, ma décision fut prise et j'effectuai deux virements de son compte au Luxembourg. Le grand banditisme devenait digital, j'avais réussi en trois clics de souris là où j'avais échoué, équipé comme un commando marin.

Quelques jours plus tard, en rentrant de ma promenade matinale qui consistait à aller voler des pains au chocolat et le journal du matin, j'ouvris mon courrier. La plupart du temps, il était constitué de factures et de publicités sans intérêt. La dernière enveloppe faisait exception.

C'était une carte de bon rétablissement signée par la plupart des personnes que je connaissais chez VFC. Je savais qu'elles devaient me l'envoyer mais je ne m'étais pas figuré qu'elles le feraient réellement, aussi parce que je ne l'aurais moi-même pas fait. Cette marque d'attention à mon égard m'interrogeait. J'avais toujours été persuadé que ces personnes me détestaient cordialement ou, dans le meilleur des cas, m'ignoraient complètement.

Je restai assis sur mon fauteuil club en fixant l'image de la carte : un petit fantôme souriant et les bras ouverts qui disait « ghost hug ! » puis entre parenthèses, plus bas, « tu ne peux pas les sentir, mais ils sont bien là ! »

J'avais commencé ma carrière professionnelle en manifestant un désintérêt total pour ce que je faisais et pour les gens qui m'entouraient. Du haut de mon pinacle intellectuel arrogant, je ne m'étais jamais abaissé au niveau du troupeau de moutons que constituait mon proche entourage professionnel. La peur de se livrer et d'être blessé, où le regard des autres était déformé par la mésestime de soi, tel était le moteur de ma relation à mes collègues, très probablement aussi de ma relation aux autres.

Cette petite carte était plus qu'une simple marque d'affection, elle était un signe. Celui de la reconnaissance. Toutes ces choses qui m'arrivaient depuis quelques semaines avaient un sens, ce n'étaient pas seulement des microévènements déconnectés les uns des autres. Une galaxie se formait, constituée d'étoiles et d'un grand trou noir en son centre. J'en dessinais petit à petit la carte.

L'étape qui me faisait le plus peur, finalement, était celle consistant à me reconnaître pour ce que j'étais ou ce que j'avais été et que j'avais abandonné avec le temps : un être sensible, visible. C'est cette étape ultime qui permettait d'apporter du liant à cette nouvelle constellation, tellement plus attrayante que celle dans laquelle je vivais depuis trop longtemps.

Contrairement à ce que disait la carte, je sentais ces marques d'affection, plus que jamais, bien réelles.

CHAPITRE 16

Jérôme.

Par quel bout allais-je aborder la question ? À y réfléchir, je n'avais jamais eu de réelles conversations avec lui. Nous étions restés sur la surface des choses, à évoquer notre quotidien, nos passions respectives, les quelques problèmes qui avaient pu émailler notre petite existence de jeunes citadins célibataires.

Je l'avais catégorisé, sûr de mon jugement, de qui il était. Il était le bon ami fidèle et casanier, asexué surtout, celui pour qui les autres étaient une énigme qu'il ne prenait jamais la peine de résoudre. Son attitude me confortait dans ce que j'étais. Je me disais toujours en le regardant « il y a bien plus compliqué que toi, Jeff ».

Nous nous contentions de peu alors que nous avions l'opportunité de l'excellence. Il était important de rattraper une partie du temps perdu.

Je savais qu'il se rendait le samedi matin au marché couvert des Batignolles. Habitant à deux cents mètres, il avait ses habitudes et n'en déviait que rarement. Je pris mon vélo et me rendis sur place. Je voulais le voir sans que je sois là ou que Mia soit à son côté, l'observer de loin comme j'aurais observé aux jumelles un animal sauvage lors d'un safari.

Le mois d'août tirait sur sa fin, l'air le matin redevenait frais et respirable malgré la présence de nombreuses voitures et camionnettes autour du marché. Je me postai à l'entrée par laquelle je savais qu'il arrivait toujours et attendis patiemment. La population était plutôt chic, relativement jeune et familiale. Je remarquai quand même une bande de skinheads qui traînait aux alentours du marché. Il était assez rare de voir ce genre d'individus dans le quartier. Ils buvaient des cannettes de bière grand format qu'ils jetaient par terre après utilisation et interpellaient les quelques jeunes filles ou personnes noires seules qui passaient près d'eux. Ils arboraient sans complexe des croix gammées nazies sur leurs blousons de cuir et vestes militaires, des tatouages 88 sur les avant-bras. Ce chiffre symbolisait leur soumission à leur grand prophète moustachu, abréviation des deux H du « Heil Hitler » tristement connu. Le racisme dont ils faisaient preuve leur donnait ce sentiment de supériorité injustifiable en dehors du groupe d'abrutis qu'ils constituaient. Ils en profitaient grassement.

Jérôme arriva finalement vers les dix heures, je lui emboîtai le pas, non sans difficulté vu le nombre de personnes dans le marché. Il était vêtu d'une belle chemise blanche qui faisait ressortir sa peau métissée, d'un jean délavé et de ses baskets rouges préférées. Il en avait acheté trois paires pour être sûr de ne pas en manquer quand la nouvelle collection sortirait. Comme je m'y attendais, il avait l'air de savoir exactement où aller, suivant très probablement son parcours habituel, sans se soucier de son entourage. Il salua au passage plusieurs marchands qui lui rendirent ses salutations en le nommant par son prénom. Il souriait, répondait parfois d'un petit trait d'humour. Il était dans son élément.

« Qu'est-ce que je te sers, ce matin ? Comme d'habitude ? »

La vendeuse de fruits et légumes lui tendit un sac rempli ; elle aussi souriait. Je m'étais attendu à un Jérôme fermé, déambulant au milieu de marchands agacés de son air hautain. Il était tout au contraire agréable et ouvert. J'étais dans une comédie musicale où tout était beau et les gens souriaient, un film insupportable plein de bons sentiments et suréclairé, rempli de chansons tartes. Une envie de distribuer des gifles à tous ces gens heureux et béats me saisit. Petit accès de colère mâtiné d'une pointe de violence que je mis sur un sentiment de jalousie passagère. Comme dans le club dans lequel je l'avais surpris avec monsieur Tatouages, il rayonnait au milieu des pommes et des aubergines.

« Tu n'es pas avec le jeune homme de la semaine dernière ? » lui demanda-t-elle en encaissant.

« Il préfère sa propre compagnie et pour tout te dire, cela m'arrange bien, ce matin. Je suis d'humeur inégale… »

Ils rigolèrent tous les deux. Il rangea ses fruits et se dirigea vers la sortie. Je continuai de le suivre, intrigué de voir s'il allait continuer sa route de la bonne humeur. Quand nous étions ensemble, il se laissait souvent aller, se reposait sur moi et surfait sur les évènements, gens qu'il croisait en ma compagnie. J'avais le sentiment que seul, il s'épanouissait, s'ouvrait plus aux autres.

Quand nous atteignîmes la sortie du marché, les nazillons étaient toujours là. Au passage de Jérôme, cela ne rata pas, l'un d'eux, passablement éméché, hurla une petite douceur à son attention :

« Hey, Banania, t'as fini tes courses ?! »

Jérôme s'arrêta mais ne se retourna pas. Je vis sa main se crisper sur son sac à dos, ses yeux se fermer, ses dents se serrer. Les autres rigolaient. Il repartit finalement d'un pas assuré, décidant d'ignorer l'insulte. Moi pas.

Je laissai Jérôme filer et m'approchai d'Adolf qui, fier de sa plaisanterie et pour se récompenser, s'ouvrit une nouvelle cannette de bière extralarge. Il avait, tatoué derrière son oreille, une petite croix nazie et portait un collier en or avec un aigle en pendentif juché sur un svastika noir. Je n'avais jamais eu l'esprit d'un justicier mais j'avais l'envie et surtout la possibilité, sans risquer mon intégrité physique, de lui faire payer sa réflexion qui m'avait autant touché que si elle m'avait été directement adressée.

J'avais repéré au coin d'une rue une déjection canine puante d'une taille satisfaisante qu'un propriétaire indélicat avait gentiment léguée à la ville de Paris. Je m'en emparai non sans appréhension et difficulté avec deux bouts de carton et m'approchai de l'indésirable qui continuait de faire le malin en interpellant les passants de son verbe haineux. À quelques centimètres de son visage, mon petit cadeau ne manqua pas de flatter son nez percé.

« Mais qu'est-ce que ça pue, leur marché ! Putain les mecs, j'ai bien envie d'aller leur éclater la gueule, à tous ces youpins ! »

Cette délicate attention fut le signal que j'attendais pour déclencher ma petite action justicière. Ce n'était peut-être pas digne d'un super-héros mais tellement satisfaisant.

Je lui écrasai la merde qui éclata littéralement sur son visage, à tel point que même ses petits camarades d'infanterie furent touchés. Il hurla comme si on venait de lui arracher une jambe et se mit à genoux, les mains sur le visage, comme pour implorer son Dieu nazi de le sauver. Je profitai de cette position pour lui envoyer un puissant coup de pied au visage. Je sentis le nez craquer, il s'étala au milieu du trottoir sans bouger.

Le sang et la crotte de chien se mélangeaient sur le sol, les gens passaient à côté sans s'arrêter. Il rejoignit par terre l'état de merde qu'il n'aurait jamais dû quitter.

Il fallait quand même que je me calme un peu.

Pendant ce temps, ignorant l'incident dont il était involontairement à l'origine, Jérôme était rentré chez lui. Il habitait au deuxième étage d'un petit immeuble moderne bleu ciel qui en comptait quatre. Je me tenais face à sa porte, la main en l'air, le doigt à quelques centimètres du bouton de la sonnette. J'étais face à moi-même, face au miroir déformant d'une fête foraine que je regardais. J'étais un enfant qui s'amusait de son reflet difforme. Pourtant, je n'avais plus envie de rire en me regardant. Ce n'est qu'après quelques secondes d'hésitation que je fis marche arrière et redescendis les marches.

Je m'arrêtai en bas et m'assis sur un banc. La rue était calme, presque déserte, à part au loin des sirènes de police et le brouhaha habituel. La cité en feu.

***

C'étaient mes dernières cigarettes. Il fallait que j'aille voler encore quelques paquets. J'avais passé ma journée avec ma bouteille de rhum qui elle non plus n'avait pas l'air en forme. Presque vide. Elle était bizarrement descendue plus rapidement que prévu ; il fallait que je passe chez Nicolas.

Mais je n'avais plus envie. Le poids de la solitude. Chaque jour qui passait, elle se faisait plus omniprésente. Par le passé, elle était ma bouée. Elle devenait un boulet qui petit à petit me coulait au fond d'un océan d'indifférence. La nuit venait de tomber, les lumières des immeubles alentour éclairaient le square. Le vent dans les branches lui donnait l'air d'une forme vivante qui respirait doucement et se préparait à s'endormir. La tête me tournait. Je regardai le vide du haut de mon balcon. J'étais tenté. La facilité de se laisser aller, tomber vite, ne plus penser, un bref instant de souffrance et la libération.

Oui, c'était décidément très tentant.

J'aurais aimé être un arbre. Vivre cinq cents ans de façon linéaire et calme, voir le temps glisser sur mon écorce, sentir les saisons, aimer les oiseaux se posant sur mes branches, une femme s'adossant à mon tronc ou un enfant s'endormant sous mon ombre. Apprécier ce qui m'entourait de façon simple et naturelle, sans codifier mon rapport aux choses et aux gens.

Ce devait être ça, le bonheur. Être un arbre.

Je contemplai ce grand vide quand quelqu'un frappa à la porte. Je m'éloignai du balcon et titubai jusqu'à l'entrée. Ou était-ce la porte qui d'un coup s'était approchée de moi ?

Elle était blanche, j'avais la main sur la poignée qui tournait seule !

« Qui est-ce ?

— C'est la Mort.

— La Mort ?

— Oui, la Mort.

— Qu'est-ce… qu'est-ce que vous voulez ?

— Vous voir. Pourriez-vous m'ouvrir ?

— Non, il est tard… et je n'ai pas envie.

— Écoute-moi bien. Je vais t'écorcher. Je vais enlever ta peau par lambeaux, je brûlerai tes yeux, je couperai ta langue, je te percerai au fer rouge les tympans et arracherai ton nez. Des flots de sang sortiront. Je vais détruire tes sens. Je vais te vider. Tu hurleras de douleur, tu ne seras plus qu'un cri.

— Ça doit faire mal… Je n'ouvrirai pas !

— Non ?

— Non ! Je ne veux pas… Je ne veux plus. Je veux être un arbre. Laissez-moi tranquille. Rendez-moi mon rhum.

— Très bien. Je repasserai, alors.

— C'est ça. Ne vous pressez pas trop. »

J'entendis un bruit de tissu, comme une robe qui se déplaçait et s'arrêtait. Elle s'approcha de la porte et me susurra ce doux message de sa voix caverneuse :

« Ça ne dépend pas de moi. »

Et elle partit. Mon appartement était glacé, les lumières étaient éteintes.

Le rhum me faisait-il entendre des spectres ? Il ne l'avait jamais fait avant. J'avais envie de fuir.

***

J'enfilai une paire de baskets et décidai d'aller voir Jérôme. Lui au moins n'avait pas une longue capuche sombre et un visage en forme de trou noir. Juste un rayon arc-en-ciel qui illuminait.

La nuit était fraîche, je marchais seul dans la rue. Il devait être pas loin d'une heure du matin. Je composai le numéro de Jérôme.

« Jérôme à l'appareil.

— Il faut que je te voie.

— Ça va, Jeff ?

— Non, ça ne va pas. J'ai parlé avec la Mort et personne ne me voit. Alors j'ai peur.

— Je ne comprends pas ce que tu me dis, Jeff. Tu veux que je passe te voir ?

— Tu n'as pas compris, justement ce n'est pas possible ! Et je ne suis pas chez moi.

— Où es-tu alors ? Et ta tuberculose, elle est terminée ?

— C'est moi qui vais te rejoindre. Je t'expliquerai.

— Très bien. Je suis à la piscine. C'est une soirée thématique autour d'un peintre, David Hockney, en hommage à son tableau *A Bigger Splash*. J'avais assisté à une fête du même type il y a quelques jours, autour d'un déjeuner sur l'herbe…

— Jérôme, je t'arrête, je me fous de tes histoires de peintres, donne-moi juste l'adresse. »

La piscine était assez proche, rue de la Jonquière. J'en profitai pour réfléchir à comment lui présenter la situation et engager ensemble cette conversation que nous ambitionnions tous les deux d'avoir depuis plusieurs jours. J'improviserais sur place, peu importait, le principal était de se parler.

J'arrivai devant la piscine les mains tremblantes et le corps frigorifié. Une foule était agglutinée devant, essayant désespérément de franchir l'entrée gardée par un cerbère de deux mètres de haut aux bras plus épais que mes deux jambes réunies. Je regardai partout autour de moi pour voir si la Mort me suivait. Le nom de la soirée, intitulée « Splash », était formé de maillots de bain de toutes les couleurs et surplombait les fêtards frustrés de ne pouvoir entendre que les basses qui filtraient du bâtiment. Je me faufilai et admirai la scène dans son ensemble. Comme lors de l'évènement du *Déjeuner sur l'herbe* de Manet, la reconstitution était colorée et lumineuse. Le DJ en maillot de bain rouge à rayures blanches, assis sur une estrade géante en forme de canard installée au milieu de l'eau, envoyait ses mix électro, une musique plutôt entraînante et positive. La foule alentour soit dansait, soit nageait ou se prélassait sur des matelas gonflables.

Je cherchai Jérôme du regard. Après quelques minutes, je le vis en train de discuter avec le même monsieur Tatouages vu dans le Marais. Pour plus de calme, j'allai me réfugier vers les cabines. J'eus quelques difficultés à en trouver une de libre, elles étaient toutes occupées par des couples ou des groupes d'amis qui s'isolaient pour fumer ou sniffer quelques rails de coke. Je repensai à ma soirée Jamie XX, enfin, surtout au lendemain. Il devait y avoir quelque chose chez moi qui ne tournait pas rond pour transformer une expérience sensorielle à base d'hallucinogènes en un calvaire de type gastro-entérite aiguë. Jérôme décrocha comme à son habitude assez rapidement et me rejoignit dans la zone des cabines. J'en trouvai une isolée, non loin des douches.

« Jeff, où es-tu ?! » hurla-t-il.

« Dans la cabine du fond, mais ne rentre pas, s'il te plaît. Je ne suis pas seul ! »

Il était maintenant derrière la porte, je voyais ses baskets favorites dépasser du dessous.

« Avec qui es-tu ? Qu'est-ce que c'était que ce délire par téléphone autour de la mort ?

— Ce n'était pas un délire. Elle était avec moi. Je me demande si elle n'est pas encore là, d'ailleurs. Elle me suit.

J'ai beaucoup bu mais je sais ce que je dis. Je ne veux pas que tu prennes le risque de la croiser. Elle se répand. »

***

Conversation à trois avec la Mort dans les cabines d'une piscine municipale.

« Qu'est-ce que tu racontes ? C'est de la tuberculose dont tu parles ?

— Non, c'est bien de la Mort. »

Elle était là, tapie dans un coin d'ombre. Son souffle glacé me figeait le visage. Ou était-ce la climatisation ?

La Mort : « Tu crois pouvoir m'échapper ? »

Cette voix étrange qui n'en était pas une, ce timbre froid et métallique qui me glaçait le sang et les sens. L'alcool, ma folie, mes peurs, elle s'en servait pour se matérialiser.

« Elle est là, Jérôme. Elle ne me lâche plus. J'ai envie de crier. Je n'y arrive plus tout seul. Elle veut m'emmener.

— Tu délires complètement ! Il n'y a personne avec toi, dans ta cabine ! Tu te sens juste seul après des jours isolés, c'est tout. Tu ne veux pas m'ouvrir, que nous en discutions tranquillement ?

— Non. C'est facile à dire pour toi, tu peux tout affronter, tu n'es pas seul. Tu as quelqu'un avec qui partager.

— De qui parles-tu, Jeff ? Comment sais-tu que j'ai quelqu'un ?

La Mort : « Regarde-toi. Tu fais pitié à voir. Tu n'es pas doué pour la vie. En ma compagnie, tu seras toi. »

« Ahhhh… Je ne veux pas l'écouter, elle essaye de me convaincre de la suivre, de glisser dans son abîme. Tu sais, je t'avais mis dans une petite case. C'est moi, en fait, qui suis dans un cercueil. C'est moi qui m'enferme tout seul entre quatre planches de bois. J'ai peur de perdre mon âme en ne me voyant plus, j'ai peur de n'être même plus une ombre. Comme le skinhead ce matin, au marché. Inutile, plein de haine.

— De quel skinhead parles-tu ? Celui qui a été assassiné près de chez moi ?

— Assassiné ? Mais non, ce n'est pas possible… C'est elle.

— Bon, Jeff, arrête tes conneries et ouvre, maintenant !

— Je ne comprends pas… Ce n'est pas moi, Jérôme.

La Mort : « Tu fais maintenant partie de la famille. Ta haine, ta colère. Elles te dominent. Tu as franchi la ligne qui sépare les ignorants des élus. »

Je tombais dans la spirale de ses mots. Elle s'approchait doucement, rampait sur le sol. J'entendais sa longue robe se froisser, la lame de sa faux résonner sur le carrelage froid. Il fallait que j'aille vite, que je garde mon calme, l'équilibre de la conversation. Je n'avais plus de temps à perdre.

« Jérôme, je sais que tu as quelqu'un, je vous ai vus ensemble. Je suis content pour toi, tu sais. Vraiment.

Il ne s'attendit pas à cette remarque. Il s'approcha, je sentis son corps se reposer sur la porte.

— Je voulais t'en parler. Mia est déjà au courant. Je ne savais pas trop comment te le dire. Il s'appelle Jérémy, il est là, ce soir. C'est un ours que j'ai rencontré lors d'un cocktail pour le lancement d'un nouveau jeu vidéo. Mais peu importe, à la limite, je suis content que tu sois au courant. »

Ce n'était finalement pas plus compliqué que ça de parler à un ami. Il suffisait de rester soi-même et de lui parler avec sincérité.

« Ça fait du bien de t'entendre dire que tu es heureux.

— Je n'ai pas dit que j'étais heureux.

— Non, mais je le sais.

— Et tu ne m'en veux pas ?

— Je m'en veux à moi, surtout. »

La Mort : « Ne te laisse pas entraîner par cette mélodie. C'est un mensonge qui cache la vérité. Celle que personne n'ose affronter, la fin inéluctable qui te mènera à moi ! Ne prends pas de chemins détournés, embrasse-moi maintenant. Tu ne pourras jamais tromper le corbeau. »

Elle se tenait devant moi, haute, le visage sans visage. Je soutins ce regard vide ; mes yeux se perdaient dans son tourbillon, des milliards d'êtres y tournaient et me jetaient un regard de terreur. Je pouvais encore la tromper quelque temps. Je serrai les poings, mes dents grinçaient.

« Jeff ?

— Oui ?

— Ouvre-moi. »

Je me levai. Ma main tremblante hésitait encore à tourner le verrou. Je repensai au skinhead. Je ne comprenais pas ce qui s'était passé. Tout m'échappait.

Je voulais avec Jérôme partager les moments difficiles, les diluer dans une énergie positive, les confronter ensemble. Avec force et conviction. Reconstituer une famille, sans violence. À deux, à trois, à plusieurs, peu importait. Mais jamais seul.

Je pensai à mes parents. À ma mère.

Et je lui ouvris la porte.

CHAPITRE 17

Mia.

Elle était allongée à mon côté, ne disait rien.

La lune, cachée par un ciel chargé, ne laissait aucune lumière pénétrer à travers les volets de la chambre. Le silence n'était pas lourd mais apaisant, réconfortant. Une bulle ouatée en suspension. Je l'avais suivie toute la matinée et la tournure des évènements avait été pour le moins surprenante. Il fallait maintenant que j'enfonce le clou, jusqu'au bout.

La journée avait commencé par la résolution d'un changement. Un homme se levait et décidait que les choses devaient changer, sans vraiment savoir pourquoi ni comment. J'étais décidé et hésitant sur l'objectif, enthousiaste, plein de doutes sur la méthode. Un paradoxe ambulant écroulé sur son canapé. Il était dix heures du matin, Mia s'agitait dans son appartement. Elle devait se préparer pour sa journée et se rendre sur sa nouvelle pièce. J'avais envie de la suivre. Depuis plusieurs jours maintenant, je suivais régulièrement les personnes de mon entourage. J'étais devenu un paparazzi sans appareil photo, un voyeur qu'on ne voyait pas. Si l'exercice avait été au début assez excitant, il s'était très vite révélé frustrant, source de nombreux problèmes. J'avais ce sentiment diffus d'avoir à ma disposition un outil puissant que j'exploitais mal. Un bouquet de fleurs dans les mains d'un bourreau.

Mia était une énigme. Une de plus dans la longue série de mes interrogations féminines. Je regardais depuis deux ans avec curiosité et amusement cette boule d'énergie que j'avais connue de façon fortuite au Monop' du coin de la rue. Je m'amusais souvent du contenu des paniers des clients, essayant toujours d'en déduire des traits de caractère ou une origine sociale. Je me trompais très rarement. Une jeune fille bien habillée et chic prenait souvent des produits bio, des fruits, des légumes et une bouteille de Sauternes. Un beauf en claquettes allait sur les produits congelés de marque distributeur, les paquets de Pépito et le vin en cubi. Au milieu de cette faune parisienne homogène, Mia détonna. Elle avait aussitôt attiré mon attention. Habillée d'une longue jupe blanche, d'une paire de baskets vertes avec des rayures blanches et d'un tee-shirt PJ Harvey, les cheveux fixés avec une barrette et sans maquillage, elle sifflotait en remplissant son caddie de chilis congelés et de bières mexicaines. En arrivant en haut des marches de mon immeuble, je compris que cette petite brune montée sur ressorts était ma voisine de palier.

Le premier contact fut rapide et peu aimable. Elle grogna un « bonjour », je lui rendis son salut canin par un écarquillement des yeux que j'avais appris à travailler en présence de mes collègues de travail les plus laborieux. Ce n'est qu'après plusieurs semaines à nous observer avec curiosité que nous abordâmes une conversation plutôt intéressante sur la musique pop, puis sur son chat. Puis finalement sur rien du tout. Une forme de convention, nous voir sans nous parler, s'était installée entre nous, ce qui m'arrangeait au plus haut point. Je ressentais maintenant le besoin d'aller un cran plus loin dans ma relation avec Mia, essayer de comprendre ce qui se cachait derrière ce vague sentiment d'attachement.

Je la suivais depuis une vingtaine de minutes et comme à son habitude, elle avançait vite. Nous arrivâmes à son lieu de rendez-vous matinal dans le Quartier latin, sur une terrasse de café, avec ce qui ressemblait à un collègue de travail. Celui-ci n'avait visiblement pas trouvé son peigne ce matin-là, dissimulant son regard creux derrière une large paire de lunettes de vue à montures noires. Ce devait être ça, me disais-je, le travail en « milieu artistique », ne pas se peigner et avoir l'air très concentré sur un espace vide. Le type fumait de bon matin des Gitanes et touillait son café avec nervosité en fixant sa tasse. J'en conclus qu'il devait être de la même maison que Patricia, la famille des pénibles.

« Bonjour, bonjour, ma chérie », lança-t-il à Mia à peine installée sur sa chaise.

« Arrête de m'appeler ma chérie, ça fait vieux pédé, je te l'ai déjà dit cent fois.

— Je vois...Tu es de bonne humeur. Je suis peut-être pédé, mais pas vieux et je t'emmerde ! Ma chérie. »

Mal Peigné la regarda de la tête aux pieds.

« Tu ne ressembles à rien, ce matin, Mia. Tu fais limite pitié à voir. Je me demande pourquoi je m'affiche avec toi le matin sur une terrasse de café, ainsi exposé à tous les regards. Si jamais un beau mec venait à passer par là, tu le ferais fuir. Je raterais sûrement une bonne partie de baise. »

Elle souffla sans le regarder, agita sa main pour se faire voir du serveur.

« J'aimerais juste que tu arrêtes de parler, le temps de me commander un café. »

Le serveur n'avait pas l'air de vouloir venir voir Mia. Comme tous les serveurs parisiens, il courait partout, jamais vers la personne qui l'appelait.

« Qu'est-ce que tu as, ce matin, c'est encore ton imbécile de voisin qui te fait tourner en rond ? »

Sur le coup, je ne pensais pas avoir bien compris sa phrase. Il posa sa tasse vide qu'il continuait de touiller et reposa la question à Mia.

« Tu m'écoutes ? Arrête un peu, avec ce type. Il ne t'apporte rien. Tu perds ton temps. Amuse-toi, sors avec Jérôme, lui au moins, il est rigolo. Et surtout beau mec. Un peu spécial, quand même !

— Écoute, je n'ai aucune envie d'en parler et tu me fatigues ! Je vais directement au théâtre, je suis déjà en retard. »

Mia se leva, visiblement agacée. J'avais aussi envie de me lever, de protester. De quel droit ce type me traitait-il d'imbécile et pourquoi Mia attendait-elle quelque chose de moi qu'apparemment, je n'avais pas été capable de lui donner ? Peut-être devais-je lui planter une fourchette dans l'œil pour qu'il se taise.

« J'y vais », dit Mia. « Et ne traîne pas trois heures. On a beaucoup de boulot si nous voulons terminer demain. »

Et elle partit.

Je partis aussi, un peu désabusé. Espionner les conversations des autres n'était vraiment pas une bonne idée. Je vis Mia s'éloigner et la laissai filer. Je rentrai chez moi, assailli d'un doute.

Quand elle serait de retour ce soir, il fallait que ce doute se transforme en certitude.

***

Il était vingt-trois heures trente, Mia n'était toujours pas rentrée chez elle. Je me pris à m'inquiéter de cette absence et faillis l'appeler. Je me retins, décidant d'aller à l'Octo pour épancher ma frustration. J'avais l'habitude de boire avec Mia et Jérôme, jamais seul. J'avais depuis peu atteint ce seuil fatal du buveur solitaire, ressassant mes problèmes, me parlant à moi-même. J'étais retombé dans mes anciens travers. À défaut de discuter avec un chat, je m'ouvrais de mes aventures à un verre d'alcool. J'avais besoin de voir du monde, me mêler à la foule en sueur, aux bruits des verres, aux regards qui se croisent pleins de promesses, aux corps qui se frôlent.

L'Octo était bondé, ce soir-là. La foule se répandait sur les trottoirs, un verre à la main, et la musique, même contenue du fait des plaintes alentour, résonnait dans la rue. Il n'était pas difficile de me glisser vers le bar sans me faire remarquer. Ce n'est qu'une fois une bière en main et au beau milieu de cette énergie salvatrice que je vis Mia, assise sur un des canapés, à moitié endormie. Elle n'avait pas l'air dans son état normal. Je ne l'avais jamais vue auparavant s'écrouler dans un bar et m'approchai d'elle. Elle était apparemment seule. Je lui glissai un mot en lui touchant l'épaule pour la réveiller en douceur. Elle ne réagit pas ; ce ne fut qu'après quelques secondes qu'elle me répondit.

« Jeff… Tu en as mis du temps à venir.

— Tu vas bien ?

— Non, je ne vais pas bien. Tu m'énerves ! Tu n'es pas là, tu dois être dans ma tête qui tourne. Je te déteste, en fait. Je ne veux plus te voir. Sors de ma tête ! »

Je compris qu'il était temps qu'elle rentre. Je l'aidai à se lever et la portai à travers une foule indifférente. Personne ne remarqua cette étrange demoiselle toute tordue qui semblait flotter vers la sortie comme un spectre.

La montée des marches ne fut pas facile, Mia arriva finalement chez moi, toujours debout. Je l'allongeai sur mon lit. Je n'allumai pas les lumières et fermai les volets par mesure de précaution, au cas où son état s'améliorerait et qu'elle comprendrait qu'elle ne pouvait pas me voir. Je ne voulais pas ajouter à son apparent ressentiment à mon égard une peur panique.

Je repensai à ma discussion avec Jérôme, sous l'effet conjugué du rhum et de l'angoisse qui m'avait étreinte. Décidément, l'alcool devenait une constante dans mes relations récentes. Le vecteur par lequel les conversations s'engageaient, la matrice de mes confessions.

Je mis un peu de musique, un morceau calme qui m'apaisait aussi, un duo de piano, *20:17* d'Ólafur Arnalds et Nils Frahm. Je m'allongeai à côté d'elle. Dans le noir absolu et le calme de ma chambre, j'avais besoin d'une proximité, d'une intimité, d'un moment d'apaisement dans la longue série d'incidents qui avaient émaillé mon quotidien depuis plusieurs semaines.

Ma respiration se ralentit, je fermai les yeux. Des ronds blancs, verts et rouges flottaient. Les notes de piano aériennes effleuraient les parois noires de ma chambre. J'entendais la respiration de Mia ; nous étions tous les deux allongés sur le dos, attentifs.

« J'ai trop bu, mais je sais que je suis dans ton lit, Jeff. Elle est belle, cette musique.

— Je pensais que tu dormais.

— Non… Je réfléchissais.

— J'avais envie de te parler, ce soir.

— Moi pas !

— Tu peux écouter, alors. »

L'intimité dans laquelle nous étions plongés me rappelait une scène de ma jeunesse, à dix-sept ans, assis dans un train, à côté d'Alice.

Nous revenions d'une semaine au ski avec sa mère. Je la connaissais depuis mon enfance et ne l'avais jamais imaginée autrement que comme une amie quand, dans le noir du train de nuit qui nous ramenait à Paris, elle posa sa tête sur mon épaule et me prit la main. Je me figeai comme une statue. Elle devint aussitôt belle, désirable. Chaque geste devenait une aventure, chaque soupir une émotion, sa main dans la mienne une sensualité. J'étais en apesanteur. À notre arrivée à la gare, je n'osai plus la regarder, nous nous séparâmes sans plus nous voir par la suite. Je n'avais jamais osé la rappeler, la peur de l'échec, de se dévoiler.

J'avais émaillé ma vie d'occasions ratées, choisissant toujours la facilité à l'abîme. J'y repensais toujours avec regrets. Non pour l'opportunité d'un rapport sexuel raté mais pour les amours manquées. Avec le temps et les rencontres qui se raréfiaient, j'avais déplacé mon intérêt pour les femmes de l'émotion vers le sexe, de l'esprit vers le corps. Par facilité. Par lâcheté aussi.

« Je ne sais pas si j'ai envie de t'écouter, Jeff. J'ai la tête qui tourne. »

Elle murmurait ses mots plus qu'elle ne les prononçait ; c'était un dernier souffle. Ses mots traînaient leurs syllabes comme des boulets.

« Je ne sais même pas si ce que tu me dis est réel. Tout à l'heure dans la rue, je sentais que tu m'aidais à marcher et je ne te voyais pas. Je suis juste en train de rêver. En fait, tu n'as jamais été là ! »

Dehors, j'entendais la fermeture de l'Octo, les chants pour accompagner la fin de la soirée, les motos qui démarraient, les rires, quelques verres brisés.

« C'est vrai, je n'ai jamais été là. Il n'est peut-être pas trop tard. »

Sur le coup, elle ne répondit rien. Le temps était suspendu. Comme dans le train, une dizaine d'années auparavant, chaque geste, chaque son étaient amplifiés.

« Je ne sais pas, Jeff. Ces derniers temps, je n'étais pas bien. Comme une absence que je n'arrivais pas à combler. La peur du vide …

— Je comprends, moi aussi. »

La peur. Voilà un sentiment qui me suivait et m'avait toujours retenu. Je ne savais même pas de quelle peur il s'agissait ! Celle de l'échec comme avec Alice, celle de mourir comme mon père, celle de la solitude, de la maladie, de la perte de contrôle ? Il y en avait tellement, des variations à l'infini sur le même thème, une petite musique répétitive, sans fin.

J'étais arrivé au bout de ma logique. Le fait de ne plus être vu m'avait fait prendre conscience de l'importance d'être au milieu des autres. Le paradoxe de ma condition. J'avais au début perçu cela comme une force, un fantasme d'adolescent qui devenait une réalité, c'était devenu une étape à franchir, un parcours jonché de pièges qui me menait jusqu'à ce soir, allongé à côté de Mia. Au bout du chemin se trouvait ce petit bout de femme. Ce n'était probablement pas pour rien.

Je lui pris la main.

Pas comme un ami, comme quelqu'un qui aime et qui a envie de partager. Quatorze ans plus tôt, Alice avait pris les devants. Aujourd'hui j'essayais, je n'étais plus passif.

« C'est bon », me dit-elle.

Je sentis Mia glisser doucement vers un sommeil profond. C'est elle maintenant qui avait sa main sur la mienne, elle la serrait fort. Elle s'était tournée vers moi. Dans le noir complet, je ne voyais pas son visage. Je savais qu'elle souriait. Son étreinte devint moins forte, elle s'endormait. Je n'osai pas bouger ma main et risquer de troubler ce moment. Il n'y avait pas besoin de mots, pas de longues explications. Le simple fait de passer ce moment d'intimité en dehors du temps et du bruit nous suffisait. Mia et moi nous comprenions, les mots devenaient superflus. Ce soir, notre conversation se tenait en un effleurement de mains, bien plus intense et important que n'importe quelle phrase.

Après quelques minutes sans bouger, je basculai en dehors du lit, me déplaçant à pas feutrés vers le salon. J'avais la gorge sèche, le dos trempé. Je me versai un verre d'eau glacée, le fis rouler sur mon front. La chaleur était intense.

Je rallumai mon téléphone qui se mit à vibrer. Un message de ma mère. Nous avions pu longuement discuter l'avant-veille et le voile, petit à petit, s'était levé sur le mensonge. Un message simple, affectueux et surtout nouveau dans le ton. Vu l'heure à laquelle elle me l'envoyait, il n'avait pas dû être facile à rédiger. Ma mère avait toujours été très présente, attentive à ma vie et à sa dérive ; elle avait toujours respecté mon indépendance sans jamais me faire de remarques sur mes fréquentations, mon travail, ma façon de voir le monde et ses contradictions. À la mort de mon père, elle n'avait pas dérogé à cette ligne, le temps avait juste déplacé l'église de notre famille. Elle n'était plus au milieu du petit village du Lot dans lequel nous allions dans mon enfance mais en plein milieu d'un champ aride des hauts plateaux du Larzac. J'avais le sentiment qu'ensemble, nous essayions un peu de la remettre à sa place.

« Je pense à toi mon chéri, j'ai hâte de te voir en septembre. Je t'embrasse, maman ». Je souris en lisant le message et lui répondis, avec sincérité, que moi aussi.

Après un moment de réflexion à fixer l'obscurité, je décidai d'ouvrir les volets. Le lendemain, la lumière inonderait mon appartement. Je ne me cacherais plus. Mia verrait vraiment qui j'étais. Peu importaient les conséquences. L'essentiel était l'intention.

Je retournai auprès de Mia. Elle était allongée en chien de fusil, au milieu du lit.

Je ne voyais rien dans la chambre et allumai dans un coin une vieille lampe orange héritée de mes parents que j'avais toujours détestée. Je n'avais jamais compris pourquoi je l'avais gardée. Elle faisait partie de ma vie depuis si longtemps, comme une difformité physique dont on ne pouvait se débarrasser.

Je m'allongeai juste derrière elle en faisant attention de ne pas la réveiller. Doucement, je m'approchai et la serrai dans mes bras. Je sentais ses cheveux, son odeur ambrée, sa peau douce. Nos respirations étaient coordonnées. Je me laissai, petit à petit, aller au sommeil.

***

Les anciens pensaient la terre plate, un cercle délimité par un trou sans fond. La mer se vidait et tombait dans le vide, une chute infinie. Pour cette raison, ils restaient près des côtes, toujours en sécurité, regardant l'horizon avec appréhension.

L'Homme repousse sans arrêt ses limites, parfois pour le meilleur, souvent pour le pire, mais il ne reste jamais statique.

Ou il meurt.

CHAPITRE 18

Lui.

Says de Nils Frahm.

Une boucle électronique se fit entendre, obsédante. Je ne comprenais pas d'où elle venait. Comme un mirage sans désert, elle semblait sortir de nulle part, se répétait sans fin. Mes yeux se fermèrent. Je voyais enfin.

Il était assis sur un siège de toilettes au milieu d'une grande pièce sans murs, blanche et lumineuse. Il lisait un magazine que je n'arrivais pas à identifier. Le pantalon baissé, un rouleau de papier toilette blanc à son côté, il était très concentré, sifflotait au fur et à mesure de sa lecture. Il avait l'air satisfait, dégagé, serein. C'était un homme pour qui les cabinets étaient la quintessence de l'harmonie, de l'équilibre.

Il avait une cinquantaine d'années. Je n'arrivais pas à distinguer ses traits avec précision, son visage se mouvait sans arrêt. Il tournait les pages méthodiquement, parlait sans lever la tête, calmement. À chaque page tournée, le papier émettait un léger froissement qui se perdait au loin. Sa voix était chaleureuse et profonde, gutturale.

« La méduse Turritopsis dohrnii vit éternellement ! Quand elle arrive à l'âge adulte, au lieu de continuer de vieillir et de finir par mourir, elle revient à son plus jeune âge et recommence un nouveau cycle de croissance. Comme le balancier d'une pendule, elle fait des allers-retours sans fin entre les phases de la vie. C'est le secret de l'éternité. Revenir en enfance, recommencer. Tout est possible si on comprend comment créer et contrôler cette boucle. »

Je ne comprenais rien à ses paroles. J'étais debout face à lui, les bras ballants, l'air penaud. Je n'osais pas m'approcher ni parler. Je ne savais pas quoi lui dire, ni qui il était. Il était impressionnant, une force contenue.

Il était sur ses toilettes, comme un souverain.

Je sentais son transit intestinal royal travailler pour éliminer de ce corps céleste la pourriture du monde.

Son visage ondulait comme les vagues d'un océan ; il était un courant d'air, une flamme qui dansait, un bloc de terre noire, il était les quatre éléments et le tout d'un univers en régression. Je ne pouvais pas lui parler, ma bouche n'était pas formée, ma langue une graine pas encore germée.

Il tourna encore une page, les yeux écarquillés, le sourcil haut, comme si, à chaque nouveau passage de son intense lecture, une révélation se faisait jour.

« Le Pando est âgé de quatre-vingt mille ans ! C'est une forêt qui se compose de quarante-sept mille arbres génétiquement identiques et reliés à un seul et même système racinaire. Il se régénère grâce à son grand nombre d'arbres. Il se nourrit de la multitude, de la dépendance des uns avec les autres. La fin n'existe pas pour lui, elle est répartie sur quarante-sept mille existences. Il est unique et il est plusieurs. »

Je ne comprenais pas ce que je faisais là, en face de cet homme, et ses paroles n'avaient toujours aucun sens dans cette étrange disposition des éléments. La durée de vie était comme un élastique qu'il fallait tendre à l'infini jusqu'à ce qu'il claque. L'homme sur ses toilettes privilégiait la durée à la qualité, la longévité à l'éphémère. Le but n'était pas de jouir de l'instant mais de travailler à faire reculer l'inévitable. Je n'étais pas d'accord.

Il avait l'air de s'en rendre compte…

Ça ne lui plaisait pas que je pense différemment. Il tournait les pages plus brusquement, je sentais en lui monter le feu et l'acier. Des images noires et blanches fondaient sur les murs invisibles, coulaient à mes pieds.

Je pris finalement mon courage à deux mains et lui jetai cette phrase d'une voix qui se cherchait, sans en mesurer les conséquences ; l'innocence de la jeunesse.

« Je ne veux pas l'éternité. C'est l'envie qui est déterminante. Sans elle, je continue de tourner en rond. Je veux sortir du cercle, tracer une ligne. »

L'homme jeta violemment son journal à côté de lui et se leva.

Il ne me regardait toujours pas, semblait fixer l'horizon. Il n'était pas nu comme j'aurais pu m'y attendre, il portait un pantalon de velours marron avec un col roulé rouge. Il s'avança vers moi et me dépassa, ignorant ma présence. Peut-être que lui non plus ne me voyait pas ? Il m'avait quand même entendu manifester mon opposition.

Il s'arrêta quelques mètres derrière moi sans se retourner. Je sentis une irritation dans le ton de sa voix.

« Nous allons nous promener.

— Pour aller où ? » lui répondis-je, angoissé de ne pas savoir.

« Là où nous mènera mon envie !

— Je ne suis pas sûr de vouloir. Je n'aime pas partir sans connaître la destination. Je pourrais me perdre.

— Fais comme bon te semble. Mais ne fais pas le contraire de moi. Je t'aurai prévenu ! »

Et il partit. Il me laissa seul face à ses toilettes. J'avais envie de savoir ce qu'il lisait. Je m'approchai et me saisis rapidement du magazine. Je ne voulais pas perdre de temps, il était déjà loin. En l'ouvrant, je fus stupéfié : les pages étaient toutes blanches. Il n'y avait ni texte ni image. Juste du vide.

Il avançait maintenant au loin, il était juste un trait vertical sur la ligne horizontale. Il marchait d'un pas décidé, le son de ses talons sur le sol claquait. J'avais du mal à le rattraper, à marcher à son rythme, comme un enfant aux courtes jambes qui essayait de suivre.

Attendez-moi, je n'arrive pas à marcher aussi vite !

L'homme arriva à la station Cité et attendit le métro. Comment étions-nous arrivés là, je ne le savais pas. La transition paraissait logique dans cet univers insensé. Le quai était désert et les candélabres à globes diffusaient une lumière pâle et froide. Les murs en carreaux de céramique blancs nous cernaient. Le silence était total, aucune rame ne semblait être jamais passée par cette station. Pourtant nous attendions, tous les deux debout, à scruter le trou noir du couloir.

« Je vais te parler de l'éphémère. Connais-tu l'insecte du même nom ?

— Je n'aime pas les insectes. »

Il devait pourtant le savoir ; je ne comprenais pas cette ignorance. Encore une fois, il parut nerveux à me voir lui répondre, le contredire. Son visage était toujours méconnaissable, un mouvement permanent que je n'arrivais pas à déchiffrer.

« L'éphémère est un insecte qui existe à l'état de larve près de trois ans. Quand il naît et s'ouvre enfin au monde, il ne vit que trois heures. Il me fait penser à toi. Qu'est-ce que cela t'inspire ?

— Je ne sais pas… Rien !

— Penses-tu que sa courte vie fut plus intense que celle de la méduse ? Il faut que tu comprennes ! Le temps est la dimension qui nous fait être vivant. Sans lui, rien n'existerait. Nous serions des êtres sans perspective. L'objectif est d'étirer le temps au maximum, de tromper la mort. »

Ce n'était pas vrai. Je devais le lui dire, commencer à ériger une barrière.

« J'ai pu parler avec la Mort. Elle est patiente, elle ne se laisse pas abuser éternellement. C'est impossible. La véritable dimension qui nous fait être vivant est le désir. »

Il se retourna brusquement vers moi, ses traits étaient rouges de fureur, ses yeux noirs de haine, de la fumée noire sortait de sa tête. Il leva la main sur moi comme pour me frapper le visage. Je rentrai la tête dans mes épaules, me protégeant avec les bras.

« Ferme-la, tu m'entends ?! FERME-LA ! Je t'interdis de me contredire, tu entends ? JE NE VEUX PLUS T'ENTENDRE ! »

Cette colère, je la connaissais. Elle était l'enfant honteux de la peur.

Je ne voulais pas le suivre sur ce chemin. Je savais qu'il fallait à un moment que je me dresse face à lui pour lui montrer que je n'avais plus peur. Je n'y arrivais pas encore, j'étais trop jeune, trop petit, pas assez fort.

Le quai était toujours vide. Il continuait de crier, ses paroles haineuses se perdaient dans les couloirs blancs du métro désert. J'avais envie de pleurer, de me jeter au sol.

Tout au bout du long couloir arriva une femme en imperméable. Elle avait les cheveux longs noués en queue de cheval, un chemisier blanc, un jean délavé et des bottes en cuir rouge. Comme l'homme, elle n'avait pas vraiment de visage, bien que celui-ci ne semblait pas se mouvoir.

Du bout du quai, elle avançait vers nous d'un pas aérien et s'arrêta entre l'homme et moi. Elle lisait un livre. Celui-ci avait du texte. Je le vis bien du coin de l'œil, même si ma petite taille ne me permettait que de voir distinctement la couverture : un grand cerf avec des bois blancs sur fond bleu azur.

Elle rangea son livre et me prit la main juste au moment où la rame de métro arrivait enfin, me fit reculer pour s'assurer que je ne sois pas touché ou emporté. J'aimais bien quand le métro arrivait, le vent et l'odeur du tunnel, le bruit des roues en caoutchouc, le défilé des visages dans la lumière des rames, le hasard d'avoir une porte juste en face de nous. Nous embarquâmes et nous assîmes dans un carré de sièges. Les autres passagers ne faisaient pas attention à la femme et à moi ; des fantômes accrochés à leurs barres, des âmes perdues qui ne semblaient réagir qu'à la présence de l'homme. La femme était à mon côté, l'homme nous faisait face. J'avais posé mon Pif à côté de moi.

« On arrive dans combien de stations ? » demandai-je à la femme.

Pour la première fois, elle prit la parole. Elle me regardait, avait toujours sa main dans la mienne.

« Je voudrais que tu voies l'église Saint-Sulpice. C'est un magnifique édifice qui unit la spiritualité et la technique, avec sa méridienne, le gnomon. Un bel équilibre. Tu verras, tu aimeras. Nous sommes presque arrivés. »

L'homme intervint brusquement. Il fixait le couloir noir qui défilait, droit, implacable. Nous étions projetés sans espoir d'arrêt.

« C'est un lieu à fuir, il n'est pas bon de s'en approcher, encore moins d'y pénétrer ! IL PUE LA CHAIR BLANCHE ! »

Le ton ne souffrait aucune réponse. Il était juge sur sa chaise. Les passagers se figèrent sur ses paroles.

« Ne l'écoute pas, nous irons ensemble et tu verras, ce sera une belle sortie, » me dit-elle en souriant.

Le métro filait comme une balle. Il ne semblait pas vouloir s'arrêter. Il y avait une tension entre l'homme et la femme, un lien d'amour, de haine. Il n'était pas content de sa présence, il voulait dominer, elle s'interposait. Pour la première fois depuis le début de notre voyage, l'homme fixa la femme et lui adressa la parole en se penchant vers elle, menaçant.

« Encore une seule remarque déplacée comme celle-ci et je te fais définitivement passer l'envie de me contredire devant lui… »

Il serrait son poing. Le métro s'arrêta brutalement. Les passagers se fondirent dans le sol boueux, les lumières tombèrent, le silence se fit. J'étais dans le noir. J'avais peur, je ne trouvais pas mes ailes. La musique caressait mes oreilles, s'alignait sur les battements de mon cœur.

Nous étions de retour dans le cabinet de toilette. Il était assis devant moi, à feuilleter son magazine. La femme avait disparu ; je voulais qu'elle revienne et qu'elle me tienne encore la main, mais il s'interposait. Sa colère et sa peur dressaient un mur de haine et d'incompréhension. Il revenait sur son trône, sûr de lui, satisfait. Il rigolait de ce qu'il avait fait. Je le détestais.

En face de moi, déposé à mes pieds, il luisait de mille feux. Son long canon brillant comme de l'argent et sa crosse ébène, cette puissance qui se dégageait de lui ; il était le summum de la violence, l'invention de l'Homme par qui la peur se transformait en peine de mort. Je me baissai pour le ramasser, m'en saisis avec appétit. J'étais affamé de sa violence, de sa puissance ; il allait naturellement dans le prolongement de mon bras. C'était mon bijou, un pistolet SIG Sauer P-226 X-Six 9 mm.

Il était mon châtiment, ma rédemption.

Je m'approchai de l'homme. Il jouissait de sa suffisance, en face de son magazine vide. Arrivé au-dessus de lui, il me vit du coin de l'œil, s'arrêta de lire. Il déposa la revue, plaça délicatement ses mains sur ses jambes, releva la tête vers moi. Son visage ne bougeait plus, il était maintenant fixe. Je le reconnus aussitôt.

Mon papa.

Il n'avait plus de haine. Il respirait calmement, me fixait. Il avait le regard perdu d'un enfant à la dérive. Il me voyait bien cette fois-ci, je n'étais plus transparent, j'étais là. Je levai le bras et pointai le pistolet contre son front. Mon bras tendu ne fléchissait pas, j'étais déterminé. Je sentais la pointe du canon froid sur nos fronts. Je pressai la détente.

Un éclat de lumière. Un bruit de fureur, d'apocalypse, de début et de fin.

Tout bascula.

La tête explosa en millions de morceaux dans la pièce, son corps s'écroula à mes pieds. Un océan de sang se répandit sur le sol blanc.

***

Chaque jour, je tente de sortir du labyrinthe.

Et chaque jour, le Minotaure me pourchasse. Il m'attend dans chaque recoin, à chaque virage, derrière un mur. Je vois le bout de ses cornes me guetter, son souffle chaud me glacer. Il se nourrit de ma faiblesse, devient à chaque tentative de fuite beaucoup plus fort. La seule issue est vers l'intérieur. L'extérieur est une illusion.

Au centre du labyrinthe, ce n'est pas le Minotaure avec qui je vais lutter, mais moi-même. Je me pourchasse moi-même.

Je suis le Minotaure.

CHAPITRE 19

« L'initiation »

Le vent du large séchait doucement mes cheveux. J'avais un subtil goût de sel dans la bouche, je faisais tourner quelques grains de sable entre mes doigts.

J'étais allongé sur mon matelas bleu à rayures blanches, face à la mer. La journée touchait à sa fin, le soleil était encore chaud sans être écrasant. J'aimais cet instant où la plage se vidait. Je restais souvent avec ma mère, à profiter de ce petit moment d'accalmie. Nous partions souvent seuls en vacances durant l'été ; mon père restait à Paris. Ma mère portait toujours ses grandes lunettes de soleil rondes et son large chapeau blanc. Mes amis étaient partis et habituellement à cette heure, elle se permettait un verre de rosé tandis que je profitais d'un cocktail de fruits. Le propriétaire de la plage faisait souvent venir un joueur de hang. Les oiseaux revenaient tremper leurs pattes dans l'eau, quelques crabes émergeaient du sable.

C'est ce doux souvenir qui me réveilla.

La lumière du matin filtrait à travers les rideaux de ma chambre. Mes jambes et mes bras ne voulaient pas bouger. Je fixai le plafond et sentis l'air marin, le bruit des vagues. Il était près de huit heures, ma chambre était déjà chaude. Je m'assis dans le lit, me pris la tête dans les mains et essayai de me souvenir de ce qui s'était passé la veille. Rien, un grand vide. Je me rappelais seulement m'être allongé à côté de Mia, qui apparemment n'était plus là. Son odeur flottait encore dans l'air. J'avais l'impression qu'une année entière s'était écoulée depuis ce souvenir diffus, ces quelques notes de piano.

« La passation »

À ce moment-là, Mia entra dans la chambre. Surpris et de peur qu'elle ne me voie pas, j'eus à peine le temps de me rallonger et me dissimuler sous les draps. J'étais de Funès claquant des dents sous son drap tendu pour ne pas être démasqué.

« Bien dormi ? Tu veux du café ? »

Elle était assise sur le bord du lit. Elle caressait ma jambe à travers le tissu.

« Oh, tu réponds ? Tu peux arrêter de faire le guignol s'il te plaît ?

— J'ai envie de vomir. Il faut que tu sortes.

— Comment ça, envie de vomir ? Qu'est-ce que tu racontes encore ? »

Elle rigola, agrippa le drap et tira d'un coup !

J'étais fini. Mon mensonge prenait fin, la découverte de ma supercherie. L'inutile super-héros se révélait enfin, la fin de la farce qui ne faisait rire personne.

« Alors, réponds, tu veux du café ou pas ? »

J'ouvris doucement les yeux.

Elle me fixait, souriait.

Surtout, elle n'avait pas l'air surprise de ne pas me voir.

« L'élévation »

Quelques mots purent tout de même sortir de ma bouche très largement et stupidement ouverte. Un poisson hors de l'eau.

« Oui… un grand café, s'il te plaît. Avec beaucoup de caféine.

— N'importe quoi, toi ! »

Et elle sortit. Toujours assis sur mon lit, en me retournant, je vis qu'une erreur ou plutôt une correction, s'était glissé ce matin. Mon ombre. Il y avait derrière moi une belle ombre noire qui se découpait sur mon lit blanc. Je passai sans succès ma main sur le drap pour la chasser. Elle était bien présente, bougeait avec mon corps. Indélébile.

J'étais redevenu visible.

***

Mia avait passé la matinée avec moi, me parlant comme si de rien n'était.

Elle avait pris mon mutisme matinal comme un énième saut d'humeur de ma part et n'en avait pas du tout pris ombrage. Bien évidemment, je ne lui expliquai pas cet état. En plus de me prendre pour un caractériel neurasthénique, je ne voulais pas qu'elle me croie mythomane ou pire encore, fou à lier.

Elle était souriante comme jamais. En fin de compte, sa bonne humeur et son énergie me rassuraient sur ma santé mentale. À plusieurs reprises, elle me prit l'avant-bras en me parlant avec passion de sa nouvelle pièce. Je ne faisais pas vraiment attention à ce qu'elle disait, j'admirais ses yeux pleins de vie, son sourire. Bizarrement, ce sentiment à son égard ne me troublait pas outre mesure, il semblait naturel et agréable.

À chacune de ses pauses, je m'éclipsais pour vérifier que je n'étais pas en train de délirer après l'absorption d'une drogue quelconque. Je m'observais devant le miroir de la salle de bains ou en effectuant quelques selfies. Je ne m'étais pas vu depuis plusieurs semaines. L'homme que je contemplais devant ce miroir avait maigri et portait la barbe. Le résultat n'était d'ailleurs pas trop mal. Je me trouvais un air d'aventurier, certes raté, mais plus intéressant que le jeune rasé mal-pensant que j'avais été quelques semaines plus tôt. Une chose pour le coup était très claire : je n'étais plus qu'une simple pensée, j'étais bien redevenu visible. J'en étais là de mes réflexions quand Mia frappa à la porte de la salle de bains.

« J'y vais, Jeff, à plus. » Elle m'embrassa sur la joue. Un petit baiser aérien.

Elle partait s'occuper de sa pièce. Nous étions dimanche, celle-ci reprenait lundi. Ce fut avec une certaine appréhension que je la vis partir, la peur de me retrouver seul face à moi-même, indécis sur la marche à suivre, ne sachant trop comment prendre la chose. J'hésitais entre sauter de joie et hurler ma libération par le balcon de l'appartement ou au contraire, ouvrir une bouteille de rhum, me soûler à mort, et terminer la journée dans un caniveau. Le pont d'Overtoun avait été le lieu par lequel le phénomène s'était déclenché ; je n'avais jamais compris comment ni pourquoi. Je n'avais pas le souvenir d'être passé par un endroit symbolique la veille au soir ou d'avoir fait quoi que ce soit qui aurait pu me libérer.

J'allumai une cigarette et m'installai à mon balcon. Les travaux en bas de chez moi étaient terminés, le manège incessant des voitures coincées et des conducteurs énervés avait cessé. Le petit vent frais de ce début d'après-midi et les enfants qui jouaient dans le parc étaient des petites mélodies qui berçaient ce moment d'apaisement et de réflexion.

Mon premier réflexe aurait été d'aller voir Jérôme, mais il était parti en Espagne avec Jérémy, son petit ami. Je lui avais révélé deux jours plus tôt, au cours d'une expérience étrange dans les cabines d'une piscine municipale, mon léger « handicap ».

Il s'était d'abord montré extrêmement dubitatif, croyant être victime d'un canular, puis s'était fait une raison en constatant que mon invisibilité était bien réelle et non le fruit d'une mauvaise plaisanterie à son égard. Il lui avait fallu plusieurs minutes avant de pouvoir commencer à me parler, essayer de trouver une explication rationnelle. Il n'arriva bien évidemment à rien. Le fruit de sa seconde phase de réflexion, visant à trouver un remède, ne fut pas plus concluant. Il était de son propre aveu devant l'énigme la plus incroyable qu'il ait jamais eu à résoudre. Il conclut à une forte fièvre ou un *delirium tremens* collectif.

Ce premier pas vers quelqu'un depuis mon voyage en Écosse m'avait rassuré sur deux points : ma bonne santé mentale, toute relative, et ma capacité à m'ouvrir à mon seul ami. Même si sa réponse restait très axée sur les causes et la résolution du phénomène, factuelle donc, partager cette souffrance m'avait beaucoup aidé les jours suivants à ne pas me jeter par la fenêtre. Plusieurs fois, je l'appelai pour lui demander conseil : jamais il ne tomba dans la mauvaise plaisanterie et prit toujours très au sérieux ma situation. Il comprit très vite que ces coups de téléphone à n'importe quelle heure de la journée et de la nuit n'étaient pas des demandes de conseil, mais des appels à l'aide. Pour la première fois, je découvris ce qu'était le partage et donnai enfin un sens à notre amitié. Cet échange n'avait d'ailleurs pas été en sens unique puisque Jérôme s'ouvrit aussi à moi et me raconta ses nouvelles aventures amoureuses avec Jérémy, comment il apprenait à faire des concessions, à gérer les conflits et les instants d'intimité qui le fascinaient. Je découvris un autre Jérôme, moins axé sur son monde formaté et plus ouvert à l'autre. Il restait toujours Jérôme, sa capacité de geek à appréhender l'autre était toujours complexe, mais l'envie était là. Nous ne discutions plus de jeux vidéo et de mes problèmes de femmes, nous avions évolué. Le darwinisme appliqué à deux imbéciles.

J'avais pu me confier à Jérôme. Je ne pouvais plus le faire avec Mia. Lui dire après coup ce qui m'était arrivé, même avec l'appui de Jérôme, n'avait absolument aucun sens. C'était peut-être d'ailleurs pour le mieux. J'avais envie de faire évoluer ma relation avec elle sur une base normale, de ne pas être regardé ou apprécié car porteur d'une maladie étrange, fascinante. J'avais connu à la fac de Nanterre une fille que j'appréciais particulièrement pour son sens inné de la démarche chaloupée et son maintien dans des jeans ultra serrés. Elle sortait avec un raté notoire, petit et moche, idiot de surcroît et sans aucun sens de l'humour, mais qui avait une chose qu'aucun autre n'avait à la fac : la renommée. Il avait participé à plusieurs publicités très bien réalisées sur des airs de rap à la mode et s'était vu érigé en symbole d'un jeunisme citadin branché et décomplexé.

Son ultra-visibilité l'avait rendu populaire. Je ne voulais pas que Mia m'apprécie pour la qualité inverse, mais juste pour ce que je croyais être.

L'après-midi tirait sur sa fin, je descendis faire quelques courses. J'avais perdu l'habitude de faire la queue et de payer. Je dus prendre mon mal en patience quand une personne âgée prit pas loin de deux cents ans pour régler avec des pièces de vingt centimes ses œufs et son lait. Un cauchemar que je pris avec philosophie au regard de ma vie qui reprenait enfin un cours normal. J'en venais à apprécier ces petites choses du quotidien, marcher dans la rue sans avoir à éviter les autres piétons, le regard d'une belle femme, un enfant au supermarché qui m'avait tiré le pantalon pensant que j'étais son père, le sourire du caissier pour me servir.

J'étais un maillon d'une chaîne, elle ne m'empêchait plus de marcher. Elle devenait une exigence.

Je passai la soirée sur mon balcon à finir mon vieux rhum Hampden de Jamaïque. Mia ne rentrait que très tard, elle m'avait envoyé un message pour me dire de ne pas l'attendre. Nous avions initialement prévu de boire un verre ensemble, ce soir-là.

Le lendemain marquait aussi mon retour au bureau. Je n'avais initialement pas prévu de m'y rendre ; mon nouvel état changeait la donne. Je décidai surtout d'y faire un rapide tour pour voir comment Patricia vivait les deux petits virements effectués de son compte au Luxembourg. Je n'étais plus à une mesquinerie près.

***

Il y a toujours quelque chose de réjouissant à voir les personnes que l'on déteste être hors d'elles-mêmes. Une envie de pousser le bouchon encore plus loin, les voir devenir complètement dingues, au bord de la folie. Ce bas sentiment m'anima quand je vis la tête de Patricia à mon arrivée dans les bureaux de VFC.

Sa vie avait dû basculer le jour où elle avait constaté que son compte bancaire au Luxembourg était passé à zéro sans qu'elle ne puisse rien y faire. J'avais profité des quelques minutes seul devant son ordinateur et sur son compte frauduleux pour rapidement procéder à deux virements : un premier sur mon compte courant pour un montant de deux cent cinquante mille euros. Une somme rondelette que j'estimais bien méritée et que j'utiliserais sûrement bien mieux que Patricia et son atrophie cérébrale. J'avais justifié auprès de la banque de la provenance des fonds avec une jolie histoire d'héritage et avais produit quelques documents hérités du décès de mon père. Cela leur avait suffi, ils m'expliquèrent que Tracfin ne viendrait pas mettre son nez dedans, aussi parce que j'avais déclaré ce montant aux impôts.

Le deuxième virement fut vers un compte de VFC. J'avais longtemps hésité, mais l'attitude de Férrié à mon égard et plus tard la petite carte de mes collègues m'avaient confirmé la justesse de mon choix. C'était un de mes premiers gestes d'altruisme depuis longtemps ; j'avais éprouvé beaucoup de satisfaction à le faire dans l'anonymat le plus complet.

Patricia avait bien vu les destinataires des deux virements. Elle me regardait avec haine. Si elle avait eu en main un fusil à pompe ou une hache, elle m'aurait aussitôt anéanti. J'étais heureux !

Le plus drôle est qu'elle ne pouvait rien dire. Dénoncer mon action l'aurait par la même occasion exposée directement auprès de Férrié, voire plus sérieusement, auprès du fisc et de la justice française.

« Patricia ! Comment vas-tu ? » lui demandai-je en souriant devant la machine à café, en présence de nos collègues du lundi matin.

« Je ne suis pas au top ce matin, Jean-François.

— Ah ? Tu ne m'appelles plus Jeff ? »

Elle me regarda. Je vis son poing se serrer.

« Attention, Patricia. Il y a ton café qui déborde ! »

Pour la première fois de sa vie, Patricia avait quitté des yeux la machine et le café se répandait à côté. Elle essaya de replacer en catastrophe sa tasse avec ses petites mains tremblantes, au bord des larmes. Les personnes présentes la regardèrent avec étonnement. C'était la fin d'un idéal, d'un univers en équilibre, sous son contrôle, où le café coulait toujours au milieu des tasses.

Pauvre Patricia. Son ambition débordante lui avait chaviré la cervelle. Sur ce, je la laissai à ses problèmes domestiques et m'assis à ma place en fixant le salon de massage thaï en bas du bureau. Il n'était pas encore ouvert. La femme qui se prélassait au soleil semblait fatiguée, le papier de l'affiche avait jauni. Kaya s'évanouissait de ma mémoire, au milieu d'un mur d'indifférence. Je n'avais aucun regret, juste des envies.

En fin d'après-midi, je quittai serein le bureau. Je savais que je n'avais plus rien à y faire et avais remis ma démission sans préavis à Vincent Férrié.

Il avait été surpris puis avait exprimé un sincère regret de me voir partir. J'avais souvent vu cet homme froid comme la manifestation du classique président égocentrique. Il était avant tout une personne discrète, avare de démonstrations inutiles. La conversation que j'avais surprise dans son bureau m'en avait plus appris sur lui en deux minutes qu'en trois ans à travailler dans sa société. Le problème finalement ne venait ni de lui ni de mes collègues, mais bien de moi. Je n'avais pas anticipé cette démission. L'idée m'était venue en les regardant tous s'agiter autour de leurs ordinateurs, comme une nuée de papillons de nuit paniqués autour d'un lampadaire. Je n'avais plus envie de ce manège, je voulais profiter quelque temps du petit coup de pouce financier que je m'étais octroyé. Je ne me sentais plus capable de jouer cette comédie de la motivation et de l'envie.

La rue en cette fin de journée était déserte. J'étais seul sur le trottoir, aucune voiture ne circulait, aucun scooter, pas de travaux. J'étais dans la bulle de silence que mon esprit avait créé, heureux de ma nouvelle évidence. Je n'avais pas la moindre idée de ce que je voulais faire. J'étais léger.

Je m'assis sur une terrasse de café en face de la sortie du bureau pour regarder mes ex-collègues sortir et saisir l'opportunité de discuter avec Benoît. Il sortit avec Cindy à son côté. Je leur fis un geste de la main pour qu'ils me rejoignent. Je remarquai une évolution chez Benoît : de l'homme-singe, il était passé à l'homme-outil, semblait faire des efforts vestimentaires et de démarche. Son côté jumbo voûté laissait place à un redressement de la colonne vertébrale qui lui donnait maintenant un air d'ours de cirque. Il ne manquait plus que le chapeau à hélices et le petit vélo. Cindy arborait comme à son habitude une tenue assez minimaliste à paillettes étoilées. Elle ressemblait à une écuyère du cirque Pinder. Ils allaient bien ensemble, finalement. Ils avaient surtout l'air heureux, arrivant tout sourire à ma table.

« Jeff la légende ! Tout le monde parle de toi, aujourd'hui. L'homme qui a collé sa démission à l'ancienne, directement au patron, en tapant du poing sur la table, le lendemain de son arrêt-maladie ! Incroyable, qui aurait cru ça venant de toi ?!

— Pas moi, c'est sûr », lui répondis-je, au fond un peu flatté d'être devenu le héros de la journée. « Mais ce n'est pas exactement comme ça que cela s'est passé. Il a été très sympa, Férrié.

— Pourquoi es-tu parti ? » me demanda Cindy.

« Je pourrais te raconter une grande histoire. En synthèse, je n'avais plus envie. »

Rien de plus simple, en fait. Et j'éprouvais le besoin de le leur dire. J'avais perdu mon envie d'aller travailler, de voir mes collègues, juste pour le plaisir d'échanger avec des personnalités originales, rire, célébrer des succès, se serrer les coudes dans la défaite ou tout simplement faire partie d'un groupe. En les regardant tous les deux, je compris que leur motivation était intacte. Ils se souriaient mutuellement, étaient aussi proches qu'il était possible de l'être sur une terrasse de café. D'une certaine façon et sans pousser trop loin le bouchon des bons sentiments, j'étais content pour eux.

« Qu'est-ce que tu vas faire ? » me demanda une dernière fois Benoît, angoissé à l'idée de ne pas avoir un lendemain déjà écrit.

« Comment te dire ? J'ai envie de flotter… Oui, voilà, flotter. Me laisser dériver sans direction précise, suivre mes envies quand elles viendront. »

Benoît me regarda d'un œil circonspect et Cindy devait préparer sa question sur mes compétences en matière de natation, quand je vis Patricia, figée juste devant nous. Elle ne disait pas un mot, me fixait.

« Ça va, Patricia ? » demanda Benoît.

Elle ne répondit pas, saisit une chaise à côté d'elle. Je ne me sentais pas très à l'aise. Visiblement, Cindy et Benoît, par leurs regards étonnés, se demandaient ce qui se passait. Je décidai de ne rien dire, de soutenir son regard sombre. Son monde constitué de piles de pièces et de billets de banque s'était écroulé par ma faute. Elle avait transformé son mépris en haine, sa normalité en folie et sa main droite en un couteau à la lame effilée.

Je n'eus même pas le temps de prononcer un mot ou d'esquisser un geste que je sentis la lame froide pénétrer mon ventre. Un geyser de sang sortit de mon corps, je me retrouvai à genoux, le regard vide. J'entendis la foule hurler, Benoît se précipiter pour désarmer Patricia et un voile noir me saisir une nouvelle fois.

J'avais peur, j'avais mal.

Elle m'avait finalement rattrapé, la Mort.

CHAPITRE 20

Rio de Janeiro, janvier 2020.

Le petit vendeur de noix de coco fraîches ne m'avait pas rendu le bon montant. Je le laissai filer, le sourire ample et les jambes véloces.

La journée touchait à sa fin. Le soleil moins oppressant laissait place aux joueurs de foot et à quelques surfeurs. La plage de Prainha était à quarante-cinq minutes de Rio de Janeiro. Entourée de montagnes verdoyantes constituées de forêts tropicales ombrophiles, elle était le repère des surfeurs et des Brésiliens fuyant les hordes de touristes des plages du centre de Rio comme Ipanema ou Copacabana. Ici, pas d'immeubles front de mer et très peu de circulation. La nature conservait ses droits, offrant un aperçu d'un paradis perdu. Un guitariste jouait du AC/DC en version acoustique, les femmes portaient de longues robes, loin de l'image d'Épinal du Brésil avec ses métisses en maillots de bain et sa bossa-nova omniprésente.

Mia me regardait de loin, toujours inquiète de ce que je faisais. Elle jouait au foot avec quelques Brésiliennes en maillot jaune et semblait perdue au milieu de ces virtuoses du ballon rond. Elle s'amusait beaucoup. Chacun de ses regards me faisait prendre la mesure de la chance que j'avais d'être ici avec elle, de ce qu'elle m'avait apporté depuis le coup de poignard et l'arrestation de Patricia. Je ne pouvais cependant pas encore me joindre à elle pour ce type d'activités physiques ; mon ventre était encore en convalescence. Cela me fournissait aussi une bonne excuse pour ne pas aller me ridiculiser et suer sur le sable à courir après une balle.

Il s'en était fallu de peu que je perde la vie, ce jour-là. La lame avait transpercé le côté gauche du bas-ventre ; sur le moment, je n'avais pas vraiment ressenti de douleur, juste une simple décharge électrique. C'est en voyant le flot de sang inonder le trottoir que je réalisai ce qui se passait. Les gens hurlaient autour de moi, je vis une femme s'évanouir. D'abord à genoux, puis allongé sur le dos, la douleur fut insupportable. C'est grâce à l'intervention de Benoît que je pus m'en sortir.

À peine au sol et après avoir désarmé Patricia, il se précipita sur moi pour compresser la plaie avec son blouson. Un acte courageux dont, de son propre aveu, il ne se serait jamais cru capable. Pendant ce temps-là, Patricia ne bougea pas, me regarda me vider à ses pieds. Elle avait basculé de l'autre côté, je vis ses yeux vides et blancs, comme ceux d'un requin qui déchire sa proie, sa colère assouvie. Je connaissais ce sentiment pour l'avoir vécu à Glasgow et plus tard avec le skinhead au marché des Batignolles. Révéler sa rage dans une effusion de sang.

Ce n'est qu'après avoir été mis sous kétamine pour calmer la douleur que je fus transporté par le SAMU à l'hôpital pour y subir une opération d'urgence. Aucun organe vital n'avait été touché. L'hémorragie était importante, les médecins durent retirer pas loin de six centimètres d'intestin grêle. Je sortis du brouillard de l'anesthésie générale vers une heure du matin et vis à mes côtés Mia et Jérôme assoupis. Je refermai les yeux, rassuré.

Patricia avait été immédiatement arrêtée et n'avait pas contesté les faits. Après ses quarante-huit heures de garde à vue, elle fut inculpée de tentative d'homicide et risquait la réclusion criminelle à perpétuité. Triste fin pour une personne qui avait porté les valeurs de l'ambition et de l'argent plus haut que tout, y compris de sa vie et de celle des autres.

Je pus revenir chez moi après une semaine d'hospitalisation. Je devais avoir perdu huit kilos, chaque mouvement était un véritable supplice malgré les fortes doses d'antidouleur. Il était étrange de penser que sans cet incident, ma vie aurait probablement pris une autre direction. Cela fut l'occasion pour moi de me poser et de réfléchir à ce qui m'était arrivé depuis plusieurs semaines, surtout de me rapprocher des quelques personnes de mon entourage qui m'avaient supporté depuis plusieurs années dans mon lent déclin.

Ma mère, d'abord, qui me rejoignit très vite à Paris et prit une chambre d'hôtel pour trois semaines. Les premières émotions passées et le calme revenu, nous échangeâmes sur le sujet qui m'avait beaucoup préoccupé les derniers mois : le rapport à mon père. Ce fut un moment intense où elle se livra et m'avoua la tragédie qu'avait été sa vie à ses côtés, sa souffrance face à sa violence, son angoisse de le voir s'en prendre à moi. Chaque instant qu'avait été sa vie depuis ma naissance, elle avait veillé à ma sécurité et n'avait jamais, même après sa mort, voulu entacher le souvenir idéalisé que j'avais de lui. Malgré ce cancer qui rongea mon père pendant des années, il s'occupa de moi et me vit grandir, cachant ce côté sombre qu'il ne fut jamais capable de soigner. C'est par la parole et l'acceptation qu'il aurait pu guérir. Il ne le compris jamais et mourut dans l'ignorance, restant seul face à sa plus grande angoisse, la fin.

Je ne lui en voulus pas de m'avoir caché la vérité et compris un peu plus l'origine de cette colère que j'avais en permanence en moi. La violence était un héritage émotionnel ; la seule solution pour en finir reposait sur le dialogue, le partage. Le repli sur soi que j'avais adopté avait généré encore plus de haine, de frustration et pour finir, une apathie destructrice. J'étais encore loin d'avoir éteint la flamme. Je sentais encore mes nerfs se tendre à la vue d'un Benoît ou d'une Cindy, d'un beauf en chaussettes claquettes acheter ses gnocchis surgelés, d'une belle femme au bras d'un gnome à lunettes. Je connaissais la cause, je travaillais maintenant à un remède.

Benoît vint me voir assez souvent durant les mois qui suivirent l'incident. Sans lui, je n'aurais probablement pas survécu. Il était toujours aussi pénible. Je fis malgré tout un effort pour l'accueillir avec bienveillance, probablement pour me convaincre que j'avais un peu changé ou que j'étais sur le bon chemin. Le travail promettait quand même d'être colossal. Il fut en plus à l'origine de mon maintien dans les effectifs de VFC. Férrié, apprenant ce qui m'était arrivé, déchira ma lettre de démission et me fit par conséquent bénéficier des aides et du congé maladie auquel j'avais droit en tant qu'employé. Il m'envoya une carte. Je me rappellerai toujours cette citation de Joseph Kessel, un autre Jeff comme il avait aimé l'écrire : « On peut toujours plus que ce que l'on croit pouvoir. À bientôt, Vincent Férrié. » Je faisais toujours partie de la société et envisageais, après m'être complètement remis, d'y revenir. Après tout, ils avaient l'air de m'apprécier, le salaire était bon, et le petit magot que j'avais volé à Patricia ne me permettrait pas de vivre plus de deux ou trois ans maximum.

Jérôme vint aussi souvent qu'il le put et me présenta « son Jérémy » qui avait toujours plus de tatouages. Je dois dire que j'étais un peu jaloux de son bonheur affiché, de leur petit couple imparfait et tellement attachant. Il restait malgré tout Jérôme. Il décida par exemple durant cette période d'élaborer un algorithme comportemental qui visait à trouver mathématiquement une réponse à un problème relationnel. Ainsi, quand Jérémy, un soir, vint à lui demander très énervé « pourquoi il n'avait pas fait tourner la machine à laver et s'il le prenait pour sa bonne ? » ; Jérôme se leva et mit en route son ordinateur, lança son algorithme qui lui répondit : « Lancer la machine ». Une évidence dans la façon de gérer son quotidien qui apparemment lui échappait encore. Il s'ensuivit une énorme dispute, et la mise à la poubelle du susdit algorithme.

La confiance entre nous était bien établie. Il me confiait au fur et à mesure de ses visites ses joies et désillusions de la vie de couple, je le conseillais mal, nous rigolions. C'était une V2 de notre relation, plus drôle, aussi plus profonde.

Je ne reparlai jamais avec lui de ce que je lui avais révélé dans la cabine de la piscine. Il ne devait plus être très sûr de ce qu'il avait vu et entendu. Il n'osait probablement plus en parler de peur de passer pour un excentrique ou un fou ; je ne le relançai pas sur ce sujet. Mon invisibilité avait été une expérience solitaire. Je voulais la garder telle quelle, une forme de performance, comme un Laurel qui aurait fait rire sans son Hardy.

Les cases que j'avais construites au cours des années avaient été rassurantes, il fallait maintenant que j'improvise une nouvelle architecture de pensée et de mise en ordre de mon entourage. Toutes ces personnes, je les connaissais depuis des années, je recommençais à les connaître.

Comme un tableau qui, après de nombreuses années, accroché au mur du salon, ne me parlait plus et n'était qu'une présence vide de sens, un élément décoratif parmi d'autres. J'apprenais dorénavant à me poser devant et apprécier de nouveau son éclat.

***

Tout en sirotant ma noix de coco, assis sur le mur longeant la plage, un des vendeurs à la sauvette qui proposait des colliers de pins du Paraná m'adressa la parole. Il balançait ses jambes au rythme de la guitare et son bob vert lui donnait un air de pêcheur de badejo, un poisson brésilien voisin du mérou que j'aimais particulièrement.

« Elle est belle, ta femme ! »

Il disait ça en regardant Mia essayer d'attraper le ballon et qui terminait la plupart du temps, soit dans l'eau, soit étalée dans le sable, les jambes en l'air.

Mia avait passé beaucoup de temps avec moi, nous n'avions pas particulièrement entamé de discussions sur nous ou sur la vie en général, nous avions juste apprécié cette complicité qui trouvait dans mon rétablissement un terreau hyper fertile pour se développer. Après quelques semaines à quasiment vivre l'un avec l'autre, c'est un soir où elle rentra plus tard que d'habitude que je me surpris à éprouver autre chose qu'un simple lien d'amitié.

C'est vrai qu'elle était belle. Surtout je l'aimais pour ce qu'elle était, un diamant à l'état brut, une pierre solide et délicate à la fois. Nous nous sentions si proches que la question de cette évidence, qui nous avait échappée, se posa sans que nous puissions y trouver de réponses satisfaisantes. Il y a sûrement des choses qui ne trouvent pas de mots, juste un sentiment diffus et agréable. Elle me soutenait cependant qu'elle l'avait vu bien avant moi. Je ne contestai pas cette analyse.

Vers la fin de l'année, au mois de novembre, elle proposa ce voyage à deux sur les terres de la bossa-nova que nous aimions tous les deux. Un pèlerinage de trois semaines qui nous amenait le long de la côte, de Rio de Janeiro à Fortaleza, en passant par Salvador de Bahia et Recife. Avec l'argent pris à Patricia et les aides financières liées à mon congé maladie, je pus nous offrir un beau voyage, même si nous désirions découvrir le pays simplement, en voyageant par bus et en train, en dormant là où bon nous semblait, en organisant le moins possible pour se laisser surprendre.

Nous étions depuis trois jours à Rio, nous avions fait connaissance avec une famille qui nous avait accueillis dans leur maison sur la côte, à trente minutes du centre. Le Brésil avait quelque chose de magique que je n'avais jamais ressenti dans mes voyages précédents, à tel point que Mia et moi, nous surprîmes à envisager d'y vivre. Cela allait bien au-delà du simple attrait lié à un lieu de vacances exotique ou de la réputation du pays pour sa douceur de vivre. Il y avait dans l'air une énergie, une lumière qui nous attirait tous les deux, un appel au changement.

À l'ascension.

« Tu vas rester sur ton mur toute la journée ? » me demanda-t-elle essoufflée et transpirante.

« Je déteste le foot, je suis nul en sport et le médecin m'a bien spécifié de ne pas bouger. Tu ne veux pas plutôt aller te baigner ? Tu n'arriveras jamais à attraper la balle, Mia…

— Oh là là, tu n'es qu'un pessimiste avec un trou dans le ventre ! Je vais leur mettre un but. » Et elle déposa un baiser salé sur mes lèvres.

Nous nous installâmes vers dix-huit heures sur le bord de la plage pour siroter un cocktail de fruits et un rhum. Mia avait eu l'idée d'acheter une double prise jack afin que nous puissions écouter quelques disques ensemble. Elle lança *The Dancer* en version démo de PJ Harvey.

Je n'aurais jamais imaginé partager ce genre d'expérience avec qui que ce soit ; le faire avec elle était agréable, permettait de découvrir quelques nouveaux artistes, dans tous les genres musicaux. Je devais admettre qu'elle avait bon goût, il m'était difficile de critiquer cette belle introduction. PJ Harvey possédait une énergie bien à elle, toujours en tension, vertigineuse. Le côté flamenco décalé du morceau se mariait très bien avec le spectacle qui s'offrait à nos yeux : flamboyant.

Je fumai ma première cigarette de la journée. Le médecin me l'avait pourtant formellement interdit. Je la savourai d'autant plus. Il m'était toujours difficile d'accepter de me plier à un ordre ou une recommandation forte quand cela allait à l'encontre de mon plaisir. Et l'idée même d'une contrainte en terre brésilienne me paraissait contre nature.

Nous étions tous les deux allongés l'un à côté de l'autre sur un matelas géant, à regarder la ligne d'horizon, comme perdus sur un radeau au milieu d'une mer de sable.

Cette ligne horizontale qui m'avait longtemps écrasé sans que je ne puisse rien y faire, elle était devant moi, apaisante et infinie. J'avais envie de la rejoindre avec Mia, de nager au loin, de nous perdre dans l'azur. Le pont d'Overtoun ne m'avait pas rendu invisible. Il m'avait fait comprendre qui j'étais.

« Tu as envie de grimper en haut du Corcovado ? » me dit-elle en décalant son écouteur et en me serrant la main. « J'aimerais aller voir au sommet la statue du Christ Rédempteur. Tu sais que j'ai très envie d'y aller ! Allez, allez »

Mia était croyante ; j'avais tendance depuis quelque temps à me dire qu'il y avait peut-être un fond de vérité à tout ce barnum spirituel.

L'ascension promettait d'être dure. J'avais envie de tenter l'expérience, de caresser du doigt le Rédempteur, celui par qui la paix était censée arriver.

Je voulais être avec elle là-haut, le toucher, le deviner.

Sans déviation.

ACHEVÉ D'IMPRIMER
EN JUIN 2022 EN EUROPE PAR
PAR PRINTCORP (FRANCE)
POUR LE COMPTE DES ÉDITIONS
UNE HEURE EN ÉTÉ

La Clairière des LIVRES

Pour chaque titre d'un livre imprimé, un arbre est planté dans une forêt de 7 hectares en Centre Bretagne.
« Contribuons activement à l'avenir de notre planète, regardons pousser les livres de demain ».

Dépôt légal : 3e trimestre 2022